Diogenes Taschenbuch 20339

detebe

W. Somerset Maugham

Winter-Kreuzfahrt

Erzählungen

Diogenes

Der vorliegende Text erschien zusammen mit den Bänden
Fata Morgana und *Entlegene Welten*
zuerst 1972 als Band IV der *Gesammelten Erzählungen*
von W. Somerset Maugham im Diogenes Verlag.

60/87/8/4
ISBN 3 257 20339 X

Inhalt

Eine Frau von fünfzig Jahren

Mein Freund Wyman Holt ist Professor für englische Literatur an einer der kleineren Universitäten im Mittelwesten, und als er hörte, daß ich in einer nahe gelegenen Stadt – nahe gelegen nach amerikanischen, weiträumigen Begriffen – reden würde, fragte er bei mir an, ob ich seinen Schülern einen Vortrag halten wolle. Er schlug mir vor, einige Tage bei ihm zu wohnen, damit er mir etwas von der Umgebung zeigen könne. Ich nahm die Einladung an, teilte ihm aber mit, daß meine Verpflichtungen mir nicht gestatteten, mehr als zwei Nächte bei ihm zu verbringen. Er holte mich am Bahnhof ab, fuhr mit mir zu seinem Haus, und nachdem wir etwas getrunken hatten, gingen wir zu der Aula hinüber. Ich war ein wenig bestürzt, dort so viele Menschen vorzufinden, denn ich hatte höchstens zwanzig erwartet und war nicht darauf vorbereitet, eine feierliche Vorlesung zu halten, sondern nur eine zwanglose kleine Plauderei. Ich fühlte mich beträchtlich eingeschüchtert beim Anblick einer Reihe von Leuten in mittlerem und höherem Alter. Ich vermutete, daß einige von ihnen der Fakultät angehörten, und ich befürchtete, daß sie das, was ich vorzubringen hatte, sehr oberflächlich finden würden. Es blieb jedoch nichts anderes übrig als anzufangen, und das tat ich, nachdem Wyman mich dem Publikum auf eine Weise vorgestellt hatte, die mich überzeugte, daß ich den dadurch erweckten Erwartungen nicht entsprechen könnte. Ich sagte mein Sprüchlein her, beantwortete, so gut ich konnte, einige Fragen und zog mich dann mit Wyman in ein kleines Zimmer hinter dem Podium zurück.

Mehrere Leute kamen herein. Sie sagten die bei solchen Gelegenheiten üblichen freundlichen Worte zu mir, und ich gab die üblichen höflichen Antworten darauf. Ich hatte großes Verlangen nach einem Getränk. Dann kam eine Frau herein und streckte mir die Hand hin.

»Wie nett, Sie wiederzusehen«, sagte sie. »Es sind Jahre vergangen, seit wir uns zuletzt getroffen haben.«

Ich war ehrlich davon überzeugt, sie noch nie gesehen zu haben. Ich zwang ein verbindliches Lächeln auf die müden, trockenen Lippen, schüttelte ihr eifrig die dargebotene Hand und fragte mich, wer zum Teufel sie sein mochte. Mein Professor mußte mir am Gesicht abgelesen haben, daß ich mich bemühte, sie unterzubringen, denn er sagte:

»Mrs. Greene ist mit einem Mitglied unserer Fakultät verheiratet, und sie gibt einen Kurs über die Renaissance und die italienische Literatur.«

»Ach«, sagte ich. »Das ist interessant.«

Ich war nicht klüger als zuvor.

»Hat Wyman Ihnen gesagt, daß Sie morgen abend zu uns zum Essen kommen?«

»Das freut mich sehr«, sagte ich.

»Es ist keine Gesellschaft. Nur mein Mann, sein Bruder und die Schwägerin. Florenz hat sich seit damals wohl sehr verändert?«

›Florenz?‹ fragte ich mich. ›Florenz?‹

Offenbar hatte ich sie dort gekannt. Sie war eine Frau von etwa fünfzig Jahren, mit grauen Haaren, schlicht frisiert und nicht zu auffallend onduliert. Sie war ein wenig zu dick und recht gut angezogen, aber nicht distinguiert; ihr Kleid stammte vermutlich aus der Konfektionsabteilung eines Warenhauses. Ihre ziemlich großen Augen waren blaßblau, ihre Haut nicht gut; sie hatte kein Rot aufgelegt und den Lippenstift nur sparsam angewendet. Sie schien eine nette Person zu sein. Es lag etwas Mütterliches in ihrem Wesen, etwas Gelassenes und Erfülltes, das mich ansprach. Ich nahm an, daß ich sie bei einem meiner zahlreichen Besuche von Florenz kennengelernt hatte, und da es vielleicht ihr einziger Aufenthalt dort gewesen war, hatte unsere Begegnung wohl auf sie mehr Eindruck gemacht als auf mich. Ich muß gestehen, daß meine Bekanntschaft mit den Frauen von Mitgliedern einer Fakultät sehr begrenzt ist, aber sie entsprach genau der Vorstellung, die ich mir von der Gattin eines Professors machte. Und als ich mir ihr Dasein vorstellte, nützlich, aber ereignislos, mit bescheidenen Mitteln, kleinen geselligen Zusammenkünften, Zank und Klatsch und geschäftiger Langeweile, konnte ich mir schon denken, daß ihre Reise nach Florenz ihr als erregende und unvergeßliche Erfahrung im Gedächtnis haften mußte.

Auf dem Heimweg zu seinem Haus sagte Wyman:

»Jasper Greene wird dir gefallen. Er ist gescheit.«

»Was für eine Professur hat er?«

»Er ist nicht Professor, er ist Lektor. Ein echter Gelehrter. Er ist ihr zweiter Mann. Sie war vorher mit einem Italiener verheiratet.«

»Ach?« Das paßte durchaus nicht zu meinen Gedankengängen. »Wie hieß sie da?«

»Ich habe keine Ahnung. Ich glaube aber, die Ehe ging nicht besonders gut aus.« Wyman lachte vor sich hin. »Das ist nur eine Vermutung, auf die ich deshalb komme, weil sie kein einziges Stück im Haus hat, das auf einen Aufenthalt in Italien hinweist. Ich hätte erwartet, daß sie wenigstens einen Refektoriumstisch, ein paar alte Truhen und ein gesticktes Meßgewand mitgebracht hätte.«

Ich mußte lachen. Ich kannte jene etwas trostlosen Gegenstände, die man in Italien kauft: die vergoldeten, geschnitzten Leuchter, die venezianischen Spiegel und die unbequemen Stühle mit den hohen Lehnen. Sie wirken recht gut, wenn man sie in den überfüllten Antiquitätenläden sieht, aber wenn man sie in ein anderes Land mitnimmt, sind sie oft eine schwere Enttäuschung. Selbst wenn sie echt sind, was selten der Fall ist, sehen sie fehl am Platz und unbehaglich aus.

»Laura hat Geld«, fuhr Wyman fort. »Als sie heirateten, richtete sie das Haus vom Keller bis zum Speicher ein, alles aus Chicago. Es ist eine Sehenswürdigkeit: das reine Meisterstück an Scheußlichkeit und schlechtem Geschmack. Ich komme nie in das Wohnzimmer, ohne über die unbeirrbare Sicherheit zu staunen, mit der sie genau das ausgewählt hat, was man in Zimmern für Hochzeitsreisende in einem zweitrangigen Hotel in Atlantic City finden würde.«

Um diese Ironie zu erklären, muß ich erwähnen, daß Wymans Wohnzimmer ganz aus Chrom und Glas war, mit rauhen, modernen Stoffen, einem kühnen, kubistischen Teppich, und an den Wänden Drucke von Picasso und Zeichnungen von Tchelicheff. Immerhin aß ich bei ihm vorzüglich. Wir verbrachten den Abend in angenehmem Geplauder über Dinge, die uns gemeinsam interessierten, und beendeten ihn mit ein paar Flaschen Bier. Ich begab mich in einem etwas modernen Zimmer zu Bett. Ich las noch eine Weile, löschte dann das Licht und wartete auf das Einschlafen.

›Laura?‹ fragte ich mich. ›Laura wer?‹

Ich bemühte mich zurückzudenken. Ich dachte an alle die

Leute, die ich in Florenz gekannt hatte, und hoffte, daß mir durch eine Ideenverbindung einfiele, wann und wo ich Mrs. Greene begegnet war. Da ich zum Essen bei ihr eingeladen war, wollte ich mir etwas ins Gedächtnis zurückrufen, als Beweis, daß ich sie nicht vergessen hatte. Die meisten Menschen empfinden es als Kränkung, wenn man sich ihrer nicht entsinnt. Vermutlich legen wir alle unserer eigenen Person eine gewisse Wichtigkeit bei, und es ist etwas demütigend zu erkennen, daß wir auf Leute, mit denen wir verkehrten, keinen Eindruck gemacht haben. Ich schlummerte ein, aber ehe die Wohltat des tiefen Schlafes über mich kam, belebte sich mein Unbewußtes, vermutlich von dem Zwang des Rückerinnerns befreit, und ich war plötzlich wieder hellwach, denn ich wußte nun, wer Laura Greene war. Kein Wunder, daß ich sie vergessen hatte; es waren fünfundzwanzig Jahre vergangen, seit ich sie hin und wieder gesehen hatte, als ich einen Monat in Florenz zubrachte.

Es war unmittelbar nach dem Ersten Weltkrieg. Sie war mit einem Mann verlobt gewesen, der gefallen war, und sie und ihre Mutter hatten es ermöglicht, nach Frankreich zu fahren und sein Grab dort aufzusuchen. Sie stammten aus San Francisco. Nachdem sie diese traurige Aufgabe erfüllt hatten, waren sie nach Italien gekommen und verbrachten den Winter in Florenz. Zu jener Zeit war eine recht große Kolonie von Engländern und Amerikanern dort. Ich hatte amerikanische Freunde, einen Oberst Harding mit seiner Frau – Oberst, weil er beim Roten Kreuz einen wichtigen Posten bekleidet hatte –, die eine schöne Villa in der Via Bolognese besaßen, und sie luden mich ein, bei ihnen zu wohnen. Ich verbrachte die Vormittage meistens mit dem Besuch der Sehenswürdigkeiten, und dann traf ich meine Freunde gegen zwölf Uhr zu einem Cocktail bei Doney in der Via Tornabuoni. Doney war der Treffpunkt für alle Leute, die man kannte, Amerikaner, Engländer und die Italiener, die in ihrer Gesellschaft verkehrten. Dort hörte man den ganzen Stadtklatsch. Nachher versammelte man sich meistens irgendwo zum Lunch, entweder in einem Restaurant oder in einer der Villen mit ihren schönen, alten Gärten, zwei oder drei Kilometer vom Stadtinnern entfernt. Ich hatte eine Karte für den Florenz-Klub erhalten, und am Nachmittag pflegten Charley Harding und ich dorthin zu gehen, um Bridge zu spielen oder ein gefährliches Poker mit zweiunddreißig Karten. Abends folgte dann wohl eine Einladung zum Dinner, mit weiterem Bridge und oft auch anschließendem Tanz. Man traf immer die gleichen Bekannten, aber der Kreis war groß genug und die Leute verschieden genug, um keine Langeweile aufkommen zu lassen. Jedermann interessierte sich mehr oder weniger für Kunst, wie es sich in Florenz gehörte, so daß dieses anscheinend müßige Dasein doch nicht ganz frivol war.

Laura und ihre verwitwete Mutter, Mrs. Clayton, wohnten in einer der besseren Pensionen. Sie schienen in gesicherten Verhältnissen zu leben. Sie waren mit Empfehlungsschreiben nach Florenz gekommen und hatten bald viele Freunde. Lauras Schicksal erweckte Teilnahme, und man bemühte sich deshalb, alles mögliche für die beiden Frauen zu tun, aber sie waren an sich sehr nett und um ihrer selbst willen beliebt. Häufig veranstalteten sie Einladungen zum Mittagessen in dem einen oder andern Restaurant, wo man Makkaroni und die unvermeidlichen *scaloppini* aß und Chianti trank. Mrs. Clayton wirkte vielleicht ein wenig verloren in dieser kosmopolitischen Gesellschaft, in der man Dinge, die ihr fremd waren, ernsthaft oder heiter besprach, aber Laura fühlte sich bald ganz in ihrem Element. Sie engagierte eine Lehrerin, bei der sie die Sprache lernte, und las mit ihr schon bald das *Inferno*. Sie verschlang Bücher über die Kunst der Renaissance und über florentinische Geschichte, und zuweilen begegnete ich ihr, den Baedeker in der Hand, in den Uffizien oder in einer Kirche, lernbegierig in die Betrachtung der Kunstwerke vertieft.

Sie war damals vier- oder fünfundzwanzig, und ich war weit über vierzig, so daß wir, obwohl wir uns häufig trafen, nur herzlich befreundet, aber nicht intim miteinander wurden. Sie war keineswegs schön, aber auf eine ziemlich ungewöhnliche Art anziehend: sie hatte ein ovales Gesicht, leuchtende blaue Augen und dunkles Haar, das sie sehr einfach frisiert trug, in der Mitte gescheitelt, über die Ohren gelegt und tief im Nacken zu einem Knoten zusammengefaßt. Sie hatte eine klare Haut und von Natur sehr frische Farben. Die Züge waren gut geschnitten, ohne bemerkenswert zu sein, und ihre Zähne gleichmäßig, klein und weiß. Aber ihr Hauptreiz lag in der gelösten Anmut ihrer Bewegungen, und ich war nicht überrascht, als man mir erzählte, daß sie ›himmlisch‹ tanze. Ihre Figur war sehr gut, etwas voller, als es zur Zeit Mode war, und ich glaube, was ihre Erscheinung so anziehend machte, lag in der merkwürdigen Mischung von einer Madonna aus einem Altarbild eines Spätitalieners und einer Andeutung von Sinnlichkeit. Jedenfalls wirkte sie dadurch sehr verführerisch auf die Italiener, die sich am Vormittag bei Doney versammelten oder gelegentlich in die amerikanischen oder englischen Villen eingeladen wurden. Sie war augenscheinlich daran gewöhnt, mit verliebten jungen Männern umzugehen, denn trotz ihres reizenden, liebenswürdigen und freundschaftlichen Benehmens bewahrte sie doch den Abstand. Sie entdeckte sehr bald, daß alle auf der Suche nach einer amerikanischen Erbin waren, die ihrem Familienvermögen aufhelfen würde, und sie gab ihnen mit versteckter Belustigung, die ich bewunderte, zu verstehen, daß sie keineswegs reich sei. Sie seufzten ein wenig und wandten dann ihre Aufmerksamkeiten bei Doney, ihrem glücklichen Jagdgefilde, anderen, mehr versprechenden Objekten zu. Sie tanzten zwar weiter mit ihr und hielten die Beziehung durch Flirten aufrecht, aber ihr Trachten richtete sich nicht mehr auf eine Heirat.

Nur ein junger Mann blieb beharrlich. Ich kannte ihn flüchtig, weil er einer der regelmäßigen Pokerspieler im Klub war. Ich spielte zuweilen. Man konnte unmöglich gewinnen, und die verärgerten Fremden pflegten zu sagen, daß die Italiener sich gegen uns zusammenrotteten, aber es mag auch sein, daß sie ihr besonderes Spiel besser kannten als wir. Lauras Verehrer, Tito di San Pietro, war ein kühner, sogar verwegener Spieler und verlor oft größere Summen, als er sich leisten konnte. (Das war nicht sein richtiger Name, aber ich nenne ihn so, da sein eigener Name in der florentinischen Geschichte berühmt ist.) Er war ein hübscher junger Mann, weder groß noch klein, mit prachtvollen schwarzen Augen, dichtem schwarzem Haar, das von der Stirne zurückgebürstet war und von Öl glänzte, olivenfarbener Haut und Zügen von klassischer Regelmäßigkeit. Er war arm und hatte irgendeine Tätigkeit, die aber seine Vergnügungen anscheinend nicht störte, und er war immer sehr gut angezogen. Niemand wußte genau, wo er eigentlich wohnte, vielleicht in einem möblierten Zimmer oder in der Dachkammer eines Verwandten, und das einzige, was von den großen Besitzungen seiner Vorfahren übriggeblieben war, bestand in einer Cinquecento-Villa, etwa vierzig Kilometer außerhalb der

Stadt. Ich habe sie nie gesehen, aber man erzählte mir, daß sie von erstaunlicher Schönheit sei, mit einem ausgedehnten, verwilderten Park voller Zypressen und Steineichen, wuchernden Buchseinfassungen, Terrassen, künstlichen Grotten und verfallenen Statuen. Sein verwitweter Vater, der Graf, wohnte dort allein und lebte von dem Ertrag seiner Weinreben und dem Öl von seinen Olivenbäumen. Er kam nur selten nach Florenz, darum habe ich ihn nie getroffen, aber Charley Harding kannte ihn recht gut.

»Er ist das vollendete Exemplar des toskanischen Edelmannes der alten Schule«, sagte er. »Er war in seiner Jugend im diplomatischen Dienst, und er kennt die Welt. Er hat die besten Manieren und ein Auftreten, daß man es wie eine Gunst empfindet, wenn er einem guten Tag sagt. Er macht glänzende Konversation. Das Wenige, was er erbte, hat er im Spiel und mit Frauen vergeudet, aber er trägt seine Armut mit Würde. Er tut so, als ob das Geld seiner Beachtung nicht wert sei.«

»Wie alt ist er etwa?« fragte ich.

»Fünfzig, schätze ich, aber er ist noch immer der schönste Mann, den ich je gesehen habe.«

»Oh?«

»Beschreibe du ihn, Bessie. Als er zum erstenmal hierherkam, hat er Bessie Avancen gemacht. Ich habe nie herausbekommen können, wie weit es ging.«

»Sei nicht so töricht, Charley«, sagte Mrs. Harding lachend.

Sie warf ihm einen Blick zu, wie eine Frau das tut, die mit ihrem Mann viele Jahre verheiratet und ganz zufrieden mit ihm ist.

»Er ist sehr anziehend für Frauen, und er weiß es«, sagte sie. »Wenn er mit einem spricht, hat man das Gefühl, als gäbe es für ihn keine andere Frau auf der Welt, und das ist natürlich schmeichelhaft. Aber es ist nur ein Spiel, und eine Frau müßte sehr dumm sein, wenn sie ihn ernst nähme. Er *ist* sehr schön. Groß und schlank, und er hält sich gut. Er hat große, dunkle, glänzende Augen, wie sein Sohn, sein Haar ist schneeweiß, aber noch sehr dicht, und der Gegensatz zu seinem gebräunten, jungen Gesicht ist wirklich atemraubend. Er sieht mitgenommen, etwas verwüstet aus, zugleich aber so vornehm – es ist wirklich unglaublich romantisch.«

»Er hat seine großen, dunklen, glänzenden Augen auch auf

die beste Gelegenheit gerichtet«, meinte Charley Harding trokken. »Und er wird Tito nie gestatten, ein Mädchen zu heiraten, das nicht mehr Geld besitzt als Laura.«

»Sie hat etwa fünftausend Dollar eigenes Einkommen im Jahr«, sagte Bessie. »Und wenn ihre Mutter stirbt, erhält sie noch einmal soviel.«

»Ihre Mutter kann noch dreißig Jahre leben, und fünftausend Dollar im Jahr würden nicht weit reichen, um einen Mann, einen Vater und zwei oder drei Kinder zu ernähren und eine heruntergekommene Villa, sozusagen ohne ein Möbelstück darin, instand zu setzen.«

»Ich glaube, der Junge ist rasend verliebt in sie.«

»Wie alt ist er?« fragte ich.

»Sechsundzwanzig.«

Einige Tage später, als Charley zum Essen nach Hause kam und wir ausnahmsweise einmal unter uns blieben, erzählte er mir, er sei Mrs. Clayton in der Via Tornabuoni begegnet, und sie habe ihm gesagt, daß sie und Laura am Nachmittag mit Tito hinausfahren wollten, um seinen Vater zu besuchen und die Villa anzusehen.

»Was meinst du, was das bedeutet?« fragte Bessie.

»Ich glaube, Tito will Laura seinem Vater zur Begutachtung vorführen, und wenn diese günstig ausfällt, wird er ihr einen Heiratsantrag machen.«

»Und wird sie günstig ausfallen?« fragte Bessie.

»Ganz ausgeschlossen.«

Aber Charley irrte sich. Nachdem die beiden Damen das Haus besichtigt hatten, wurden sie durch den Park geführt. Ohne richtig zu wissen, wie es geschehen war, fand sich Mrs. Clayton in einer Allee allein mit dem alten Grafen. Sie konnte kein Italienisch, aber er war in London Attaché gewesen, und sein Englisch war nicht schlecht.

»Ihre Tochter ist reizend, Mrs. Clayton«, sagte er. »Ich wundere mich nicht, daß mein Tito sich in sie verliebt hat.«

Mrs. Clayton war nicht dumm, und vielleicht hatte auch sie erraten, warum der junge Mann sie aufgefordert hatte, die Villa seiner Ahnen anzusehen.

»Junge Italiener sind sehr leicht entflammt. Laura ist vernünftig genug, ihre Aufmerksamkeiten nicht zu ernst zu nehmen.«

»Ich hatte gehofft, daß sie dem Jungen gegenüber nicht ganz gleichgültig wäre.«

»Ich habe keinen Grund, anzunehmen, daß sie ihn lieber hat als irgendeinen der anderen Männer, die mit ihr tanzen«, erwiderte Mrs. Clayton ziemlich kühl. »Ich glaube, ich sollte Ihnen gleich sagen, daß meine Tochter nur ein sehr bescheidenes Einkommen hat, und vor meinem Tod wird sie auch nicht mehr haben.«

»Ich will Ihnen gegenüber ganz aufrichtig sein. Ich besitze nichts in der Welt als dieses Haus und etwas Land darum herum. Mein Sohn könnte es sich nicht leisten, ein mittelloses Mädchen zu heiraten, aber er ist kein Mitgiftjäger, und er liebt Ihre Tochter.«

Der Graf hatte nicht nur das große Auftreten, er besaß auch sehr viel Charme, und Mrs. Clayton war dafür nicht unempfänglich. Sie lenkte ein wenig ein.

»Das tut alles nichts zur Sache. In Amerika arrangieren wir die Heiraten unserer Kinder nicht. Wenn Tito sie heiraten will, soll er sie fragen, und wenn sie dazu bereit ist, wird sie es vermutlich sagen.«

»Wenn ich mich nicht sehr täusche, ist er gerade dabei, sie zu fragen. Ich hoffe von ganzem Herzen, daß er Erfolg haben wird.«

Sie schlenderten weiter, und bald darauf sahen sie die beiden jungen Leute Hand in Hand ihnen entgegenkommen. Es war nicht schwer zu erraten, was sich ereignet hatte. Tito küßte Mrs. Claytons Hand und seines Vaters Wangen.

»Mrs. Clayton, Papa, Laura hat eingewilligt, meine Frau zu werden.«

Die Verlobung erregte ein gewisses Aufsehen in der florentinischen Gesellschaft, und eine Reihe von Einladungen wurden für das junge Paar gegeben. Es war ganz klar, daß Tito sehr verliebt war; aus Lauras Verhalten ging das nicht so deutlich hervor. Er war hübsch, er betete sie an, er war temperamentvoll und heiter; es war anzunehmen, daß sie ihn liebte, aber sie war ein Mädchen, das seine Gefühle nicht zeigte, und sie verhielt sich genau wie bisher, ein wenig still, liebenswürdig, ernst, aber freundlich, und angenehm in der Unterhaltung. Ich fragte mich, bis zu welchem Grad sie bei der Annahme seines Antrages durch seinen großen Namen mit all den historischen Beziehungen beeinflußt worden war und durch den Anblick jenes schönen Hauses mit seiner wunderbaren Aussicht und dem romantischen Garten.

»Jedenfalls besteht kein Zweifel darüber, daß es von seiner Seite aus eine Liebesheirat ist«, sagte Bessie Harding, als wir darüber sprachen. »Mrs. Clayton hat mir erzählt, daß weder Tito noch sein Vater den geringsten Versuch gemacht haben, zu erfahren, wieviel Vermögen Laura besitzt.«

»Ich möchte eine Million Dollar wetten, daß sie auf den letzten Cent genau wissen, was sie hat, und daß sie sich ausgerechnet haben, wieviel das in Lire ist«, sagte Harding etwas bissig.

»Du bist ein garstiger alter Mann, Liebling«, antwortete sie.

Bald darauf verließ ich Florenz. Die Hochzeit fand in Hardings Haus statt, und eine große Menge kam zum Essen und Champagnertrinken dorthin. Tito und seine Frau mieteten eine Wohnung am Lungarno, und der alte Graf kehrte in seine einsame Villa in den Hügeln zurück. Ich kam erst drei Jahre später wieder nach Florenz, und nur für eine Woche. Ich wohnte wieder bei den Hardings. Ich erkundigte mich nach meinen alten Freunden und erinnerte mich dann auch an Laura und ihre Mutter.

»Mrs. Clayton ist nach San Francisco zurückgekehrt«, sagte Bessie, »und Laura und Tito wohnen jetzt in der Villa mit dem Grafen. Sie sind sehr glücklich.«

»Sind Kinder da?«

»Nein.«

»Erzähle weiter«, sagte Harding.

Bessie warf ihrem Mann einen Blick zu.

»Ich begreife gar nicht, warum ich dreißig Jahre mit einem Mann zusammengelebt habe, der mir so unsympathisch ist«, sagte sie. »Sie haben die Wohnung am Lungarno aufgegeben. Es hat Laura viel Geld gekostet, die Villa instandzusetzen, sie hat ein Badezimmer und Zentralheizung einrichten lassen, und sie mußte eine Menge Möbel kaufen, damit es wohnlich wurde, und dann verlor Tito ein kleines Vermögen beim Poker, und die arme Laura mußte es bezahlen.«

»Hatte er keine Tätigkeit?«

»Die brachte kaum etwas ein, und er verlor sie.«

»Bessie will damit sagen, daß man ihn davongejagt hat«, bemerkte Harding.

»Nun, um die Sache kurz zu machen, sie meinten, es würde billiger sein, in der Villa zu wohnen, und Laura dachte, es würde Tito vor weiterem Unheil bewahren. Sie liebt den Garten und hat ihn wunderschön angepflanzt. Tito betet sie einfach an, und der alte Graf hat großen Gefallen an ihr gefunden. Also hat sich tatsächlich alles recht gut gemacht.«

»Es wird dich interessieren zu hören, daß Tito am letzten Donnerstag in der Stadt war«, sagte Harding. »Er hat wie ein Wahnsinniger gespielt, und ich weiß nicht, wieviel er verloren hat.«

»Ach, Charley! Er hat Laura doch versprochen, daß er nie mehr spielen würde.«

»Als ob ein Spieler ein solches Versprechen jemals halten könnte! Es wird wieder so sein wie das letztemal. Er wird in Tränen ausbrechen und erklären, daß er sie liebe und daß es eine Ehrenschuld sei, und wenn er das Geld nicht auftreiben könne, werde er sich eine Kugel in den Kopf jagen. Und Laura wird bezahlen, wie sie es das letztemal getan hat.«

»Er ist schwach, der arme Kerl, aber das ist sein einziger Fehler. Im Gegensatz zu den meisten italienischen Männern ist er ihr absolut treu, und er ist die Güte in Person.« Sie schaute Harding mit einer Art von grimmigem Humor an. »Ich habe den vollkommenen Ehemann noch nicht entdecken können.«

»Dann mußt du aber bald auf die Suche danach gehen, meine Liebe, bevor es zu spät dafür ist«, erwiderte er lachend.

Ich verließ die Hardings und kehrte nach London zurück. Charley und ich korrespondierten ziemlich unregelmäßig miteinander, und nach etwa einem Jahr erhielt ich einen Brief von ihm. Er berichtete darin wie immer, was er in der Zwischenzeit getan habe, und erwähnte, daß er zu einer Badekur in Montecatini und mit Bessie zu Besuch bei Freunden in Rom gewesen sei. Er schrieb von verschiedenen Leuten, die ich in Florenz kannte; der eine hatte gerade einen Bellini gekauft und Mrs. Soundso war nach Amerika gereist, um ihre Scheidung einzureichen. Dann fuhr er fort: »Ich nehme an, daß du über die San Pietros gehört hast. Es hat uns alle erschüttert, und wir können von nichts anderem reden. Laura ist ganz außer sich, das arme

Ding, und sie erwartet ein Kind. Die Polizei verhört sie fortwährend, und das macht es nicht leichter für sie. Natürlich haben wir sie zu uns geholt. Tito wird nächsten Monat vor Gericht erscheinen.«

Ich hatte keine Ahnung, wovon die Rede war. Darum schrieb ich sofort an Harding und fragte, was das alles bedeute. Er antwortete mit einem langen Brief. Was er mir zu berichten hatte, war schrecklich. Ich will die nackten, brutalen Tatsachen so kurz wie möglich erzählen. Ich erfuhr sie zum Teil durch Hardings Schreiben, zum Teil durch das, was er und Bessie mir erzählten, als ich zwei Jahre später wieder bei ihnen war.

Der Graf und Laura waren sogleich voneinander eingenommen, und Tito freute sich, wie rasch sich zwischen ihnen eine warme Freundschaft entwickelte, denn er war seinem Vater ebenso zugetan, wie er in Laura verliebt war. Er war froh, daß sein Vater anfing, öfters nach Florenz hereinzukommen als früher. Sie hatten ein Gastzimmer in ihrer Wohnung, und gelegentlich verbrachte er zwei oder drei Nächte bei ihnen. Er und Laura pflegten dann die Antiquitätenläden zu durchstöbern und alte Stücke für die Villa zu kaufen. Er besaß Geschmack und Kenntnisse, und allmählich verlor das Haus mit seinen großen Räumen und Marmorböden sein verlassenes Aussehen und wurde ein freundlicher Wohnsitz. Laura war eine leidenschaftliche Gärtnerin; sie und der Graf brachten viele Stunden damit zu, Pläne zu entwerfen und dann die Arbeiter zu beaufsichtigen, die den Gärten ihre alte, etwas pompöse Schönheit zurückgaben.

Laura nahm es leicht, als Titos finanzielle Schwierigkeiten sie zwangen, die Wohnung in Florenz aufzugeben. Sie hatte inzwischen genug von der florentinischen Gesellschaft und war nicht abgeneigt, künftig ganz in dem vornehmen Haus seiner Ahnen zu leben. Tito liebte die Stadt, und der Verzicht bestürzte ihn, aber er durfte sich nicht darüber beklagen, da sein eigener Leichtsinn daran schuld war. Sie hatten noch ihr Auto, und er unterhielt sich damit, lange Fahrten zu machen, während Laura und sein Vater beschäftigt waren, und wenn sie wußten, daß er hin und wieder nach Florenz fuhr und einen kleinen Abstecher in den Klub machte, so drückten sie ein Auge zu. Ein Jahr verging auf diese Weise. Dann, er wußte nicht recht warum, wurde er von einem unbestimmten Verdacht erfüllt. Er konnte nichts nachweisen; er hatte das Gefühl, als ob Laura ihn nicht mehr so liebte wie am Anfang. Manchmal glaubte er, bei seinem Vater eine gewisse Ungeduld ihm gegenüber zu bemerken; sie schienen sich gegenseitig immer viel zu sagen zu haben, aber er gewann den Eindruck, daß sie ihn von ihrem Gespräch ausschließen wollten wie ein Kind, von dem man erwartet, daß es still dasitzt, während die Erwachsenen sich über seinen Kopf weg unterhalten. Es kam ihm so vor, als ob seine Gegenwart ihnen oft unwillkommen sei und daß sie sich ohne ihn zwangloser fühlten. Er kannte seinen Vater und seinen Ruf, aber der Argwohn, der in ihm aufstieg, war so furchtbar, daß er ihn nicht aufkommen lassen wollte. Und doch fing er zuweilen einen Blick auf, den sie miteinander tauschten und der ihn beunruhigte: in den Augen seines Vaters lag eine besitzergreifende Zärtlichkeit, in denen Lauras ein sinnliches Behagen. Wenn er das bei anderen beobachtet hätte, so wäre er überzeugt gewesen, daß sie ein Liebesverhältnis miteinander hatten. Aber er konnte, er wollte es nicht glauben. Der Graf konnte es einfach nicht lassen, einer Frau den Hof zu machen, und es war durchaus begreiflich, daß Laura seine ungewöhnliche Anziehungskraft spürte, aber es war schamlos, auch nur einen Augenblick anzunehmen, daß sie, diese beiden Menschen, die er liebte, eine verbotene, eine beinahe blutschänderische Verbindung eingegangen seien. Tito war sicher, daß Laura niemals in ihren Gefühlen mehr empfinden könnte als die natürliche Zuneigung einer glücklich verheirateten jungen Frau für ihren Schwiegervater. Trotzdem hielt er es für besser, daß sie nicht diesem täglichen Verkehr mit seinem Vater ausgesetzt bliebe, und eines Tages schlug er vor, daß sie nach Florenz zurückziehen wollten. Laura und der Graf waren erstaunt darüber und wollten nichts davon hören. Laura erklärte, nachdem sie so viel Geld für die Villa ausgegeben habe, könne sie es sich nicht leisten, eine weitere Wohnung einzurichten, und der Graf fand, es wäre töricht, die Villa zu verlassen, um in einer elenden Wohnung in der Stadt zu hausen. Ein Streit entstand, und Tito wurde ziemlich erregt. Er legte eine Bemerkung Lauras dahin aus, daß sie in der Villa bleiben wolle, um ihn den Versuchungen fernzuhalten. Diese Erwähnung seiner Verluste beim Pokerspiel ärgerten ihn.

»Du wirfst mir immer dein Geld ins Gesicht«, sagte er hitzig.

»Wenn ich eine Geldheirat hätte machen wollen, so wäre ich vernünftig genug gewesen, eine Frau zu wählen, die viel mehr hatte als du.«

Laura wurde ganz blaß und warf dem Grafen einen Blick zu.

»Du hast kein Recht, so mit Laura zu sprechen«, sagte er. »Du bist ein Tölpel.«

»Ich spreche mit meiner Frau so, wie ich will.«

»Da irrst du dich. Solange du in meinem Hause bist, wirst du ihr mit der Achtung begegnen, die ihr zukommt und zu der du verpflichtet bist.«

»Wenn ich Anstandsunterricht von dir haben möchte, Vater, werde ich es dich wissen lassen.«

»Du bist sehr impertinent, Tito. Du wirst die Güte haben, das Zimmer zu verlassen.«

Er sah sehr streng und würdevoll aus. Tito war wütend, aber auch ein wenig eingeschüchtert, sprang auf die Füße, stapfte aus dem Zimmer und schlug die Türe hinter sich zu. Dann nahm er den Wagen und fuhr nach Florenz. An diesem Tag gewann er eine beträchtliche Summe (Glück im Spiel, Unglück in der Liebe), und um diesen Gewinn zu feiern, betrank er sich gehörig. Er kehrte erst am nächsten Morgen in die Villa zurück. Laura war so freundlich und gelassen wie immer, aber sein Vater verhielt sich etwas kühl. Die Streitszene wurde nicht erwähnt. Doch von da an wurde es immer schlimmer. Tito war verstimmt und mürrisch, der Graf kritisch, und gelegentlich gab es einen scharfen Wortwechsel zwischen ihnen. Laura mischte sich nicht ein, aber Tito gewann den Eindruck, daß sie nach einer besonders erbitterten Auseinandersetzung bei seinem Vater vermittelt habe, denn von da an gab es der Graf auf, sich zu ärgern, und begann Tito mit der nachsichtigen Geduld zu behandeln, mit der man einem widerspenstigen Kind begegnet. Er redete sich ein, daß sie in Übereinstimmung handelten, und sein Mißtrauen wuchs. Es wurde noch stärker, als Laura in ihrer gutmütigen Art meinte, es müsse sehr langweilig für ihn sein, so viel auf dem Land zu leben, und ihn ermutigte, seine Freunde in Florenz häufiger zu besuchen. Er zog sofort den Schluß daraus, daß sie dies nur vorschlage, um ihn loszuwerden. Er fing an, beide zu beobachten. Er betrat oft unerwartet ein Zimmer, in dem sie sich befanden, in der Erwartung, sie in einer kompromittierenden Stellung zu erwischen, oder er folgte ihnen lautlos in einen abgelegenen Teil des Parkes. Sie plauderten arglos über gleichgültige Dinge. Laura begrüßte ihn mit einem freundlichen Lächeln. Er konnte keinen Anhaltspunkt für seine quälenden Zweifel entdecken. Er begann zu trinken. Er wurde nervös und reizbar. Er hatte keinen Beweis, nicht den geringsten Beweis dafür, und doch fühlte er bis in die Knochen, daß sie ihn gröblich und schamlos betrogen. Er brütete darüber nach, bis er den Verstand zu verlieren glaubte. Ein finsteres Feuer in seinem Innern verzehrte ihn. Bei einem seiner Besuche in Florenz kaufte er eine Pistole. Er beschloß, daß er sie beide töten würde, sobald er einen Beweis dafür hätte, was in seinem Herzen eine Gewißheit war.

Ich weiß nicht, was die Katastrophe endlich auslöste. Bei der Verhandlung kam lediglich heraus, daß Tito eines Abends in das Zimmer seines Vaters ging, um sich mit ihm auseinanderzusetzen. Sein Vater spottete und lachte ihn aus. Sie hatten einen wütenden Streit, und Tito zog seine Pistole heraus und erschoß den Grafen. Dann brach er zusammen und warf sich hysterisch weinend über die Leiche. Auf die wiederholten Schüsse stürzten Laura und die Dienstboten herein. Er sprang auf und ergriff die Pistole, um sich selber zu erschießen, wie er später sagte, aber er zögerte, oder sie waren zu rasch für ihn und rissen sie ihm aus der Hand. Man rief die Polizei. Im Gefängnis verbrachte er die meiste Zeit mit Weinen; er wollte nichts essen und mußte dazu gezwungen werden. Dem Untersuchungsrichter erklärte er, daß er seinen Vater getötet habe, weil er der Liebhaber seiner Frau gewesen sei. Laura, die immer und immer wieder verhört wurde, schwor, daß zwischen ihr und dem Grafen weiter nichts als eine natürliche Zuneigung bestanden habe. Der Mord erfüllte die Öffentlichkeit in Florenz mit Entsetzen. Die Italiener waren von Lauras Schuld überzeugt, aber ihre englischen und amerikanischen Freunde hielten sie des Verbrechens, dessen man sie anklagte, nicht für fähig. Sie erklärten überall, daß Tito neurotisch und irrsinnig eifersüchtig gewesen sei und auf seine törichte Art ihr freies amerikanisches Benehmen mit einer verbrecherischen Leidenschaft verwechselt habe. Auf den ersten Blick wirkte Titos Anklage lächerlich. Carlo di San Pietro war fast dreißig Jahre älter als sie, ein alternder Mann mit weißem Haar; wie konnte man annehmen, daß eine ungehörige Beziehung zwischen ihr und ihrem Schwiegervater bestanden habe, zumal ihr Mann jung, hübsch und in sie verliebt war?

Harding war dabei, als Laura mit dem Untersuchungsrichter sprach und mit den Anwälten, die Titos Verteidigung übernommen hatten. Sie waren übereingekommen, auf geistige Unzurechnungsfähigkeit zu plädieren. Die Sachverständigen der Verteidigung untersuchten ihn und erklärten ihn für unzurechnungsfähig, die Sachverständigen der Anklage untersuchten ihn ebenfalls und erklärten ihn für normal. Die Tatsache, daß er drei Monate vor diesem schrecklichen Verbrechen eine Pistole gekauft hatte, galt als Beweis, daß es vorbedacht war. Es stellte sich heraus, daß er schwer verschuldet war und daß seine Gläubiger ihn bedrängten; die einzige Möglichkeit, sie zu befriedigen, war für ihn der Verkauf der Villa, und durch den Tod seines Vaters gelangte sie in seinen Besitz. In Italien gibt es keine Todesstrafe, aber vorsätzlicher Mord wird mit lebenslänglicher Einzelhaft bestraft. Als der Zeitpunkt der Gerichtsverhandlung näher rückte, kamen die Anwälte zu Laura und erklärten ihr die einzige Möglichkeit, Tito davor zu bewahren: sie müsse vor Gericht zugeben, daß der Graf ihr Liebhaber gewesen sei. Laura wurde sehr blaß. Harding protestierte heftig. Er sagte, sie hätten kein Recht, einen Meineid von ihr zu verlangen und ihren guten Ruf zu ruinieren, um diesen haltlosen, trunksüchtigen Spieler, den sie unglücklicherweise geheiratet hatte, zu retten. Laura schwieg eine Weile.

»Gut«, sagte sie schließlich, »wenn das die einzige Möglichkeit ist, ihn zu retten, so werde ich es tun.«

Harding versuchte ihr davon abzuraten, aber sie war entschlossen.

»Ich hätte keine ruhige Stunde mehr, wenn ich wüßte, daß Tito den Rest seines Lebens allein in einer Gefängniszelle verbringen müßte.«

Und so geschah es. Die Gerichtsverhandlung begann. Laura wurde aufgerufen und erklärte unter Eid, daß ihr Schwiegervater während mehr als eines Jahres ihr Liebhaber gewesen sei. Tito wurde als unzurechnungsfähig erklärt und in eine Nervenheilanstalt überwiesen. Laura wollte Florenz sofort verlassen, aber in Italien dauern die Vorverhandlungen für ein Gerichtsverfahren endlos, und dann war ihre Zeit fast gekommen. Die Hardings bestanden darauf, daß sie bis nach ihrer Niederkunft bei ihnen blieb. Ein Kind wurde geboren, ein Knabe, aber er lebte nur vierundzwanzig Stunden. Ihr Plan war, nach San Francisco zurückzukehren und bei ihrer Mutter zu wohnen, bis sie eine Arbeit finden konnte, denn Titos Verschwendungssucht, die Ausgaben für die Villa und dann die Kosten des Gerichtsverfahrens hatten ihr Vermögen ernstlich verringert.

Harding hatte mir das meiste davon erzählt, aber eines Tages, als er im Klub war und ich mit Bessie Tee trank und wir wieder über diese tragischen Ereignisse sprachen, sagte sie:

»Wissen Sie, Charley hat Ihnen nicht die ganze Geschichte erzählt, weil er sie nicht kennt. Ich habe es ihm nie gesagt. Männer sind in mancher Hinsicht komisch; sie sind viel leichter schockiert als Frauen.«

Ich zog die Augenbrauen in die Höhe, sagte aber nichts.

»Kurz bevor Laura abreiste, hatten wir ein Gespräch. Sie war sehr niedergeschlagen, und ich dachte, sie trauere über den Verlust ihres Kindes. Ich wollte ihr etwas Tröstliches sagen. ›Du darfst den Tod deines Kindes nicht zu tragisch nehmen‹, sagte ich. ›So wie die Dinge liegen, ist es vielleicht besser, daß es gestorben ist.‹ ›Warum?‹ sagte sie. ›Denke nur an die Zukunft des armen kleinen Geschöpfes, das einen Mörder zum Vater hatte.‹ Sie schaute mich einen Augenblick auf ihre eigentümliche, ruhige Art an. Und was meinen Sie, was sie dann sagte?«

»Ich habe keine Ahnung«, erwiderte ich.

»Sie sagte: ›Wie kommst du darauf, daß sein Vater ein Mörder war?‹ Ich fühlte, wie ich puterrot wurde. Ich konnte meinen Ohren kaum trauen. ›Laura, was meinst du nur?‹ sagte ich. ›Du warst doch im Gerichtssaal‹, sagte sie. ›Du hast mich sagen gehört, daß Carlo mein Liebhaber war.‹«

Bessie Harding starrte mich an, wie sie vermutlich Laura angestarrt hatte.

»Was haben Sie darauf geantwortet?« fragte ich.

»Was sollte ich dazu sagen? Ich sagte gar nichts. Ich war nicht so sehr entsetzt, als vielmehr verwirrt. Laura sah mich an, und ob Sie es glauben oder nicht, ich bin überzeugt, daß ein Blinken in ihren Augen war. Ich kam mir vollkommen idiotisch vor.

›Arme Bessie‹, sagte sie lächelnd.«

Arme Bessie, wiederholte ich mir jetzt selber, während ich über diese merkwürdige Geschichte nachdachte. Sie und Charley waren längst gestorben, und durch ihren Tod hatte ich gute Freunde verloren. Ich schlief dann ein, und am nächsten Tag machte Wyman Holt eine lange Ausfahrt mit mir.

Wir waren um sieben Uhr bei den Greenes eingeladen, und wir kamen auf die Minute vor ihrem Haus an. Jetzt, da ich mich an Laura erinnerte, war ich voller Neugierde, sie wiederzusehen. Wyman hatte in keiner Weise übertrieben. Das Wohnzimmer, in das wir kamen, war der Inbegriff von Alltäglichkeit. Es war recht behaglich, aber ohne jede persönliche Note. Es hätte gut auf Katalogbestellung durch ein Versandhaus geliefert worden sein können. Es wirkte so nüchtern wie ein Amtszimmer. Ich wurde zuerst meinem Gastgeber, Jasper Greene, vorgestellt und dann seinem Bruder Emery und dessen Frau Fanny. Jasper Greene war ein großer, schwerfälliger Mann mit einem Vollmondgesicht und einem schwarzen, groben, ungepflegten Haarschopf. Er trug große, in einem Zellulosegestell eingefaßte Gläser. Er konnte kaum viel über dreißig sein und war demnach fast zwanzig Jahre jünger als Laura. Sein Bruder Emery, Komponist und Lehrer an einer Musikschule in New York, mochte sieben- oder achtundzwanzig Jahre zählen. Seine Frau, ein hübsches kleines Ding, war Schauspielerin, zur Zeit ohne Engagement. Jasper Greene mischte uns einige recht gute Cocktails, abgesehen von einem zu reichlichen Schuß Wermut, und dann setzten wir uns zu Tisch. Die Unterhaltung war heiter, sogar geräuschvoll. Jasper und sein Bruder hatten laute Stimmen, und alle drei, Jasper, Emery und Emerys Frau, redeten ausgiebig. Sie neckten sich gegenseitig, scherzten und lachten, sprachen über Kunst, Literatur, Musik und Theater. Wyman und ich beteiligten uns daran, wenn es uns gelang, was nicht sehr oft der Fall war; Laura versuchte es gar nicht. Sie saß oben am Tisch, ruhig, mit einem belustigten, nachsichtigen Lächeln auf den Lippen, während sie dem zusammenhanglosen Unsinn zuhörte: es war kein törichter Unsinn, wohlverstanden. Er war gescheit und modern, aber trotz alledem eben doch Unsinn. Es lag etwas Mütterliches in ihrer Haltung, und sie erinnerte mich seltsam an eine glatte Dachshündin, die ruhig in der Sonne liegt, während sie träge und doch wachsam ihrem Wurf Welpen zuschaut, der um sie herumtollt. Ich fragte mich, ob ihr bewußt sei, daß all dieses Geplauder über Kunst nicht viel bedeutete im Vergleich zu den Ereignissen von Blut und Leidenschaft in ihrer Vergangenheit. Aber erinnerte sie sich wirklich daran? Das war alles vor so langer Zeit geschehen, und vielleicht erschien es ihr nur noch wie ein böser Traum. Vielleicht gehörte diese alltägliche Umgebung zu ihrem Wunsch nach Vergessen, und die Gesellschaft dieser jungen Leute mochte eine geistige Entspannung für sie bedeuten. Vielleicht war ihr Jaspers gescheiter Unsinn ein Trost. Nach jener Tragödie war es wohl möglich, daß sie nichts anderes haben wollte als die Sicherheit des alltäglichen Einerleis.

Da Wyman als Autorität auf dem Gebiet des Elisabethanischen Dramas galt, streifte das Gespräch diesen Stoff einen Augenblick. Ich hatte schon bemerkt, daß Jasper Greene geneigt war, über alles und jedes seine vorgefaßte Meinung zu äußern:

»Unser Theater ist in die Brüche gegangen, weil die Dramatiker unserer Tage davor zurückschrecken, die wilden Leidenschaften zu behandeln, die den wahren Gegenstand der Tragödie darstellen«, dozierte er. »Im sechzehnten Jahrhundert gab es eine Menge melodramatischer und blutiger Themen, die dafür geeignet waren, und darum brachten sie damals große Schauspiele zustande. Aber wo sollen unsere Bühnenschriftsteller nach solchen Themen suchen? Unser angelsächsisches Blut ist zu träge, zu untätig, um sie mit Material zu versehen, aus dem sie etwas machen könnten, und darum sind sie dazu verurteilt, sich mit den Trivialitäten des gesellschaftlichen Verkehrs zu beschäftigen.«

Ich fragte mich, was Laura hierüber denken mochte, aber ich vermied es, sie anzusehen. Sie hätte ihnen eine Geschichte erzählen können von verbotener Liebe, Eifersucht und Vatermord, die eine Beute für einen Nachfolger Shakespeares gewesen wäre; aber hätte er den Stoff behandelt, so hätte er sich vermutlich verpflichtet gefühlt, das Drama mit wenigstens einer weiteren Leiche auf der Bühne zu beenden. Der Abschluß ihrer Geschichte, den ich jetzt kannte, war allerdings überraschend, aber bedauerlich prosaisch und ein wenig grotesk. Das wirkliche Leben läßt die Dinge häufiger mit einem Winseln als mit einem Schlag enden. Ich fragte mich auch, warum sie sich bemüht hatte, unsere Bekanntschaft zu erneuern. Natürlich hatte sie keinen Grund, anzunehmen, daß ich so viel wußte, wie es der Fall war. Vielleicht fühlte sie mit sicherem Instinkt, daß ich sie nicht verraten würde; vielleicht auch war ihr dies gleichgültig. Ich warf ihr hin und wieder einen verstohlenen Blick zu, während sie ruhig dem erregten Schwatzen der drei jungen Leute zuhörte, aber ihr freundliches, angenehmes Gesicht verriet mir nichts. Hätte ich es nicht anders gewußt, so hätte ich darauf geschworen, daß kein widriger Umstand jemals den Lauf ihres ereignislosen Daseins getrübt hatte.

Der Abend ging zu Ende, und dies ist das Ende meiner Geschichte, aber zum Spaß will ich noch ein kleines Erlebnis erzählen, das sich ereignete, nachdem Wyman und ich in sein Haus zurückgekommen waren. Wir beschlossen, vor dem Zubettgehen noch eine Flasche Bier zu trinken, und gingen in die Küche, um sie zu holen. Die Uhr in der Halle schlug elf, und in diesem Augenblick läutete das Telephon. Wyman ging hin und nahm den Hörer ab, und als er zurückkam, lachte er leise vor sich hin.

»Was gibt es zu lachen?« fragte ich.

»Es war einer meiner Studenten. Sie sollen eigentlich Mitglieder der Fakultät nicht nach halb elf Uhr anrufen, aber er war ganz erregt und besorgt. Er fragte, wie das Böse in die Welt gekommen sei.«

»Und hast du es ihm gesagt?«

»Ich habe ihm gesagt, daß der heilige Thomas von Aquin schon ganz erregt und besorgt wegen dieser gleichen Frage gewesen sei, und er solle sich lieber selber um die Antwort bemühen. Ich sagte ihm, er solle mich anrufen, wenn er die Lösung gefunden habe, ganz gleich zu welcher Zeit. Um zwei Uhr morgens, wenn er wolle.«

»Ich glaube, du kannst ruhig damit rechnen, viele lange Nächte ungestört zu bleiben«, sagte ich.

»Ich will dir nicht verhehlen, daß ich selber zu einer ähnlichen Überzeugung gekommen bin«, sagte er lachend.

Mayhew

Das Leben der meisten Männer ist durch ihre Umgebung bestimmt. Sie akzeptieren die Umstände, denen das Schicksal sie unterworfen hat nicht nur resignierend, sondern sogar bewußt. Sie sind wie Straßenbahnen, die zufrieden in ihren Schienen laufen, und sie verachten das springlebendige kleine Auto, das im Verkehr hin und her flitzt und so ungebunden durch die Gegend fährt. Ich respektiere sie. Sie sind gute Bürger, gute Ehemänner und gute Väter, und natürlich muß jemand die Steuern zahlen; aber aufregend finde ich sie nicht. Ich bin von den Männern fasziniert – wenig genug, genaugenommen –, die das Leben in ihre eigenen Hände nehmen und es nach ihrem eigenen Willen gestalten. Es mag sein, daß wir so etwas wie freien Willen nicht haben, aber bei jeder Gelegenheit bilden wir ihn uns ein. Es scheint, als könnten wir an einer Kreuzung entweder nach rechts oder nach links gehen, aber wenn der Entschluß einmal gefaßt ist, ist es schwierig einzusehen, daß der gesamte Verlauf der Weltgeschichte uns den Weg aufgezwungen hat, den wir dann gehen.

Ich habe niemals einen interessanteren Mann als Mayhew getroffen. Er war Rechtsanwalt in Detroit. Ein fähiger und erfolgreicher. Mit fünfunddreißig besaß er eine ausgedehnte, lukrative Praxis, hatte ein Vermögen erworben und stand am Anfang einer vielversprechenden Karriere. Er war scharfsinnig, attraktiv und aufrecht. Es gab keinen Grund, warum er nicht eine finanzielle oder politische Kraft im Lande werden sollte. Eines Abends saß er mit ein paar Freunden in seinem Klub, und es ging ihnen vielleicht ein bißchen schlechter (oder besser) wegen der Trinkerei. Einer von ihnen war kürzlich aus Italien gekommen und erzählte von einem Haus, das er auf Capri gesehen hatte, einem Haus auf dem Hügel, von dem aus man die Bucht von Neapel überblickte, mit einem großen, schattigen Garten. Er beschrieb ihnen die Schönheit der schönsten Insel im Mittelmeer.

»Das klingt gut«, sagte Mayhew. »Ist das Haus zu verkaufen?«

»Alles in Italien ist zu verkaufen.«

»Laßt uns denen ein Telegramm schicken mit einer Offerte.«

»Was um Himmels willen willst du mit einem Haus auf Capri?«

»Drin leben«, sagte Mayhew.

Er ließ sich ein Telegrammformular bringen, füllte es aus und ließ es aufgeben. Nach ein paar Stunden war die Antwort da. Die Offerte war angenommen.

Mayhew war kein Heuchler und machte kein Geheimnis aus der Tatsache, daß er eine so verrückte Sache nie gemacht hätte, wenn er nüchtern gewesen wäre, aber als er nüchtern war, bedauerte er es nicht. Er war weder ein impulsiver noch ein emotioneller, sondern ein ehrlicher und aufrichtiger Mann. Niemals würde er aus Angabe einen unklugen Entschluß durchsetzen. Er beschloß, genau das zu tun, was er gesagt hatte. Reichtum bedeutete ihm nichts, und er hatte genug Geld, um in Italien zu leben. Er dachte, daß er mehr mit seinem Leben anfangen könnte, als triviale Streitereien unwichtiger Leute zu schlichten. Er hatte keinen festen Plan. Er wollte nur fort aus einem Leben, das ihm alles gegeben hatte, was es zu bieten hatte. Ich vermute, seine Freunde hielten ihn für verrückt; einige müssen alles mögliche getan haben, ihn davon abzubringen. Er ordnete seine Angelegenheiten, packte seine Sachen und fuhr ab.

Capri ist ein schroffer, scharf umrissener Fels in tiefblauem Meer; aber seine grünen, lächelnden Weingärten geben ihm eine sanfte und leichte Anmut. Es ist freundlich, einsam und gutmütig. Ich finde es seltsam, daß Mayhew sich auf dieser schönen Insel niederlassen sollte, denn niemals habe ich einen Mann gekannt, der Schönheit so wenig empfand. Ich weiß nicht, was er dort suchte: Glück, Freiheit oder nur Muße; ich weiß, was er fand. An diesem Ort, der die Sinne so außergewöhnlich anspricht, lebte er ein völlig geistiges Leben. Denn die Insel ist voller Geschichte, und auf ihr lastet unaufhörlich die rätselvolle Erinnerung an den Kaiser Tiberius. Von seinen Fenstern, aus denen man die ganze Bucht von Neapel mit dem vornehmen Umriß des Vesuvs überblickte, der mit dem wechselnden Licht die Farben wechselt, sah Mayhew hundert Orte, die an die Römer und Griechen erinnerten. Die Vergangenheit begann ihn heimzusuchen. All das sah er zum erstenmal, denn er war nie im Ausland gewesen; es weckte seine Phantasie, und seine

Kreativität wurde angeregt. Er war ein energischer Mann. Er entschloß sich, ein historisches Werk zu schreiben. Einige Zeit suchte er nach einem Thema und entschied sich endlich für das zweite Jahrhundert des Römischen Reiches. Es war wenig bekannt und schien ihm die gleichen Probleme zu bieten wie heute.

Er begann, Bücher zu sammeln und besaß bald eine ungeheure Bibliothek. Das Jurastudium hatte ihn gelehrt, schnell zu lesen. Er machte sich an die Arbeit. Anfänglich hatte er sich abends immer mit den Malern, Schriftstellern und ähnlichen Leuten in der kleinen Taverne in der Nähe der Piazza getroffen, aber jetzt zog er sich zurück, da er sich immer mehr in seine Studien versenkte. Er hatte sich daran gewöhnt, in dem sanften Meer zu baden und lange Spaziergänge durch die freundlichen Weingärten zu machen, aber nach und nach drängte die Zeit, und er hörte damit auf. Er arbeitete härter als jemals in Detroit. Er begann mittags und arbeitete durch, bis die Sirene des Dampfers, der jeden Morgen von Capri nach Neapel fährt, ihm anzeigte, daß es fünf Uhr und Zeit zum Insbettgehen sei. Sein Thema öffnete sich ihm, wurde weiter und bedeutungsvoller, und er stellte sich ein Werk vor, das ihn für immer an die Seite der großen Historiker der Vergangenheit stellen würde. Im Lauf der Jahre wurde er immer seltener unter Menschen gesehen. Nur ein Schachspiel oder eine Diskussion konnte ihn aus seinem Haus locken. Er maß die Fähigkeiten seines Gehirns gern an denen eines anderen. Er war jetzt sehr belesen, nicht nur in Geschichte, sondern auch in Philosophie und Naturwissenschaften; und er war ein gewiefter Gesprächspartner, schnell, logisch und scharf. Aber er war freundlich und friedlich. Obwohl er eine gesunde Freude am Sieg hatte, demütigte er einen nicht durch Triumph.

Als er auf die Insel kam, war er ein großer, stämmiger Bursche mit dichtem schwarzem Haar, schwarzem Bart und einem kräftigen Körper. Aber nach und nach wurde seine Haut bleich und wächsern; er wurde dünn und zerbrechlich. Es bestand ein eigenartiger Widerspruch in diesem höchst logischen Menschen, der, obwohl er ein überzeugter und hitziger Materialist war, seinen Körper verachtete. Er sah ihn als ein nichtswürdiges Instrument an, das er auf Befehl des Geistes beherrschen konnte. Weder Krankheit noch Müdigkeit hinderten ihn bei der Arbeit.

Vierzehn Jahre lang mühte er sich unnachgiebig. Er machte sich Tausende und aber Tausende Notizen. Er sortierte und klassifizierte sie. Er kannte sein Thema durch und durch und konnte endlich anfangen. Er setzte sich hin, um zu schreiben. Er starb.

Der Körper, den er, der Materialist, so verächtlich behandelt hatte, rächte sich an ihm.

Diese große Wissensfülle ist für immer verloren. Umsonst war der Ehrgeiz, sicher kein unehrenhafter, seinen Namen neben die von Gibbon und Mommsen zu setzen. Sein Andenken wird im Herzen von wenigen Freunden bewahrt, die im Laufe der Jahre immer weniger werden, und im Tode ist er für die Welt so unbekannt, wie er es im Leben war.

Und doch war für mich sein Leben ein Erfolg. Die Vorlage ist gut und vollständig. Er wußte, was er wollte, und starb, als das Ziel in Sicht war, und er kannte nie die Bitternis eines erreichten Ziels.

Der Lotosesser

Die meisten Menschen, ja fast alle, leben, wie es der Druck der äußeren Umstände bestimmt, und wenn auch einige, die sich in ihrer Haut nicht wohl fühlen, murren, weil sie unter anderen Verhältnissen vorgeblich eine bessere Figur abgegeben hätten, nimmt der größere Teil, wenn nicht heiter, so doch resigniert, sein Schicksal hin. Wie Straßenbahnen fahren sie ohne Unterlaß auf den ewig gleichen Geleisen hin und her, hin und her, immer wieder, bis sie auseinanderfallen und verschrottet werden. Selten findet man einen, der tapfer sein Leben in die eigenen Hände nimmt; es lohnt, ihn genau anzusehen, wenn man auf ihn stößt.

Daher lag mir daran, Thomas Wilson zu treffen, der sich in ein kühnes und aufregendes Unternehmen gestürzt hatte. Natürlich war sein Experiment noch nicht zu Ende, und vorher durfte man es nicht als erfolgreich bezeichnen. Aber nach allem, was ich hörte, mußte er ein merkwürdiger Bursche sein, den ich gerne kennenlernen wollte. Er galt als sehr zurückhaltend, doch ich hatte das Gefühl, daß ich durch Vorsicht und Geduld sein Vertrauen gewinnen würde. Ich mußte die Geschichte von ihm selbst erfahren; die Leute übertreiben gerne und erzählen Märchen, und ich erwartete, daß sein Fall nicht halb so ungewöhnlich sei, wie man mir weisgemacht hatte.

Dieser Eindruck verstärkte sich, als wir uns endlich begegneten. Ich verbrachte den August in der Villa eines Freunds auf Capri, wo kurz vor Sonnenuntergang auf der Piazza Einheimische und Fremde zu einem geruhsamen Schwatz in der Abendkühle zusammenkommen. Von einer Terrasse aus geht der Blick auf die Bucht von Neapel, und wenn die Sonne langsam ins Meer sinkt, zeichnet sich die Silhouette von Ischia vor einer Feuerwand ab – eines der schönsten Naturschauspiele in der ganzen Welt. Als ich mit meinem Freund und Gastgeber die Aussicht genoß, sagte er plötzlich:

»Du, dort ist Wilson.«

»Wo?«

»Der Mann auf dem Geländer, der uns den Rücken zukehrt. Er hat ein blaues Hemd an.«

Ich sah eine unauffällige Rückenpartie und einen kleinen Kopf mit dünnem, kurz geschnittenem, grauem Haar.

»Wenn er sich bloß umdrehte«, sagte ich.

»Das wird gleich der Fall sein.«

»Dann frag ihn doch, ob er mit uns im Morgano einen Drink nimmt.«

»Gerne.«

Schon war der Augenblick berauschender Schönheit vorüber, die Sonne versank wie die Kuppe einer Orange im weinroten Meer. Wir kehrten uns ab und schauten, an die Balustrade gelehnt, den promenierenden Leuten zu. Alle schnatterten nach Kräften, ein herzerfrischender Lärm. Dann läutete die Kirchenglocke, ein wenig scheppernd zwar, aber mit einem hellen Nachklang. Die Piazza von Capri bildet mit dem Glokkenturm über dem Fußweg, der vom Hafen heraufführt, und der an einer Freitreppe aufragenden Kirche die ideale Kulisse für eine Donizetti-Oper; man erwartete, daß die plappernde Menge jeden Augenblick einen schmetternden Chor anstimmte. Alles war reizvoll unwirklich. Die Szene fesselte mich so, daß ich gar nicht bemerkte, wie Wilson von der Balustrade her auf uns zuging. Als er vorbeikam, hielt ihn mein Freund an.

»Hallo, Wilson, ich sah Sie in letzter Zeit gar nicht beim Baden.«

»Ich war zur Abwechslung auf der anderen Seite.«

Mein Freund stellte mich vor, und Wilson reichte mir freundlich, aber unbeteiligt die Hand; so viele Touristen besuchen für ein paar Tage oder ein paar Wochen Capri, daß er gewiß dauernd kurzlebige Bekanntschaften machte. Mein Freund lud ihn zu einem Drink mit uns ein.

»Ich wollte gerade zum Abendessen.«

»Kann das nicht warten?«

Er lachte. »Ich glaube schon.«

Trotz seiner schlechten Zähne war sein freundliches, gütiges Lachen anziehend. Er trug ein blaues Baumwollhemd, graue, sehr zerknitterte und nicht sonderlich saubere Leinenhosen und uralte Sandalen. Dieser malerische Aufzug paßte ausgezeichnet zu der Umgebung und zum Wetter, aber keineswegs zu Wilsons langem, zerfurchtem, sonnverbranntem Gesicht mit den schmalen Lippen, den kleinen grauen, eng beieinanderstehenden Augen und den straffen, klaren Zügen. Die grauen Haare hatte er sorgsam gebürstet. Sein Gesicht war nicht unedel, ja in seiner Jugend mochte er gut, wenn auch konventionell ausgesehen haben. Das am Kragen offenstehende Hemd und die grauen Hosen schienen nicht ihm zu gehören; er trug sie, als hätte er im Pyjama Schiffbruch erlitten und wäre von mitleidigen Fremden mit abgelegten Sachen ausgestattet worden. Ungeachtet seines lässigen Anzugs wirkte er wie der Leiter einer Versicherungsfiliale, der undenkbar ist ohne schwarzes Jackett, Pfeffer-und-Salz-Hosen, blütenweißes Hemd und tadellosen Binder. Ich sah mich schon bei ihm meinen Schadenersatzanspruch für eine verlorengegangene Uhr anmelden, völlig verwirrt, während ich seine Fragen beantwortete, durch seine von aller Höflichkeit kaum verdeckte Überzeugung, daß so einen Verlust nur Narren oder Spitzbuben ersetzt haben wollen.

Wir bummelten über die Piazza und die Straße hinunter bis zum Morgano, wo wir uns in den Garten setzten. Um uns herum sprach man russisch, deutsch, englisch und italienisch. Als wir etwas zu trinken bestellt hatten, watschelte Donna Lucia, die Frau des Wirts, herbei und begrüßte uns mit ihrer tiefen, melodischen Stimme. Obschon nun in gesetztem Alter und recht stattlich, bewahrte sie Spuren jener überwältigenden Schönheit, die vor dreißig Jahren die Maler zu unzähligen schlechten Porträts inspiriert hatte. Ihre großen runden Augen waren Heras Augen, in ihrem Lachen klang Anmut und Güte. Wir drei plauderten eine Weile leichthin, denn Capri liefert immer irgendeinen Skandal als Gesprächsstoff. Bald stand Wilson auf und verabschiedete sich. Kurz danach schlenderten wir zum Haus meines Freunds hinauf zum Abendessen. Unterwegs fragte er mich, was ich von Wilson halte.

»Nichts«, sagte ich, »ich glaube kein Wort von deiner Geschichte.«

»Warum nicht?«

»Er ist nicht der Mann dazu.«

»Wer kennt schon seine Mitmenschen bis auf den Grund?«

»Ich halte Wilson für einen ganz gewöhnlichen Geschäftsmann, der sich mit einem netten Einkommen aus einer bombensicheren Kapitalanlage zur Ruhe gesetzt hat. Richtiger Capri-Klatsch, den du mir da aufgetischt hast.«

»Bitte, wie du willst«, sagte mein Freund.

Gewöhnlich badeten wir an einem Strand neben dem sogenannten Bad des Tiberius. Mit einem gemieteten Einspänner fuhren wir ein Stück die Straße entlang, dann wanderten wir durch Zitronenhaine und Weinberge, wo Zikaden zirpten und die Luft schwer war vom heißen Duft der Sonne, bis wir die Spitze einer Klippe erreichten, von der in steilen Serpentinen ein Weg zum Meer hinunterführte. Als wir, ein oder zwei Tage nach dem Zusammentreffen, fast unten angelangt waren, rief mein Freund: »Du, Wilson ist wieder da.«

Wir stapften über den steinigen Strand, an dem wir zu unserem vollkommenen Glück nur den Sand vermißten. Wilson sah uns ankeuchen und winkte. In der Badehose stand er da und rauchte eine Pfeife, sein Körper war dunkelbraun, schlank, aber nicht ausgemergelt, und im Vergleich zu seinen Runzeln und seinem grauen Haar jugendlich. Erhitzt von unserem Marsch zogen wir uns rasch aus und stürzten sofort ins Wasser, das am Ufer schon zehn Meter tief und so klar war, daß man bis auf den Grund sah. Trotz seiner Wärme erfrischte es.

Als ich herausstieg, lag Wilson bäuchlings auf einem Handtuch und las. Ich zündete mir eine Zigarette an und setzte mich zu ihm.

»Gut geschwommen?« fragte er.

Er steckte seine Pfeife als Lesezeichen zwischen die Seiten, schloß das Buch und legte es neben sich auf die Steine. Ohne Zweifel wollte er plaudern.

»Herrlich«, sagte ich, »auf der ganzen Welt gibt's nichts Vergleichbares.«

»Das da halten die Leute natürlich für das Bad des Tiberius.« Er zeigte auf einige unförmige Mauerreste, die aus dem Wasser ragten. »Mitnichten. Das stammt, wie Sie sicher wissen, von einer seiner Villen.«

Ich wußte es, doch man muß die Leute reden lassen, wenn sie der Mitteilungsdrang überfällt. Wer ihnen zuhört, stimmt sie sich geneigt. Wilson lachte auf.

»Ein merkwürdiger Knabe, dieser Tiberius. Nur schade, daß angeblich alle diese Geschichten über ihn glatt erlogen sind.«

Und er schilderte mir das Leben des Tiberius von A bis Z. Da ich meinen Sueton kannte und auch Darstellungen der frühen römischen Kaiserzeit gelesen hatte, erfuhr ich nicht viel Neues, doch mir fiel auf, und ich sagte es ihm auch, daß er recht gut beschlagen war.

»Ja, als ich mich hier niederließ, interessierte ich mich dafür, und Zeit zum Lesen habe ich ja genug. An einem Platz wie hier, mit allen diesen Erinnerungen, wird Geschichte so gegenwärtig. Da fühlt man sich beinahe in die alten Zeiten zurückversetzt.«

Ich muß hier einflechten, daß unsere Erzählung 1913 spielt. Das Leben war geruhsam und angenehm, und kein Mensch erwartete, irgend etwas könnte seine heitere Zufriedenheit beeinträchtigen.

»Wie lange sind Sie schon hier?« fragte ich.

»Fünfzehn Jahre.« Er warf einen Blick auf das ruhige blaue Meer, und ein seltsam zärtliches Lächeln spielte um seine dünnen Lippen. »Ich verliebte mich Hals über Kopf in diesen Fleck Erde. Sicher haben Sie von jenem sagenumwobenen Deutschen gehört, der mit dem Boot von Neapel herüberkam, um hier Mittag zu essen und die Blaue Grotte zu besichtigen, und der vierzig Jahre dablieb; nun, bei mir war's nicht ganz so, aber es läuft aufs gleiche hinaus. Bloß werden es in meinem Fall keine vierzig Jahre sein. Fünfundzwanzig. Das ist besser als gar nichts.«

Ich wartete auf weiteres, denn diese Andeutungen ließen doch etwas Wahres an der außerordentlichen Geschichte vermuten, die ich über ihn gehört hatte. Aber in diesem Augenblick stieg triefend und stolz, daß er anderthalb Kilometer geschwommen war, mein Freund aus dem Wasser, und die Unterhaltung wandte sich anderen Themen zu.

Später traf ich Wilson verschiedentlich, teils auf der Piazza, teils am Strand. Er war liebenswürdig und höflich, plauderte gerne und erwies sich nicht bloß als genauer Kenner der Insel, sondern auch des benachbarten Festlands. Über die verschiedensten Sachgebiete hatte er eine Menge gelesen, insbesondere über römische Geschichte, die er erstaunlich beherrschte. Er besaß wohl wenig Phantasie und eine bloß durchschnittliche Intelligenz, lachte viel, doch gedämpft, und freute sich an schlichten Späßchen: ein Mann ohne Profil. Ich vergaß nicht seine seltsame Bemerkung bei unserem ersten vertrauten Gespräch, aber er kam nie darauf zurück. Als mein Freund und ich einmal vom Baden zurückkehrten und auf der Piazza aus der Pferdedroschke stiegen, bestellten wir den Fahrer für fünf Uhr zu einem Ausflug nach Anacapri. Wir wollten den Monte Solaro besteigen, in unserer Lieblingstaverne zu Abend essen und im

Mondlicht heimwandern; es war Vollmond und die Aussicht bei Nacht ganz einzigartig. Wilson, den wir mitgenommen hatten, um ihm den heißen und staubigen Weg zu ersparen, stand daneben, als wir mit dem Kutscher verhandelten, und aus purer Höflichkeit fragte ich ihn, ob er uns begleiten wolle.

»Ich lade Sie ein«, sagte ich.

»Ich komme gerne mit«, antwortete er.

Aber als wir zum Aufbruch rüsteten, fühlte sich mein Freund nicht wohl; er war sicher zu lange im Wasser geblieben und scheute nun den langen, ermüdenden Marsch. So zogen Wilson und ich allein los. Wir stiegen auf den Berg, genossen den weiten Blick und erreichten bei Einbruch der Nacht erhitzt, hungrig und durstig die Wirtschaft. Unser Abendessen hatten wir im voraus bestellt. Es war sehr gut, denn Antonio kochte hervorragend, und der leichte Wein stammte aus seinem eigenen Weinberg. Man trank ihn wie Wasser, und zu den Makkaroni leerten wir die erste Flasche. Als die zweite zu Ende war, sahen wir das Leben in rosigen Farben. Wir saßen ganz allein in einer mit Trauben dicht behangenen Laube. Die Luft war zauberhaft mild, die Nacht ganz still. Das Mädchen brachte uns Bel Paese und eine Schüssel Feigen, ich bestellte noch Kaffee und Strega, den besten italienischen Likör. Wilson verschmähte meine Zigarre und zündete seine Pfeife an.

»Wir haben noch lange Zeit«, meinte er, »der Mond taucht erst in einer Stunde über dem Berg auf.«

»Mond hin, Mond her«, warf ich rasch ein, »natürlich haben wir lange Zeit. Das gehört zu Capris Reizen, daß sich niemand abhetzt.«

»Muße«, sagte er, »was wissen die Leute davon: das Wertvollste, was ein Mensch besitzen kann, und sie sind so blöde, daß sie es nicht einmal für erstrebenswert halten. Arbeit? Sie arbeiten um der Arbeit willen, zu dumm, um zu begreifen, daß der Genuß der Muße das einzige Ziel der Arbeit ist.«

Unter dem Einfluß des Weins ergehen sich viele Menschen in allgemeinen Betrachtungen. Wilsons Theorien waren richtig, aber beim besten Willen nicht originell. Ich sagte nichts, sondern zündete meine Zigarre an.

»Es war Vollmond, als ich zum erstenmal nach Capri kam«, fuhr er nachdenklich fort. »Vielleicht derselbe wie heute.«

»Es war derselbe«, bemerkte ich lächelnd.

Er feixte. Im Garten brannte als einziges Licht eine Öllampe, die über uns hing; das Essen beleuchtete sie ja dürftig, aber jetzt verlockte sie zu vertraulichen Eröffnungen.

»So war's nicht gemeint. Ich wollte sagen, es hätte gestern sein können. Die fünfzehn Jahre sind mir wie ein Monat verflogen. Ich war vorher nie in Italien gewesen und nutzte damals meinen Sommerurlaub. Von Marseille fuhr ich mit dem Schiff nach Neapel und besuchte natürlich Pompeji und Paestum und noch ein oder zwei Sehenswürdigkeiten; dann kam ich für eine Woche hierher. Capri gefiel mir gleich, schon vom Meer aus, wie es immer näher rückte; und als wir von dem Dampfer in die kleinen Boote überstiegen und am Kai landeten: diese plappernden Horden, die sich um das Gepäck balgten, und die Schlepper, die einen in ein Hotel schubsten, und die verfallenen Häuser der Marina und der Weg hinauf zu meiner Unterkunft und das Abendessen auf der Terrasse – ja, da hat's mich gepackt. Wirklich und nachhaltig. Ich wußte nicht mehr, wo mir der Kopf stand. Ich hatte noch nie Capri-Wein getrunken, sondern nur davon gehört; wahrscheinlich war ich darum etwas blau. Als alle zu Bett gegangen waren, blieb ich auf der Terrasse sitzen und betrachtete den Mond über dem Meer, eine große rote Rauchwolke stieg aus dem Vesuv. Heute weiß ich, was für ein Gepansche mir vorgesetzt wurde, von wegen Capri-Wein, aber damals schmeckte es mir. Und nicht der Wein machte mich betrunken, sondern der Umriß der Insel, die redseligen Leute, der Mond und das Meer und der Oleander im Garten des Hotels. Ich hatte nie zuvor einen Oleander gesehen.«

Die lange Rede hatte ihm die Kehle ausgetrocknet. Er langte nach seinem Glas, aber es war leer. Ich bot ihm noch einen Strega an.

»Schlechter Stoff. Wir nehmen lieber noch eine Flasche Wein. Viel vernünftiger, dieser reine Traubensaft, der einem nicht nachhängt.«

Ich bestellte noch eine Flasche und füllte die Gläser. Er nahm einen großen Schluck, seufzte wohlig auf und erzählte weiter.

»Am nächsten Morgen entdeckte ich unseren Badeplatz. Ganz nett, dort zu schwimmen, dachte ich. Dann erkundete ich die Insel und rannte, so ein Glück, mitten in ein Fest auf der Punta di Timberio. Ein Madonnenbild, Priester, weihrauchschwingende Ministranten und dazu eine riesige Volksmenge, hübsch, begeistert, fröhlich, die meisten im Sonntagsstaat. Ich traf einen Engländer und fragte ihn, was das zu bedeuten habe. ›Oh, Auferstehung‹, sagte er, ›zumindest behauptet das die Katholische Kirche, aber das dient zur Tarnung. Es ist das Fest der Venus, ein heidnisches Fest, verstehen Sie? Aphrodite, die aus dem Meer steigt und so weiter.‹ Mir wurde ganz anders, als ich das hörte. Es versetzt uns so weit in die Vergangenheit zurück, nicht wahr? Später schlenderte ich einmal bei Nacht hinunter, um die Faraglioni bei Nacht zu sehen. Wenn das Schicksal mich weiterhin zum Bankdirektor bestimmt hatte, durfte es mich nicht diesen Spaziergang machen lassen.«

»Sie waren bei der Bank?« fragte ich.

Ich hatte mich in seinem Beruf getäuscht, aber nur wenig.

»Ja. Leiter der York and City Bank an der Crawford Street. Das war praktisch, da ich Richtung Hendon wohnte. Siebenunddreißig Minuten brauchte ich ins Geschäft.«

Er zog an seiner Pfeife und zündete sie wieder an. »Das war meine letzte Nacht. Montag früh mußte ich in der Bank zurück sein. Als ich die zwei riesigen, aus dem Wasser aufragenden Felsen im Mondlicht betrachtete, dazu die vielen kleinen Lichter der Fischerboote, alles so friedlich und so vollkommen schön, da fragte ich mich, warum ich denn zurück sollte. Schließlich war niemand auf mich angewiesen. Meine Frau war vier Jahre zuvor an einer Lungenentzündung gestorben, unsere Tochter hatte ich der Großmutter, der Mutter meiner Frau, in Obhut gegeben. Diese dumme Person kümmerte sich nicht richtig um die Kleine, sie kriegte Blutvergiftung, ein Bein wurde amputiert, aber sie konnten sie nicht retten, und das arme Kind starb.«

»Schrecklich«, sagte ich.

»Ja, das hat mich sehr mitgenommen damals, obwohl nicht so, wie wenn das Kind bei mir gelebt hätte, und im Grunde war es eine Erlösung. Welche Chancen hat schon ein Mädchen mit einem Holzbein? Ich trauerte auch um meine Frau, wir kamen sehr gut miteinander aus, obgleich ich nicht weiß, ob das so geblieben wäre. Sie gehörte zu den Frauen, die sich immer nach der Meinung der anderen Leute richten. Sie reiste nicht gerne, Eastbourne war ihr Ferienideal. Stellen Sie sich vor, erst nach ihrem Tod fuhr ich zum erstenmal über den Kanal.«

»Aber vermutlich haben Sie andere Verwandte, oder nicht?«

»Nein. Ich war das einzige Kind; mein Vater hatte einen Bruder, aber der ging schon vor meiner Geburt nach Australien. Ich glaube, niemand konnte einsamer sein auf dieser Welt als ich, und es gab keinen triftigen Grund, warum ich nicht dem Zug meines Herzens folgen sollte. Damals war ich vierunddreißig.«

Fünfzehn Jahre sei er bereits auf der Insel, hatte er mir erzählt, also war er jetzt neunundvierzig, wie ich geschätzt hatte.

»Ich habe seit meinem siebzehnten Lebensjahr gearbeitet. Und mich erwartete nur das ewig gleiche Einerlei bis zu meiner Pensionierung. Lohnt denn das? fragte ich mich. Was konnte Unrechtes daran sein, wenn ich alles an den Nagel hängen und den Rest meines Lebens hier unten verbringen würde? Dies war das schönste Fleckchen Erde, das ich kannte. Aber als Geschäftsmann und von Natur aus vorsichtig sagte ich mir: nein, du schlidderst da nicht einfach hinein, sondern fährst morgen wie geplant zurück und überlegst dir die Sache noch einmal, vielleicht stellt sie sich von London aus ganz anders dar. Ich Esel verlor ein ganzes Jahr dadurch.«

»Und Sie hielten an Ihrem Entschluß fest?«

»Aber ja! Solange ich arbeitete, dachte ich bloß an den Strand und die Weinberge, an die Spaziergänge über die Hügel, an den Mond und das Meer und an die Piazza, wo am Abend sich das ganze Dorf zu einem kleinen Plausch nach des Tages Arbeit einfindet. Nur ein einziges Problem beschäftigte mich: ob ich es verantworten könne, im Gegensatz zu allen anderen Leuten nichts zu tun. Da las ich eine Art Geschichtsbuch von einer Marion Crawford, worin etwas über Sybaris und Crotona stand. Das waren zwei Städte: in Sybaris genossen sie das Leben in vollen Zügen, und in Crotona schuftete man unermüdlich. Eines Tages überfielen die Crotoner Sybaris und zerstörten es, und nach einiger Zeit überfielen irgendwelche Halunken Crotona und zerstörten es. Nichts überdauerte von Sybaris, kein einziger Stein, und von Crotona blieb nur eine Säule. Das entschied für mich die Sache.«

»Hm?«

»Es ist doch genau aufs gleiche hinausgelaufen. Und, von heute aus gesehen, wer war der Dumme?«

Ich schwieg, und er sprach weiter.

»Das Geld machte mir natürlich Kopfzerbrechen, denn die

Bank zahlte erst nach dreißig Jahren Dienstzeit eine Pension, gewährte aber eine Abfindung, wenn man vorher ausschied. Auch zusammen mit dem Verkaufserlös meines Hauses und den paar Ersparnissen reichte es nicht für eine lebenslängliche Rente. Ich wäre ja blöde gewesen, alles einem angenehmen Leben zu opfern, ohne die Mittel zu besitzen, es mir wirklich angenehm zu gestalten. Ich wollte ein Häuschen, einen dienstbaren Geist, der mir den Haushalt führte, Tabak, ordentliches Essen, hie und da ein Buch und einen kleinen Fonds für Notfälle. Ich wußte genau, wieviel ich brauchen würde, und rechnete aus, daß ich mir gerade eine Rente für fünfundzwanzig Jahre kaufen konnte.«

»Sie waren damals fünfunddreißig?«

»Ja. Damit hätte ich mein Auskommen bis sechzig. Wer weiß schon, ob er länger lebt, die meisten sterben in den Fünfzigern, und mit sechzig hat man ja das Beste hinter sich.«

»Aber stirbt man auch garantiert mit sechzig?«

»Vielleicht. Das hängt von uns selbst ab, meinen Sie nicht?«

»An Ihrer Stelle wäre ich bei der Bank geblieben, bis Sie die Pension beanspruchen konnten.«

»Mit siebenundvierzig also. Nicht zu alt, um hier das Leben zu genießen, ich bin jetzt schon darüber hinaus und genieße es wie eh und je, aber doch zu alt, dieses Abenteuer mit der Intensität der Jugend zu erleben. Natürlich kann man sich's mit fünfzig so herrlich wie mit dreißig einrichten, aber es ist nicht dasselbe. Ich wollte das vollkommene Leben leben im Vollbesitz meiner geistigen und körperlichen Kräfte, um das Maximum daraus zu ziehen. Fünfundzwanzig Jahre schienen eine lange Zeit und fünfundzwanzig Jahre Glückseligkeit einen ordentlichen Preis wert. Ich hatte beschlossen, ein Jahr zu warten; ich wartete ein Jahr, bat dann um meine Entlassung und kaufte, sobald ich meine Abfindung hatte, die Rente und kam hierher.«

»Eine Rente für fünfundzwanzig Jahre?«

»Sicher.«

»Und Sie haben es nie bereut?«

»Nie. Den Gegenwert meines Geldes hab ich schon erhalten, und zehn Jahre stehen mir noch bevor. Meinen Sie nicht, nach fünfundzwanzig Jahren ungetrübten Glücks sollte man zufrieden sein und nicht mehr verlangen?«

»Vielleicht.«

Er sprach sich nicht darüber aus, was er dann tun wollte, aber seine Absicht war klar. Was er mir anvertraut hatte, deckte sich mit der Geschichte, die mir mein Freund erzählt hatte, aber aus Wilsons eigenem Mund klang sie doch anders. Ich musterte ihn kurz: es war wirklich nichts Ungewöhnliches an ihm. Niemand, der dieses feine, etwas konventionelle Gesicht sah, traute dem Mann etwas Außerordentliches zu. Ich machte ihm keinen Vorwurf; es war sein Leben, das er sich so seltsam zurechtgebastelt hatte – warum sollte er nicht damit anfangen, was ihm beliebte: dennoch kroch mir ein Schauder über den Rücken.

»Wird Ihnen kühl?« fragte er lächelnd. »Wir könnten jetzt loszuckeln, der Mond wird aufgegangen sein.«

Bevor wir aufbrachen, fragte mich Wilson noch, ob ich nicht sein Haus sehen wollte, und zwei oder drei Tage darauf, als ich erfahren hatte, wo er wohnte, machte ich mich zu ihm auf. Ich fand eine Bauernhütte vor, ziemlich entfernt von der Stadt, in einem Weinberg, mit Aussicht auf das Meer. Neben der Haustür blühte verschwenderisch ein großer Oleander. Innen gab es nur zwei kleine Zimmer und eine winzige Küche mit einem Verschlag für Brennholz. Das Schlafzimmer glich einer Mönchszelle, während das angenehm nach Tabak riechende Wohnzimmer behaglich eingerichtet war mit zwei Lehnstühlen, die Wilson aus England mitgebracht hatte, einem mächtigen Rollschreibtisch, einem kleinen Klavier und übervollen Bücherregalen. An den Wänden hingen gerahmte Stiche nach Bildern von G. F. Watts und Lord Leighton. Wilson berichtete, die Hütte gehöre dem Besitzer des Weinbergs, der weiter oben in einem anderen Haus wohne und dessen Frau täglich die Zimmer und das Essen besorge. Während seines ersten Aufenthalts in Capri habe er diesen Platz ausfindig gemacht und ihn bei seiner Rückkehr gemietet: seither lebe er dort.

Als ich das Instrument und die aufgeschlagenen Noten bemerkte, fragte ich Wilson, ob er Klavier spiele.

»Nur mäßig, aber ich liebe Musik seit langem und klimpere mit großem Vergnügen.«

Er setzte sich ans Klavier und spielte einen Satz einer Beethoven-Sonate. Es war nicht sehr bedeutend. Ich blätterte die Noten durch: Schumann, Schubert, Beethoven, Bach und

Chopin. Auf dem Eßtisch entdeckte ich ein Paket abgenutzter Karten, und ich fragte ihn, ob er Patiencen lege.

»Oft.«

Nach allem, was ich von ihm sah und von anderen Leuten über ihn hörte, konnte ich mir wohl ein zutreffendes Bild seines Lebens in den letzten fünfzehn Jahren machen. Ein harmloses Leben: er badete und wanderte viel und gewann sichtlich der Insel, die er so gut kannte, immer neue Schönheiten ab; er spielte Klavier, legte Patiencen und las. Einladungen schlug er nicht aus und zeigte sich als angenehmer, wenn auch ein bißchen farbloser Gast. Kümmerte man sich nicht um ihn, war er keineswegs beleidigt. Er mocht die Menschen, aber mit einer Distanz, die Intimität ausschloß. Er lebte schlicht, ohne auf Komfort zu verzichten, und schuldete niemandem eine Lira. Sex hatte ihn wahrscheinlich nie heftig beunruhigt, und wenn er früher ab und an mit einer Touristin, die in dieser Luft den Kopf verlor, eine Affäre gehabt haben mochte, dann blieb er ganz gewiß Herr über seine Gefühle. Nichts durfte seine völlige Unabhängigkeit beeinträchtigen. Seine einzige Leidenschaft war die Schönheit der Natur; so suchte er das Glück in den einfachen, kreatürlichen Dingen, die das Leben jedermann anbietet. Vielleicht sagen Sie: wie entsetzlich selbstsüchtig. Sicher, er nützte niemandem, aber er schadete auch niemandem. Er erstrebte bloß sein persönliches Glück und schien es sogar erreicht zu haben. Wenige wissen, wo sie ihr Glück suchen sollen, kaum einer findet es. War er ein Narr oder ein Weiser? Auf jeden Fall war er ein Mann, der wußte, was er wollte. Mich störte bloß seine aufreizende Durchschnittlichkeit. Niemals hätte ich einen zweiten Gedanken an ihn verschwendet, wäre er nicht, wie er mir angedeutet hatte, an einem bestimmten Tag in zehn Jahren gezwungen, von dieser so geliebten Welt Abschied zu nehmen, wenn nicht eine Krankheit ihm zufällig den Lebensfaden vorher durchschnitt. Wahrscheinlich stachelte ihn diese Vorstellung, die ihm nie aus dem Sinn kam, zu jenem eigentümlichen Eifer an, mit dem er jede Sekunde des Tages ausschöpfte.

Es wäre ungerecht gegenüber Wilson, nicht darauf hinzuweisen, daß er im allgemeinen nicht von sich zu sprechen pflegte. Nur meinem Freund, bei dem ich wohnte, hatte er sich anvertraut, und mir erzählte er seine Geschichte, weil er vermutete, ich kenne sie bereits; überdies hatte er an jenem Abend recht viel Wein getrunken.

Meine Ferien gingen zu Ende, und ich verließ die Insel. Im Jahr darauf brach der Krieg aus. Verschiedene Umstände gaben meinem Leben eine neue Richtung, so daß ich erst dreizehn Jahre später wieder nach Capri kam. Mein Freund war schon früher zurückgekehrt, hatte aber, da es ihm finanziell nicht mehr besonders gut ging, ein neues Haus bezogen, wo kein Platz für mich war; so stieg ich in einem Hotel ab. Er holte mich am Schiff ab, wir aßen zusammen, und ich fragte ihn beiläufig, wo eigentlich sein Haus genau liege.

»Du kennst es«, antwortete er, »es gehörte Wilson. Ich habe ein Zimmer angebaut und es mir sehr hübsch eingerichtet.«

Den Kopf voll von anderen Dingen, hatte ich Wilson jahrelang vergessen; jetzt überfiel mich mit einem leisen Schreck die Erinnerung. Die zehn Jahre, die er noch vor sich hatte, als ich ihn kennenlernte, mußten lange abgelaufen sein.

»Brachte er sich wirklich um?«

»Es ist eine recht traurige Geschichte.«

Wilsons Plan war gut, er besaß nur einen Fehler, den Wilson nicht einkalkulieren konnte. Er hatte übersehen, daß durch fünfundzwanzig Jahre ungetrübten Seelenfriedens und vollkommenen Glücks im Windschatten des Schicksals seine Charakterstärke immer mehr aufgeweicht würde. Der menschliche Wille braucht Hindernisse, um sich zu stählen; wenn er nie beansprucht wird, wenn alle Wünsche glatt in Erfüllung gehen, weil sie sich im Rahmen des mühelos Erreichbaren halten, dann versagt der Wille den Dienst. Wer nur auf ebener Erde geht, dessen Muskeln bilden sich zurück und taugen nicht mehr zum Bergsteigen. Diese Betrachtungen sind banal, aber bitte ... Als Wilsons Rente abgelaufen war, konnte er sich nicht aufraffen, Schluß zu machen und den Preis für diese lange Zeit heiterer Beschaulichkeit zu zahlen. Nach allem, was ich von meinem Freund und später von anderen erfuhr, denke ich nicht, daß es ihm an Mut gebrach, er konnte sich einfach nicht zu der Tat entschließen. Er schob sie von Tag zu Tag hinaus.

Da er so lange auf der Insel gelebt und seine Rechnungen immer prompt beglichen hatte, bekam er leicht Kredit; er hatte nie Geld entlehnt und fand jetzt zahlreiche Bekannte, die er um kleine Summen angehen konnte. Auch seine Miete hatte er regelmäßig bezahlt, so daß der Hausbesitzer, dessen Frau Assunta ihm immer noch die Wirtschaft führte, den Dingen monatelang ihren Lauf ließ. Jedermann glaubte seiner Beteuerung, eine Verwandte von ihm sei gestorben und er stecke in momentaner Verlegenheit, da juristische Formalitäten die Anweisung des ihm zustehenden Erbes verzögerten. Mit diesem Trick hielt er sich ein gutes Jahr über Wasser, dann schrieben die Läden nicht mehr länger an, und niemand lieh ihm mehr das geringste. Der Hausbesitzer forderte ihn auf, auszuziehen, wenn er bis zu einem bestimmten Termin seine Mietschulden nicht abgetragen habe.

Am Tag, ehe die Frist abgelaufen war, zog sich Wilson in seine Schlafkammer zurück, verschloß Tür und Fenster, zog die Vorhänge zu und zündete eine Pfanne mit Holzkohle an. Als Assunta ihm am nächsten Morgen das Frühstück bereiten wollte, fand sie ihn bewußtlos, aber noch am Leben. In dem Zimmer war es zugig trotz der Abdichtungen: besonders sorgfältig hatte Wilson nicht gearbeitet. Es schien, als ob er in letzter Sekunde ungeachtet der verzweifelten Lage an seiner Absicht irre geworden sei. Man schaffte ihn in bedenklichem Zustand ins Krankenhaus, und er erholte sich wieder; allerdings blieb, als Folge der Gasvergiftung oder des Schocks, ein geistiger Defekt zurück. Er war nicht verrückt, auf keinen Fall anstaltsreif, aber ganz offensichtlich stimmte es bei ihm nicht mehr.

»Ich habe ihn einmal besucht«, erzählte mein Freund, »und versuchte ihn zum Sprechen zu bringen, aber er starrte mich bloß seltsam an, als erinnere er sich nicht recht an mich. Ein trostloses Bild, wie er da seit einer Woche unrasiert und mit grauen Stoppeln in seinem Bett lag; doch abgesehen von diesem seltsamen Ausdruck der Augen schien er ganz normal.«

»Was für ein seltsamer Ausdruck?«

»Ich weiß nicht, wie ich ihn beschreiben soll – verwirrt. Der Vergleich ist absurd, aber stell dir vor, du wirfst einen Stein in die Luft und er fällt nicht herunter, sondern bleibt oben ...«

»Nicht zu glauben.« Ich lachte.

»Das ist's, ungläubig schaute er mich an.«

Was sollte man mit Wilson anfangen? Er besaß kein Geld und konnte keines verdienen. Seine Habseligkeiten wurden verkauft, aber der Erlös deckte nicht einmal seine Schulden. Er war

Engländer, und die italienischen Behörden lehnten die Verantwortung für ihn ab. Der britische Konsul in Neapel verfügte über keine Mittel für so einen Fall. Natürlich konnte man Wilson nach England zurückschicken, doch niemand wußte, was dort mit ihm geschehen sollte. Da erklärte Assunta, die Aufwartefrau, er sei ein guter Herr und ein guter Mieter gewesen und habe, solange es ihm möglich war, ordentlich bezahlt; er könne im Holzschuppen ihres Hauses schlafen und bei ihnen mitessen. Dies wurde ihm vorgeschlagen, aber er reagierte nicht darauf. Als Assunta ihn im Krankenhaus abholte, folgte er ihr wortlos; er schien jeden eigenen Willen verloren zu haben. Jetzt versorgte sie ihn schon zwei Jahre.

»Es ist nicht gerade üppig«, fuhr mein Freund fort. »Sie haben ihm ein wackliges Feldbett aufgeschlagen mit ein paar Decken, aber der Raum hat kein Fenster – eine Eishöhle im Winter und ein Brutofen im Sommer. Und das Essen ist primitiv; du weißt, wie sich diese Bauern ernähren: am Sonntag Makkaroni und alle Schaltjahre einmal Fleisch.«

»Was treibt er denn die ganze Zeit?«

»Wandert auf den Hügeln herum. Ich wollte mich zwei- oder dreimal um ihn kümmern, doch es hat keinen Zweck: sobald er einen sieht, rennt er davon wie ein Hase. Gelegentlich kommt Assunta herunter zu einem Schwatz, und dann gebe ich ihr etwas Geld, damit sie ihm Tabak kauft, aber wer weiß, ob er ihn je sieht.«

»Gehen sie wenigstens anständig mit ihm um?« fragte ich.

»Die freundliche Assunta sicher; sie behandelt ihn wie ein Kind. Ihr Mann dagegen ist leider nicht sehr nett zu ihm. Ihn reuen die Kosten für Wilsons Unterhalt. Ich glaube nicht, daß er ihn schlägt, aber er packt ihn ein bißchen scharf an, läßt ihn Wasser holen, den Kuhstall putzen und so weiter.«

»Das klingt doch alles sehr mißlich.«

»Er hat es sich selber eingebrockt. Schließlich erntet er bloß, was er gesät hat.«

»Ja, so geht es wohl uns allen«, sagte ich. »Aber das ändert nichts daran, daß es entsetzlich ist.«

Drei Tage später schlenderten mein Freund und ich auf einem schmalen Pfad durch den Olivenhain.

»Dort ist Wilson«, rief mein Freund plötzlich. »Weiter! Nicht hinsehen, sonst erschrickt er.«

Ich ging stur geradeaus, den Blick fest auf den Weg gerichtet, verfolgte aber aus den Augenwinkeln, wie sich ein Mann hinter einem Olivenbaum versteckte. Er rührte sich nicht, als wir näher kamen, doch spürte ich, daß er uns beobachtete. Sobald wir vorbei waren, hörten wir ein Rascheln: Wilson rannte wie ein gejagtes Tier davon. Das war das letzte, was ich von ihm sah.

Voriges Jahr ist er gestorben. Sechs Jahre lang hatte er dieses Leben ausgehalten. Man fand ihn eines Morgens auf einem Hügel friedlich daliegen, als wäre er im Schlaf verschieden. Von dort oben schaut man auf die beiden aus dem Meer ragenden Faraglioni herab. Es war Vollmond, er hatte sie wohl im Mondlicht sehen wollen. Vielleicht war er von der Schönheit dieses Anblicks überwältigt worden.

Salvatore

Ob ich es schaffe?

Ich lernte Salvatore kennen, als er ein fünfzehnjähriger Junge mit häßlichem, freundlichem Gesicht, einem lachenden Mund und sorglosen Augen war. Gewöhnlich verbrachte er den Morgen fast unbekleidet am Strand liegend, und sein brauner Körper war hager und voller Anmut. Er war dauernd im Wasser und wieder draußen und schwamm mit den plumpen, mühelosen Zügen der Fischerjungen. Er kletterte mit bloßen Füßen auf die schartigen Felsen, denn außer am Sonntag trug er nie Schuhe und warf sich mit einem Freudenschrei in das tiefe Wasser. Sein Vater war Fischer und besaß einen kleinen Weinberg, und Salvatore spielte Kindermädchen für seine beiden jüngeren Brüder. Er rief ihnen zu, ans Ufer zu kommen, wenn sie sich zu weit hinausgewagt hatten, und ließ sie sich anziehen, wenn es Zeit war, für das frugale Mittagessen den heißen, weinbestandenen Hügel hinaufzusteigen.

Aber im Süden wachsen die Jungen schnell, und nach kurzer Zeit war er wahnsinnig in ein Mädchen verliebt, das auf der Grande Marina wohnte. Sie hatte Augen wie Waldseen, und ihre Haltung war die einer Tochter Caesars. Sie waren verlobt, konnten aber nicht heiraten, da Salvatore seinen Militärdienst noch nicht abgeleistet hatte, und als er die Insel zum erstenmal in seinem Leben verließ, um Matrose in der Marine König Victor Emanuels zu werden, weinte er wie ein Kind. Es war hart für jemanden, der frei wie ein Vogel gelebt hatte, den Befehlen anderer zu gehorchen; es war noch härter, mit Fremden auf einem Kriegsschiff zu leben, statt in den kleinen, weißen Hütten zwischen den Weinbergen; und wenn er an Land war, durch lärmende, unfreundliche Städte zu gehen, deren Straßen so bevölkert waren, daß er Angst hatte, sie zu überqueren, denn er war die stillen Pfade und die Berge und die See gewohnt. Ich glaube, es war ihm nie eingefallen, daß Ischia, zu dem er jeden Abend hinübersah (es lag wie eine Märcheninsel im Sonnenuntergang), um festzustellen, wie das Wetter am nächsten Tag sein würde, oder der Vesuv, perlig in der Morgendämmerung, irgend etwas mit ihm zu tun hätten;

aber als er sie nicht mehr ständig vor Augen hatte, wurde ihm allmählich klar, daß sie genauso zu ihm gehörten wie seine Hände und Füße. Er hatte schreckliches Heimweh. Aber am härtesten von allem war es, von dem Mädchen, das er mit seinem ganzen leidenschaftlichen jungen Herzen liebte, getrennt zu sein. Er schrieb ihr (in seiner kindlichen Handschrift) lange, fehlerhafte Briefe, in denen er ihr erzählte, wie er dauernd an sie denke und wie gerne er zu Hause wäre. Er wurde hierhin und dorthin geschickt, nach La Spezia, nach Venedig, nach Bari und schließlich nach China. Hier erkrankte er an einer geheimnisvollen Krankheit und lag monatelang im Krankenhaus. Er ertrug es mit der stummen und verständnislosen Geduld eines Hundes. Als ihm gesagt wurde, es handele sich um eine Art Rheumatismus, die ihn für den weiteren Militärdienst untauglich mache, frohlockte er, denn er konnte nach Hause gehen; und er machte sich nichts daraus, ja, er hörte kaum richtig zu, als die Ärzte ihm sagten, daß er nie mehr ganz gesund sein werde. Was kümmerte ihn das, wenn er doch zu seiner geliebten Insel und zu dem Mädchen zurückkehren konnte, das auf ihn wartete?

Als er in das Ruderboot stieg, das sich mit dem Dampfer von Neapel traf, und an Land gerudert wurde, sah er Vater und Mutter und die beiden Brüder, die jetzt große Jungen waren, auf der Mole stehen und winkte ihnen zu. Seine Augen suchten unter der Menge, die dort wartete, nach dem Mädchen. Er konnte sie nicht sehen. Es gab eine große Küsserei, als er die Treppe hinaufsprang, und sie alle, diese gefühlvollen Geschöpfe, weinten ein wenig, als sie sich begrüßten. Er fragte, wo das Mädchen sei. Seine Mutter sagte, sie wisse es nicht, sie hätten sie zwei oder drei Wochen nicht gesehen; so ging er am Abend, als der Mond über dem ruhigen Meer schien und die Lichter von Neapel in der Ferne flimmerten, hinunter zur Grande Marina zu ihrem Haus. Sie saß mit ihrer Mutter auf den Stufen vor der Tür. Er war ein wenig schüchtern, weil er sie so lange nicht gesehen hatte. Er fragte sie, ob sie den Brief, den er ihr geschrieben hatte, um ihr zu sagen, daß er nach Hause komme, nicht erhalten habe. Ja, sie hätten einen Brief bekommen, und einer der Jungen von der Insel hätte ihnen gesagt, daß er krank sei. Ja, deshalb sei er zurück, wäre das nicht ein Glück? Oh, aber sie hätten gehört, daß er nie mehr ganz gesund werden würde. Die Ärzte erzählten eine Menge Unsinn, aber er wüßte genau, daß er wieder gesund würde, wo er jetzt wieder zu Hause sei. Sie schwiegen eine Weile, und dann stieß die Mutter die Tochter in die Seite. Sie versuchte nicht, den Stoß zu verbergen. Mit der groben Direktheit ihrer Rasse sagte sie geradeheraus, daß sie keinen Mann heiraten könne, der niemals stark genug sein würde, um wie ein Mann zu arbeiten. Sie hätten es sich überlegt, ihr Vater, ihre Mutter und sie, und ihr Vater werde niemals seine Zustimmung geben.

Als Salvatore nach Hause kam, erfuhr er, daß sie es alle wußten. Der Vater des Mädchens hatte ihnen gesagt, was er entschieden hatte, aber sie hatten nicht den Mut gehabt, es ihm zu sagen. Er weinte am Busen seiner Mutter. Er war schrecklich unglücklich, gab aber dem Mädchen nicht die Schuld. Das Leben eines Fischers ist hart, und er braucht Kraft und Ausdauer. Er wußte sehr wohl, daß das Mädchen keinen Mann heiraten konnte, der vielleicht nicht in der Lage wäre, sie zu ernähren. Sein Lächeln war sehr traurig, und seine Augen hatten den Blick eines geprügelten Hundes, aber er klagte nicht und sagte nie ein hartes Wort über das Mädchen, das er so sehr geliebt hatte. Als er sich nach ein paar Monaten an das normale Leben gewöhnt hatte und im Weingarten seines Vaters arbeitete und zum Fischen ausfuhr, erzählte ihm seine Mutter, daß eine junge Frau aus dem Dorf ihn heiraten wolle. Sie hieß Assunta.

»Sie ist häßlich wie der Teufel«, sagte er.

Sie war älter als er, vier- oder fünfundzwanzig, und war mit einem Mann verlobt gewesen, der während seiner Militärdienstzeit in Afrika getötet worden war. Sie hatte ein wenig Geld, und wenn Salvatore sie heiratete, könnte sie ihm ein eigenes Boot kaufen, und sie könnten einen Weinberg übernehmen, der zufällig im Moment nicht verpachtet war. Seine Mutter erzählte ihm, daß Assunta ihn auf der *festa* gesehen und sich in ihn verliebt habe. Salvatore lächelte sein freundliches Lächeln und sagte, er wolle darüber nachdenken. Am folgenden Sonntag zog er seinen steifen, schwarzen Anzug an, in dem er so viel schlechter als in seiner abgerissenen Alltagskleidung aussah, ging zur Messe hinauf in die Dorfkirche und setzte sich so, daß er die junge Frau gut sehen konnte. Als er wieder hinunterkam, sagte er seiner Mutter, er sei einverstanden.

Nun, sie heirateten und ließen sich in einem winzigen, weißgekalkten Haus mitten in einem hübschen Weinberg nieder. Salvatore war jetzt ein großer, starker, sehniger Bursche, hoch gewachsen und breit, aber er besaß immer noch das unbekümmerte Lächeln und die vertrauenden, freundlichen Augen seiner Kindheit. Er hatte die schönsten Gebärden, die ich je gesehen habe. Assunta war eine mürrisch aussehende Frau mit scharfen Gesichtszügen und sah alt aus für ihre Jahre. Aber sie hatte ein gutes Herz und war nicht dumm. Ich freute mich immer über das ergebene Lächeln, das sie ihrem Mann schenkte, wenn er besonders männlich und herrisch tat; immer war sie von seiner zärtlichen Freundlichkeit gerührt. Aber sie konnte das Mädchen, das ihn fallengelassen hatte, nicht ausstehen und hatte trotz Salvatores lächelnden Vorhaltungen nur harte Worte für sie übrig. Bald wurden ihnen Kinder geboren.

Das Leben war sehr hart. Während der ganzen Fischsaison ruderte er jeden Abend mit einem seiner Brüder sein Boot zu den Fischgründen. Es waren lange sechs oder sieben Meilen, und er verbrachte die Nacht beim Fang einträglicher Tintenfische. Dann mußten sie den weiten Weg zurückrudern, um den Fang so rechtzeitig verkaufen zu können, daß er mit dem Frühboot nach Neapel gebracht werden konnte. Zu anderen Zeiten arbeitete er in seinem Weinberg von Sonnenaufgang, bis die Hitze ihn zu einer Ruhepause zwang, und dann wieder, wenn es ein wenig kühler wurde, bis Sonnenuntergang. Oft hinderte ihn sein Rheumatismus, überhaupt etwas zu tun, und dann lag er am Strand, rauchte Zigaretten und hatte für jeden ein freundliches Wort, ohne auf die Schmerzen zu achten, die seine Glieder marterten. Fremde, die zum Baden herunterkamen und ihn sahen, sagten, diese italienischen Fischer seien faule Hunde.

Manchmal brachte er seine Kinder mit, um sie baden zu lassen. Es waren beides Jungen, und damals war der ältere drei, der jüngere noch nicht ganz zwei Jahre alt. Sie räkelten sich nackt am Strand, und Salvatore, der auf einem Stein stand, tauchte sie ins Wasser. Der Ältere ertrug es stoisch, aber der Kleine brüllte kräftig. Salvatore hatte riesige Hände, wie Hammelschinken, plump und hart vom ständigen Netzeinholen, aber wenn er seine Kinder badete, hielt er sie so sanft und trocknete sie mit solcher Fürsorge ab, daß sie wirklich zart wie Blumen waren. Er setzte das nackte Baby auf seine Hand und hielt es hoch, lachte über seine Winzigkeit, und sein Lachen war das Lachen eines Engels. Seine Augen waren so rein wie die des kleinen Kindes.

Ich begann damit, daß ich fragte, ob ich es schaffen würde, und nun muß ich euch sagen, was ich versucht habe. Ich wollte sehen, ob ich für ein paar Seiten eure Aufmerksamkeit erregen könnte, als ich das Porträt eines Mannes zeichnete, eines gewöhnlichen Fischers, der nichts auf der Welt besaß, außer der seltensten, kostbarsten und liebenswertesten Eigenschaft, die ein Mensch haben kann. Nur der Himmel weiß, warum ausgerechnet und so unerwartet er sie besaß. Ich weiß nur, daß sie in ihm mit einer Kraft strahlte, daß sie, wäre sie nicht unbewußt und bescheiden gewesen, von ganz gewöhnlichen Menschen kaum zu ertragen wäre. Und falls ihr noch nicht gemerkt habt, um welche Eigenschaft es sich handelte, will ich es euch sagen: Güte, reine Güte.

Der Waschtrog

Positano steht am Abhang eines steilen Hügels, ein Drunter und Drüber dicht aneinandergedrängter weißer Häuser, deren ziegelgedeckte Dächer von hundertjähriger Sonnenglut gebleicht worden sind. Aber zum Unterschied von vielen anderen jener italienischen Städte, die, der Gefahr entrückt, hoch auf einer felsigen Anhöhe hocken, enthüllt es dem ersten entzückten Blick nicht gleich alles, was es zu bieten hat. Es hat enge, alte Straßen, die sich im Zickzack den Berg hinaufziehen, und verwahrloste, bemalte Häuser im Barockstil, aber aus einer sehr späten Epoche, in denen neapolitanische Edelleute eine Saison lang ein armselig-großartiges Dasein führten. Es ist beinah allzu pittoresk, und im Winter sind seine zwei, drei bescheidenen Hotels dicht bevölkert von Malern männlichen und weiblichen Geschlechts, die, jeder auf seine Art, in ihren täglichen Arbeiten Zeugnis dafür ablegen, welch großen Eindruck dieser Ort ihnen gemacht hat. Manche nehmen sich unendliche Mühe, jedes Fenster, jeden Ziegelstein auf die Leinwand zu bringen, und ernten zweifellos die Befriedigung, die redlichen Fleiß belohnt. »Auf alle Fälle ist es getreu«, sagen sie bescheiden, wenn sie uns ihre Arbeiten zeigen. Andere rücken ihrer Leinwand stürmisch und draufgängerisch mit heiliger Raserei zu Leibe, und einen dicken Klecks Farbe auf dem Spatel, erklären sie: »Mir ist es darum zu tun, meine Persönlichkeit herauszubringen.« Ein paar Schritte zurücktretend, die Augen zusammengekniffen, betrachten sie prüfend ihr Werk und murmeln fragend: »Es liegt doch eine Menge von mir drin, finden Sie nicht auch?« Und manche gibt es, die einem höchst amüsante Kombinationen von Würfeln und Kuben vorführen und unwirsch brummen: »So sehe ich es.« Es sind gewöhnlich kräftige, stille Männer, die kein Wort verlieren.

Aber Positano liegt an einem Südhang, und man darf damit rechnen, es im Sommer für sich allein zu haben. Das Hotel ist sauber und kühl und hat eine weinumsponnene Terrasse, auf der man abends sitzen und auf das von matten Sternen erhellte Meer hinausblicken kann. Unten an der Marina, auf dem Kai, steht ein kleines Gasthaus, wo man unter einem Torbogen

Anchovis, Schinken, Makkaroni und frisch gefangene Seebarben zu essen und dazu kühlen Wein zu trinken bekommt. Einmal des Tages kommt der Dampfer von Neapel mit der Post und erfüllt den Strand mit Leben (es gibt keinen Hafen, und die Passagiere werden in kleinen Booten an Land gesetzt).

Eines Sommers, im August, als ich mich in Capri aufhielt und des Insellebens müde geworden war, beschloß ich, für ein paar Tage nach Positano zu gehen; ich mietete ein Fischerboot und ruderte hinüber. Unterwegs machte ich in einer schattigen Bucht Rast, wo ich badete, zu Mittag aß und schlief, und erst am Abend kam ich an. Ich schlenderte den Berg hinauf – meine beiden Koffer wurden mir auf den Köpfen zweier stämmiger Frauen ins Hotel nachgetragen – und erfuhr zu meinem Erstaunen, daß ich nicht der einzige Gast war. Der Kellner, namens Giuseppe, war ein alter Freund von mir und zu jener Jahreszeit Schuhputzer, Portier, Stubenmädchen und Koch in einem. Er erzählte mir, daß ein amerikanischer Signore seit drei Monaten im Hotel wohnte.

»Ist er Maler oder Schriftsteller oder etwas Ähnliches?« fragte ich.

»*No signore,* er ist ein Herr.«

›Merkwürdig‹, dachte ich; um diese Zeit kommen sonst keine Fremden nach Positano, mit Ausnahme von staubig und verschwitzt aussehenden Wandervögeln mit Rucksäcken auf dem Rücken, und diese bleiben nur über Nacht. Ich konnte mir nicht vorstellen, daß jemand aus freien Stücken drei volle Monate hier verlebte, es sei denn, er wollte sich verstecken. Und da zu Beginn des Jahres ganz London über die Flucht eines prominenten, aber unehrlichen Finanzmannes in Aufregung gewesen war, kam mir der spaßhafte Gedanke, daß am Ende er der geheimnisvolle Fremde war. Ich kannte ihn bloß flüchtig und hoffte, meine plötzliche Ankunft würde ihn nicht aus der Fassung bringen.

»Sie werden den Signore an der Marina sehen«, sagte Giuseppe, als ich mich anschickte, wieder hinunterzugehen. »Er pflegt dort immer zu Abend zu essen.«

Aber als ich hinunterkam, war er nicht da. Ich fragte, was es zu essen gäbe, und trank einen Americano, den ich für einen gar nicht zu verachtenden Ersatz für einen Cocktail halte. Nach ein paar Minuten jedoch trat ein Mann ein, der kein anderer als mein Hotelgenosse sein konnte. Einen Augenblick war ich enttäuscht, denn ich erkannte sofort, daß er nicht der flüchtige Financier war. Ein hochgewachsener, ältlicher Mann, gebräunt nach einem Sommer am Mittelmeer, mit einem schönen, schmalen Gesicht. Er hatte einen sehr hübschen, sogar eleganten cremefarbenen Seidenanzug an und trug keinen Hut. Sein graues Haar war sehr kurz geschnitten, aber immer noch dicht. In seinem Gehaben war Ungezwungenheit und Eleganz. Er blickte sich unter dem halben Dutzend von Tischen um, an denen die Eingeborenen des Dorfes Karten oder Domino spielten, und seine Augen blieben an mir haften. Sie lächelten freundlich, und er kam auf mich zu.

»Ich hörte im Hotel von Ihrer Ankunft; Giuseppe konnte nicht mit mir herunterkommen, um uns miteinander bekannt zu machen; er schlug mir vor, es selbst zu tun. Würde es Sie stören, mit einem wildfremden Menschen zu Abend zu essen?«

»Nicht im geringsten, nehmen Sie doch Platz.«

Er wandte sich an das Mädchen, das eben im Begriffe war, ein Gedeck für mich aufzulegen, und teilte ihr in vollendetem Italienisch mit, daß ich mit ihm speisen würde. Dann erblickte er meinen Americano.

»Ich habe den Wirt veranlaßt, ein paar Flaschen Gin und französischen Wermut für mich auf Lager zu legen. Würden Sie mir gestatten, Ihnen einen sehr trockenen Martini zu mixen?«

»Mit Vergnügen.«

»Er bringt eine exotische Note in diese Umgebung und läßt das Lokalkolorit noch deutlicher hervortreten.«

Sein Cocktail war in der Tat vorzüglich, und mit geschärftem Appetit verzehrten wir den Schinken und die Anchovis, mit denen die Mahlzeit begann. Mein Gastgeber hatte einen liebenswürdigen Humor, und sein fließendes Gespräch war angenehm.

»Sie müssen mir verzeihen, wenn ich zuviel rede«, sagte er nach einer Weile. »Aber es ist das erste Mal seit drei Monaten, daß ich Gelegenheit habe, englisch zu sprechen. Sie werden wahrscheinlich nicht lange hierbleiben, und ich muß Ihre Anwesenheit ausnützen.«

»Drei Monate sind eine lange Zeit für Positano.«

»Ich habe ein Boot gemietet, und ich bade und fische. Ich

lese. Ich habe eine Menge Bücher hier, und wenn ich Ihnen etwas leihen kann, wird es mir ein großes Vergnügen sein.«

»Ich habe selbst genug zum Lesen mit. Aber es würde mich interessieren, mir Ihre Bücher anzusehen. Ich finde es immer amüsant, in den Büchern anderer Leute zu kramen.«

Er blickte mich scharf an, und seine Augen zwinkerten.

»Ja, es ist aufschlußreich«, murmelte er.

Als wir mit dem Essen fertig waren, setzten wir unsere Unterhaltung fort.

Der Fremde war belesen und an vielerlei Dingen interessiert. Er sprach mit so viel Sachkenntnis vom Malen, daß ich mich fragte, ob er vielleicht Kunstkritiker oder Kunsthändler sei. Aber dann stellte sich heraus, daß er Sueton gelesen hatte, und ich schloß daraus, er müsse Universitätsprofessor sein. Ich fragte ihn nach seinem Namen.

»Barnaby«, antwortete er.

»Das ist ein Name, der in letzter Zeit eine überraschende Berühmtheit erlangt hat.«

»Ach? Wieso?«

»Haben Sie nie von der gefeierten Mrs. Barnaby gehört? Sie ist eine Landsmännin von Ihnen.«

»Doch. Ich erinnere mich, ihren Namen in den Zeitungen gelesen zu haben. Kennen Sie sie?«

»Ja, ganz gut. Sie hat die ganze ›Season‹ hindurch die großartigsten Gesellschaften gegeben, und ich habe ihre Einladungen stets mit Freude angenommen. Jeder tat das. Sie ist eine verblüffende Person. Sie kam nach London, um die ›Season‹ mitzumachen, und das hat sie, weiß Gott, gewissenhaft besorgt. Sie hat einfach alles vor sich hergefegt.«

»Sie ist wohl sehr reich, nicht?«

»Phantastisch, glaube ich. Aber es war nicht ihr Reichtum, der ihren Erfolg ausmachte. Viele amerikanische Frauen haben Geld. Mrs. Barnaby hat ihre Triumphe einzig ihrer Persönlichkeit zu verdanken. Sie bemüht sich nie, etwas anderes vorzutäuschen, als sie ist, sie ist natürlich, sie ist unbezahlbar. Sie kennen doch ihre Geschichte?«

Mein Freund lächelte.

»Mrs. Barnaby mag eine große Londoner Berühmtheit sein; in Amerika ist sie, soviel ich weiß, beinah unvorstellbar unbekannt.«

Ich lächelte ebenfalls, aber bloß innerlich; ich konnte mir denken, wie schockiert dieser feine und kultivierte Mann über den sprudelnden Humor, die naturhafte Ursprünglichkeit und die reiche, lebendige Erfahrenheit der erstaunlichen Mrs. Barnaby sein mußte.

»Nun, ich will Ihnen von ihr erzählen. Ihr Mann scheint ein sehr ungeschliffener Diamant zu sein; er ist ein Riese, sagt sie, der mit seiner Faust einen Stier zu Fall bringen kann. In Arizona wird er allgemein der Ein-Kugel-Mike genannt.«

»Um Gottes willen! Warum?«

»Ach, vor vielen Jahren, in der guten alten Zeit noch, tötete er einmal zwei Männer mit einem einzigen Schuß. Sie sagt, er verstehe besser, mit seinem Gewehr umzugehen als irgendeiner westlich der Rocky Mountains. Er ist Bergwerksunternehmer, aber früher einmal war er Cowboy, Präriereiter und Gott weiß was noch alles.«

»Ein echter Wildwest-Typ also«, sagte mein Professor etwas säuerlich, wie mir schien.

»Eine Art Desperado, stelle ich mir vor. Mrs. Barnabys Geschichten über ihn sind unbezahlbar. Natürlich wird sie von allen Seiten bestürmt, ihn doch herüberkommen zu lassen, aber sie sagt, er werde sich nie von seinen Prärien und seinen weiten Steppen trennen. Vor ein, zwei Jahren ist er auf Petroleumquellen gestoßen, und seither hat er Geld wie Heu. Er muß ein großes Original sein. Mrs. Barnaby hält eine ganze Tafelrunde in Atem, wenn sie anfängt, von den Zeiten zu erzählen, da sie sich miteinander durchgeschlagen haben. Und es ist geradezu aufregend, sich vorzustellen, daß diese grauhaarige, gar nicht hübsche, aber exquisit gekleidete Dame mit den wunderbaren Perlen dem Goldsucher die Hemden gewaschen und für ein ganzes Camp gekocht hat. Diese amerikanischen Frauen haben eine Anpassungsfähigkeit, die wirklich erstaunlich ist. Wenn man Mrs. Barnaby an der Spitze ihres Tisches sitzen sieht, im ungezwungensten Umgang mit Prinzen aus königlichem Geblüt, Gesandten, Ministern und Herzögen, dann faßt man es einfach nicht, daß sie noch vor wenigen Jahren für siebzig Goldgräber Suppe gekocht hat.«

»Kann sie lesen und schreiben?«

»Ich glaube, sie läßt sich ihre Einladungen von ihrem Sekretär schreiben, aber sie ist keineswegs ungebildet. Sie hat mir erzählt, daß sie sich's zur Gewohnheit gemacht hatte, jeden Abend, nachdem alle anderen im Lager zu Bett gegangen waren, noch eine Stunde zu lesen.«

»Großartig!«

»Der Ein-Kugel-Mike hingegen hat erst dann seinen Namen schreiben gelernt, als er sich plötzlich der Notwendigkeit gegenübersah, Schecks zu unterzeichnen.«

Wir stiegen miteinander den Berg hinauf, zu unserem Hotel, und verabredeten, ehe wir uns trennten, am nächsten Morgen unsern Lunch mitzunehmen und zu einer Grotte hinüberzurudern, die mein Freund entdeckt hatte. Wir verbrachten einen wundervollen Tag miteinander, badeten, lasen, aßen, schliefen und unterhielten uns, und abends dinierten wir zusammen. Am nächsten Morgen, nach dem Frühstück auf der Terrasse, erinnerte ich Barnaby an sein Versprechen, mir seine Bücher zu zeigen.

»Kommen Sie doch gleich mit.«

Ich begleitete ihn in sein Zimmer, wo Giuseppe, der Kellner, eben das Bett machte. Das erste, was mir ins Auge fiel, war eine prunkvoll eingerahmte Photographie der berühmten Mrs. Barnaby. Mein Freund erblickte sie ebenfalls und wurde blaß vor Ärger.

»Sie Esel, Giuseppe, was fällt Ihnen ein, das Bild aus meinem Schrank herauszunehmen? Warum, zum Teufel, hätte ich es sonst weggeräumt?«

»Das weiß ich nicht, Signore. Und deshalb habe ich es wieder auf den Tisch zurückgestellt. Ich dachte, es müsse dem Signore Freude machen, das Bild seiner Signora vor sich zu sehen.«

Ich war fassungslos.

»Ist meine Mrs. Barnaby am Ende Ihre Frau?« rief ich.

»Jawohl.«

»Und Sie! Sind Sie der Ein-Kugel-Mike?«

»Sieht man mir das nicht an?«

Ich fing zu lachen an.

»Sie scheinen zu zweifeln.«

Ich schaute auf seine Hände. Er lächelte grimmig und hielt sie mir ausgestreckt unter die Augen.

»Nein, Sir, ich habe nie mit der nackten Faust einen Stier gefällt.«

Einen Augenblick starrten wir einander schweigend an.

»Sie wird mir nie verzeihen«, stöhnte er, »sie wollte, ich sollte mir einen falschen Namen zulegen, und als ich mich dagegen sträubte, wurde sie ganz böse mit mir. Sie meinte, es wäre nicht sicher. Darauf erklärte ich, es wäre schlimm genug, sich drei Monate in Positano verstecken zu müssen – aber einen andern Namen würde ich unter keiner Bedingung annehmen.« Er zögerte. »Sie haben mich in der Hand. Es bleibt mir nichts anderes übrig, als mich Ihrer Großmut anzuvertrauen.«

»Ich werde schweigsam sein wie das Grab; aber was hat das alles zu bedeuten? Ich verstehe Sie nicht.«

»Ich bin Arzt von Beruf, und die letzten dreißig Jahre habe ich mit meiner Frau in Pennsylvania gelebt. Ich weiß nicht, ob ich Ihnen den Eindruck eines Rauhbeines mache, aber Mrs. Barnaby ist sicher eine der kultiviertesten Frauen, die ich je gekannt habe. Eines Tages starb ein Vetter von ihr und hinterließ ihr ein sehr großes Vermögen. Meine Frau ist sehr, sehr reich – darüber besteht kein Zweifel. Sie hat viele englische Romane gelesen, und ihr großer Wunsch war, eine Londoner ›Season‹ mitzumachen, Gesellschaften zu geben und all das zu tun, was sie in Büchern so oft beschrieben fand. Mich persönlich lockte diese Sache nicht besonders, aber es freute mich doch, daß sie sich ihren Wunsch erfüllen konnte. Wir schifften uns im April ein, der Herzog und die Herzogin von Hereford, ein junges Paar, waren zufällig an Bord.«

»Das ist mir bekannt, die beiden waren es ja, die Mrs. Barnaby lanciert haben. Sie waren ganz närrisch. Sie haben Reklame für sie gemacht wie eine Armee von Presseagenten.«

»Ich war krank, als wir abfuhren. Ich hatte einen Karfunkel, der mich an meine Kajüte fesselte, und meine Frau war sich selbst überlassen. Ihr Strecksessel stand zufällig neben dem der Herzogin. Aus einigen Bemerkungen, die sie auffing, entnahm sie zu ihrem Erstaunen, daß unsere große Gesellschaft für die englische Aristokratie nichts Imposantes hat. Menschen, deren Ahnen die Magna Charta mit unterzeichnet haben, finden es nicht überwältigend, wenn man auf einen Großvater zurückblicken kann, der Skunks verkauft oder Fährboote besessen hat. Meine Frau hat sehr viel Humor; als sie einmal mit der Herzogin ins Gespräch kam, erzählte sie ihr eine kleine Anekdote aus dem Westen, und um sie interessanter zu gestalten, erzählte sie sie so, als hätte sie sie selbst erlebt. Der Erfolg war durchschlagend. Die Herzogin bat um mehr, und meine Frau wurde immer kühner. Vierundzwanzig Stunden später hatte sie den Herzog und die Herzogin soweit, daß sie ihr aus der Hand fraßen. Sie kam von Zeit zu Zeit in meine Kajüte, um mir von ihren Fortschritten zu berichten. In der Unschuld meines Herzens amüsierte ich mich diebisch, und da ich nichts anderes zu tun hatte, schickte ich hinunter in die Bibliothek und ließ mir die Werke von Bret Harte kommen, um meine Frau mit effektvollen Einzelheiten zu versehen.«

Ich schlug mir an die Stirn.

»Und wir fanden immer, sie wäre ein zweiter Bret Harte.«

»Es machte mir ungeheuren Spaß, mir die Verblüffung auszumalen, wenn ich am Ende der Reise auftauchte und die Wahrheit an den Tag kam. Aber ich hatte die Rechnung ohne meine Frau gemacht. Kurz ehe wir Southampton anliefen, eröffnete sie mir, daß die Herefords ihr zu Ehren Gesellschaften geben wollten. Die Herzogin brenne darauf, sie einer ganzen Reihe wundervoller Persönlichkeiten vorzustellen. Es war eine Chance, wie sie sich in tausend Jahren nicht ein zweites Mal bot. Aber mein Erscheinen würde natürlich alles verderben; meine Frau gestand mir, daß sie sich durch die Umstände gezwungen gesehen habe, einen ganz anderen Menschen aus mir zu machen. Ich wußte nicht, daß sie mich bereits in den Ein-Kugel-Mike verwandelt hatte, aber ich ahnte, daß meine Anwesenheit an Bord nicht erwähnt worden war. Nun, um es kurz zu machen, sie bat mich, für ein, zwei Wochen nach Paris zu gehen, bis sie ihre Stellung gefestigt hätte. Und da es mich weit mehr lockte, an der Sorbonne zu arbeiten, als in Mayfair von Gesellschaft zu Gesellschaft zu eilen, ging ich in Cherbourg an Land. Nach zehn Tagen kam sie nach Paris geflogen, um mich zu besuchen. Sie erzählte mir, ihr Erfolg übertreffe ihre kühnsten Träume; alles sei zehnmal wunderbarer als in sämtlichen Romanen; aber ich dürfte mich nicht zeigen. Schön, sagte ich, dann bleibe ich eben in Paris. Dies gefiel ihr nicht, sie meinte, sie werde keinen Augenblick Ruhe haben, solange ich in so bedrohlicher Nähe wäre; es könnte doch jeden Tag passieren, daß ich irgendeinem Bekannten über den Weg lief. Ich schlug Wien oder Rom vor. Aber das genügte auch nicht, und so kam ich schließlich hierher, wo ich mich seit endlosen drei Monaten versteckt halten muß wie ein Verbrecher.«

»Und es ist nicht wahr, daß Sie die beiden Spieler erschossen haben. Den einen mit der rechten, den anderen mit der linken Hand?«

»Sir, ich habe nie im Leben eine Pistole abgeschossen.«

»Und der Angriff der mexikanischen Räuberbande auf Ihre Blockhütte, da Ihre Frau Ihnen die Gewehre lud, und Sie drei Tage zu zweit der Belagerung standhielten, bis die Föderalistentruppen kamen und Sie erlösten?«

Mr. Barnaby lächelte grimmig.

»Nie davon gehört. Scheint mir übrigens etwas plump erfunden, finden Sie nicht auch?«

»Plump? Großartig ist es. Aber nun der Waschtrog. Wie steht es mit dem? Sie wissen doch, der Waschtrog, in dem Ihre Frau die Kleider für die Bergleute wusch? Wir brüllten vor Lachen bei dieser Geschichte. Ihre Frau schwamm förmlich in die Londoner Gesellschaft hinein, auf diesem Waschtrog.«

Ich fing zu lachen an.

»Was für Narren hat sie aus uns allen gemacht?« rief ich.

»Besonders aus mir, müssen Sie zugeben«, bemerkte Mr. Barnaby.

»Sie ist eine wunderbare Frau, und Sie haben recht, auf sie stolz zu sein. Ich habe immer gesagt, sie sei unbezahlbar. Sie erkannte die Leidenschaft für Romantik, die in jedem britischen Herz lebt, und hat uns genau das gegeben, was wir brauchten. Ich werde sie um nichts in der Welt verraten.«

»Für Sie liegt der Fall einfach, Sir. London mag eine wundervolle Gastgeberin gewonnen haben; mir aber droht die Gefahr, eine vollkommene Gattin zu verlieren.«

»Der einzige Platz für den Ein-Kugel-Mike ist der weite Westen. Mein lieber Mr. Barnaby, für Sie gibt es nur einen Weg. Sie müssen weiter unsichtbar bleiben.«

»Ich bin Ihnen sehr verbunden.«

In seiner Antwort lag eine gewisse Kälte.

Ein gut Gewissen

St. Laurent de Maroni ist ein hübscher, kleiner Flecken, nett und sauber. Es hat ein Rathaus und ein Gerichtsgebäude, auf die manche französische Stadt stolz sein könnte. Die breiten Straßen werden von schönen Bäumen gesäumt, die angenehmen Schatten geben. Die Häuser wirken wie frisch gestrichen, viele kuscheln sich in einen winzigen Garten, wo Palmen und Maiglöckchen wachsen; Cannas entfalten ihre leuchtenden Farben, Krotons ihren üppigen Reichtum, Bougainvilleas, purpurn und flammend rot, wuchern verschwenderisch, und der elegante Hibiskus stellt seine Riesenblüten mit fast gezierter Selbstverständlichkeit zur Schau. St. Laurent de Maroni ist das Zentrum der französischen Strafkolonie von Guayana, und hundert Meter vom Landungskai erhebt sich das große Tor des Gefangenenlagers. In diesen reizenden Häuschen mit den tropischen Gärten wohnen die Gefängnisbeamten, und die Straßen sind so reinlich, weil es nie an Gefangenen fehlt, sie sauberzuhalten. Als ich eines Tages mit einem Bekannten spazierenging, trafen wir einen jungen Mann mit dem runden Strohhut und der rosa- und weißgestreiften Gefangenenuniform. Eine Hacke in der Hand, stand er am Straßenrand und tat nichts.

»Was faulenzt du da herum?« fragte mein Begleiter.

Der Mann zuckte verächtlich die Schultern.

»Sehen Sie sich diese Grasbüschel an«, antwortete er. »Ich habe zwanzig Jahre gekriegt, um sie rauszumachen.«

St. Laurent de Maroni ist nur für die Gefangenenlager da. Der ganze Handel ist auf sie abgestellt: die Läden, von Chinesen geführt, dienen den Bedürfnissen der Wärter, Ärzte und der zahllosen Beamten, die mit dem Strafvollzug zu tun haben. Die Straßen liegen still und verlassen da. Man begegnet einem Sträfling mit einer Aktentasche unter dem Arm – er ist in der Verwaltung angestellt, oder einem anderen mit einem Korb – er arbeitet als Hausgehilfe. Manchmal stößt man auf eine Gruppe von Gefangenen mit einem Wärter, häufig schlendern sie unbeaufsichtigt vom oder zum Lager. Das Gefängnistor steht den ganzen Tag über offen, und die Häftlinge gehen ungehemmt aus und ein. Trägt einer keine Uniform, gehört er wahrscheinlich zu den Freigelassenen, die einige Jahre in der Kolonie verbringen müssen und, da sie keine Arbeit finden, fast verhungern. Meistens trinken sie sich mit billigem, starkem Rum, Tafia genannt, zu Tod.

In St. Laurent de Maroni gibt es auch ein Hotel, wo ich zu essen pflegte. Bald kannte ich vom Sehen die Stammgäste. Sie kamen herein, setzten sich einzeln an die kleinen Tische, aßen stumm und gingen wieder. Das Hotel führte eine Farbige, deren Freund, ein ehemaliger Sträfling, allein bediente. Zum Glück hatte mir der Gouverneur der Kolonie, der in Cayenne lebt, seinen Bungalow zur Verfügung gestellt, und dort schlief ich. Ein alter Araber sorgte für Ordnung; er war ein gläubiger Moslem, und mehrmals täglich hörte ich ihn seine Gebete murmeln. Fürs Bettenmachen, Zimmerputzen und Einkaufen hatte mir der Gefängnisdirektor einen anderen Häftling zugewiesen. Beide verbüßten wegen Mords eine lebenslängliche Freiheitsstrafe, aber der Direktor sagte mir, ich dürfe ihnen voll vertrauen, beide seien grundehrlich, und ich könne alles ohne das geringste Risiko herumliegen lassen. Doch ich will den Lesern nicht verschweigen, daß ich abends vor dem Zubettgehen vorsichtshalber meine Tür verriegelte und die Läden schloß. Es war gewiß kindisch, aber ich schlief ruhiger.

Ich hatte einige Empfehlungsschreiben mitbekommen, und der Gouverneur der Gefangenenverwaltung wie der Direktor des Lagers von St. Laurent machten durch ihre Hilfe meinen Besuch angenehm und lehrreich. Ich will hier nicht erzählen, was ich alles sah und hörte: ich bin kein Reporter, und es gehört nicht zu meinen Aufgaben, das französische System des Strafvollzugs anzugreifen oder zu verteidigen. Überdies baut man dieses System jetzt ab; bald sollen keine Häftlinge mehr nach Französisch-Guayana verschickt werden, wo sie unter klimabedingten Krankheiten und der Zwangsarbeit in den malariaverseuchten Dschungeln leiden, wo sie unsägliche Demütigungen erdulden, alle Hoffnungen verlieren, verkommen, zugrunde gehen. Ich will nur betonen, daß ich keine körperlichen Mißhandlungen sah. Andererseits bemerkte ich keinen Versuch, den Kriminellen nach der Verbüßung seiner Strafe zu einem nützlichen Bürger zu erziehen. Nichts geschah für sein inneres Wohlbefinden; nirgends Schulen, die seine Ausbildung weiterführten, oder organisierte Spiele, die ihn ablenkten, keine Bücherei, wo er sich nach der Arbeit ein Buch besorgen konnte. Den Verhältnissen, wie ich sie erlebte, war nur der stärkste Charakter gewachsen. Die brutale Härte, deren ich Zeuge wurde, mußte mit wenigen Ausnahmen alle Häftlinge in Gleichgültigkeit und Verzweiflung stürzen.

Aber das geht mich nichts an. Es ist sinnlos, sich über Leiden aufzuregen, die man nicht zu lindern vermag. Mein Ziel hier ist, eine Geschichte zu erzählen. Dabei bin ich mir durchaus bewußt, daß man niemals alles Wissenswerte über die menschliche Natur erfährt. Nur eines ist sicher, daß sie nie aufhört, eine Überraschung in petto zu haben. Als ich nach dem ersten Besuch des Lagers Verstörung, Staunen und Entsetzen überwunden hatte, wollte ich doch gerne einigen Dingen auf die Spur kommen. Der Leser muß wissen, daß drei Viertel der Sträflinge sich wegen Mords in St. Laurent de Maroni befinden. Das ist keine offizielle Auskunft, und vielleicht übertreibe ich; meine Schätzung beruht auf der Durchsicht zahlreicher Personalakten, in denen das Verbrechen, das Urteil, das Strafmaß und andere für eine Behörde wichtige Fakten festgehalten sind. Es erschütterte mich, als ich mir vorstellte, daß die überwiegende Zahl der Männer, die hier in einem Laden arbeiteten, sich auf der Veranda ihrer Schlafsäle ausstreckten oder durch die Straßen schlenderten, in England hingerichtet worden wäre. Da sich die meisten gerne über die Taten verbreiteten, für die sie büßten, verbrachte ich den größten Teil des Tages damit, die Verbrechen aus Leidenschaft zu erforschen. Ich wollte genau wissen, aus welchen Gründen ein Mann seine Frau oder seine Freundin umgebracht hatte, denn mir schwante, daß Eifersucht oder verletzte Ehre vielleicht doch nicht alles erklären. Ich erhielt seltsame Antworten, einer davon fehlte es für mein Gefühl nicht an Humor. Der Mann, der in der Werkstatt eines Zimmermeisters arbeitete, hatte seiner Frau die Gurgel durchgeschnitten; als ich ihn fragte, warum, antwortete er achselzuckend: *»Manque d'entente«*, was, bei seinem beiläufigen Ton, nur heißen konnte: »Wir vertrugen uns nicht.« Mir drängte sich die Überlegung auf, daß die Sterblichkeit des weiblichen Geschlechts alarmierend anstiege, wenn alle Männer das als zureichenden Anlaß für die Ermordung ihrer Gattin betrachteten. Aber nachdem ich zahlreiche Häftlinge eingehend befragt hatte, kam ich zu dem Schluß, daß diesen Verbrechen immer ein wirtschaftliches Motiv zugrunde lag, daß sie ihre Frau oder Geliebte nicht nur aus Eifersucht auf ihre Untreue töteten, sondern auch, weil sie ihnen mehr oder weniger auf der Tasche lag. Die Untreue einer Frau konnte finanziellen Verlust nach sich ziehen, der dann den Mann zu seiner Verzweiflungstat trieb, oder er brauchte Geld, um anderen Leidenschaften zu frönen, und mordete, da das Opfer deren ausschließlichem Anspruch im Weg stand. Ich behaupte nicht, daß nie ein Mann eine Frau aus verschmähter Liebe oder gekränkter Ehre umbrachte, ich breite bloß meine Erfahrung dieser besonderen Fälle aus, die ein überraschendes Schlaglicht auf die Natur des Menschen wirft. Es liegt mir ferne, daraus eine allgemeine Regel abzuleiten.

Einige Tage beschäftigte ich mich mit dem Problem des Gewissens. Die Moralisten versuchen uns zu überzeugen, daß es zu den mächtigsten Antriebskräften menschlichen Verhaltens zählt. Seitdem Vernunft und Mitleid übereingekommen sind, die Hölle als hassenswerten Mythos zu betrachten, sehen viele brave Leute das Gewissen als den obersten Wachtposten an, der die menschliche Rasse auf dem Pfad der Tugend wandeln heißt. Shakespeare zeigte, daß es uns alle zu Feiglingen macht, Romanciers und Dramatiker haben uns die Pein des Sünders vorgeführt und drastisch die Ängste des aufgescheuchten Gewissens und die schlaflosen Nächte beschrieben, die es verursacht; sie haben uns ausgemalt, wie es jede Freude vergällt und das Leben so unerträglich belastet, daß Aufdeckung und Strafe dankbar begrüßt werden. Ich fragte mich, was davon wohl stimmte. Moralisten kochen ihr eigenes Süppchen: sie müssen aus allem die Nutzanwendung ziehen und meinen, daß sie etwas nur oft genug zu wiederholen brauchen, damit es die Leute glauben. Sie behaupten gerne, etwas sei so oder so, weil sie für wünschenswert halten, daß es so sei. Sie reden uns ein, der Preis der Sünde sei der Tod, dabei wissen wir genau, daß das nicht immer zutrifft. Und die Dichter, die Dramatiker und die Romanciers, wenn sie ein zugkräftiges Sujet finden, nehmen sie es auf und scheren sich keinen Deut darum, ob es sich mit der Wirklichkeit deckt oder nicht. Gewisse Behauptungen über die menschliche Natur werden unbesehen Gemeinbesitz und als in sich schlüssig anerkannt. Genauso malten die Maler jahrhundertelang die Schatten schwarz, bis die Impressionisten sie mit vorurteilsfreien Augen betrachteten und wir an ihren Bildern entdeckten, daß sie farbig sind. Manchmal überlege ich mir, ob das Gewissen vielleicht Ausdruck hohen moralischen Standards sei und nur in solchen Menschen wirke, deren leuchtende Integrität es ganz unwahrscheinlich macht, daß sie je eine Tat begehen, deren sie sich ernsthaft schämen müssen. Niemand bestreitet, daß Mord ein grausames Verbrechen ist, und man nimmt es für gegeben, daß der Mörder mehr als alle anderen Sträflinge unter Gewissensbissen leidet. Das Opfer, läßt man uns glauben, verfolgt ihn in schrecklichen Traumgesichten, und im Wachen foltert ihn die Erinnerung an seine böse Tat. Ich mußte die Gelegenheit nutzen, die Richtigkeit dieser Sätze nachzuprüfen. Wo ich ablehnender Scheu oder Verzweiflung begegnen würde, wollte ich nicht bohren, aber keines von beiden traf ich bei meinen Delinquenten. Einige versicherten, unter gleichen Umständen würden sie dasselbe noch einmal tun: Deterministen, ohne es zu wissen, sahen sie offenbar ihre Tat als Befehl eines Schicksals, über das sie keine Gewalt besaßen. Einige wiederum schrieben ihr Verbrechen einem fremden Ich zu, mit dem sie nichts gemein hatten.

»In der Jugend schlägt man über die Stränge«, sagten sie entweder leichthin oder mit einem bittenden Lächeln.

Manche gestanden mir, daß sie sich gezügelt hätten, wäre ihnen ihre grauenhafte Strafe bekannt gewesen. Aber keiner bedauerte das menschliche Wesen, dem er heimtückisch das Leben genommen hatte. Sie alle brachten sichtlich für ihr Opfer nicht mehr Gefühl auf als für ein Schwein, dem sie von Berufs wegen die Gurgel durchschnitten. Weit entfernt von Mitleid für den Getöteten, zürnten sie ihm vielmehr als der Ursache, daß sie am Ende der Welt eingesperrt waren. In einem einzigen Häftling entdeckte ich eine Regung, die sich in etwa Gewissen nennen ließ, und seine Geschichte ist so bedeutsam, daß sie sich wohl zu erzählen lohnt. In seinem Fall glaube ich nämlich, daß Gewissensbisse den Antrieb zu dem Verbrechen bildeten. Ich merkte mir die Nummer, die vorne auf seine rosa- und weißgestreifte Gefangenenuniform gedruckt war, vergaß sie jedoch. Das spielte aber keine Rolle. Seinen Namen erfuhr ich nie. Er sagte ihn mir nicht, und ich wollte nicht danach fragen. Nennen wir ihn Jean Charvin.

Ich begegnete ihm, als ich zum erstenmal das Lager mit dem

Direktor besuchte. Wir gingen über einen Hof, den Gefängniszellen umgaben, nicht Strafzellen, sondern Einzelzellen, die auf Verlangen Gefangenen mit guter Führung zugeteilt werden. Nach ihnen sehnen sich alle, die unter der Enge der Schlafsäle leiden. Die meisten Zellen standen leer, da die Leute ihren verschiedenen Beschäftigungen nachgingen. Jean Charvin arbeitete in seiner Zelle, er schrieb an einem kleinen Tisch, die Tür war offen. Der Direktor rief ihn, und er kam heraus. Ich warf einen Blick in die Zelle: eine Pritsche mit einem schmutzigen Moskitonetz, daneben ein kleiner Tisch mit seinen Habseligkeiten, Rasierpinsel und -messer, einer Haarbürste und zwei oder drei zerlesenen Büchern. An den Wänden hingen Photos von braven Bürgern und Bilder aus Illustrierten. Charvin hatte zum Schreiben auf seinem Bett gesessen, den Tisch bedeckten Papierstapel, die wie Rechnungen aussahen. Er war ein hübscher Kerl, groß, aufrecht, schlank, mit blitzenden dunklen Augen und scharf geschnittenen Zügen. Als erstes fiel mir sein guter Kopf und das lange, naturgelockte tiefbraune Haar auf. Das unterschied ihn sogleich von den anderen Gefangenen, deren Haar kurz geschoren ist, und zwar so häßlich in Stufen, daß sie ausgesprochen finster wirken. Der Direktor besprach mit ihm einiges Geschäftliche; als wir aufbrachen, fügte er hinzu:

»Ich sehe, daß dein Haar tüchtig nachwächst.«

Jean Charvin errötete und lächelte jungenhaft gewinnend.

»Es braucht noch einige Zeit, bis es soweit ist.«

Der Direktor ließ ihn gehen, und wir machten uns wieder auf den Weg.

»Ein ganz reizender Bursche«, sagte er. »Er ist in der Buchhaltung und darf zu seiner Freude die Haare wachsen lassen.«

»Warum ist er hier?« fragte ich.

»Er ermordete seine Frau, erhielt aber nur sechs Jahre. Er ist gescheit und arbeitet ausgezeichnet. Er wird's zu etwas bringen. Nun, er stammt aus guter Familie und genoß eine vorzügliche Ausbildung.«

Ich dachte nicht weiter über Jean Charvin nach, traf ihn aber zufällig am nächsten Tag auf der Straße. Er kam mir mit einer schwarzen Aktenmappe unter dem Arm entgegen; ohne die rosa- und weißgestreifte Uniform und den fürchterlichen Strohhut, der seine hübsche Frisur verdeckte, hätte man ihn für einen jungen Anwalt auf dem Weg zum Gericht halten können.

Er schritt ruhig und kräftig aus, seine Haltung war gelöst, ja vornehm. Als er mich erkannte, zog er den Hut und wünschte guten Morgen. Ich hielt an und fragte, um ein Gespräch zu beginnen, wohin er gehe. Er antwortete, daß er einige Papiere vom Büro des Gouverneurs zur Bank bringe. Eine erfrischende Offenheit sprach aus seinem Gesicht, und in seinen wirklich schönen Augen spiegelte sich guter Wille. Wahrscheinlich vermochte seine jugendliche Vitalität das Leben allen Umständen und Miseren zum Trotz nicht bloß erträglich, sondern sogar angenehm zu gestalten. Vor mir stand ein unbeschwerter junger Mann.

»Ich hörte, Sie gehen morgen nach St. Jean«, sagte er.

»Ja, ich muß wohl in aller Frühe los.«

Das Lager St. Jean ist siebzehn Kilometer von St. Laurent entfernt und beherbergt Gewohnheitsverbrecher, die nach mehreren Gefängnisstrafen zu Deportation verurteilt wurden: Taschendiebe, Betrüger, Geldfälscher, Gauner und so weiter. Die Gefangenen von St. Laurent, die Gewichtigeres auf dem Kerbholz haben, schauen mit Verachtung auf sie herab.

»Sie werden es aufschlußreich finden«, sagte Jean Charvin mit seinem offenen, gewinnenden Lachen. »Aber verwahren Sie bloß Ihr Notizbuch gut, sie stehlen einem dort das Hemd vom Leib, wenn sich halbwegs die Gelegenheit bietet. Eine gräßliche Bande!«

An jenem Nachmittag saß ich auf der Veranda vor meinem Schlafzimmer und las, bis die Hitze erträglicher würde. Ich hatte die Jalousien heruntergelassen, und es war einigermaßen kühl. Mein alter Araber watschelte barfüßig die Treppe herauf und teilte mir in seinem stockenden Französisch mit, ein Bote des Direktors wolle mich sprechen.

»Schick ihn herauf«, sagte ich.

Da trat auch schon Jean Charvin herein mit einem Brief des Direktors, meine Fahrt nach St. Jean betreffend. Als er ihn übergeben hatte, fragte ich ihn, ob er nicht für eine Zigarettenlänge Platz nehmen wolle. Er sah auf seine billige Armbanduhr.

»Gerne. Ich habe ein paar Minuten Zeit.« Er setzte sich, zündete die angebotene Zigarette an und lächelte mir mit seinen sanften Augen zu. »Wissen Sie, daß Sie der erste sind, der mir seit meiner Verurteilung einen Stuhl anbietet?« Er inhalierte einen tiefen Zug. »Nach drei Jahren wieder eine ägyptische.«

Die Gefangenen drehen ihre Zigaretten selbst aus einem herben, starken Tabak, der in viereckigen blauen Päckchen in den Handel kommt. Da man ihre Dienste nicht bezahlen darf, sich aber mit Tabak erkenntlich zeigen kann, hatte ich eine Menge davon gekauft.

»Wie schmeckt sie?«

»Man gewöhnt sich an alles, und mein Gaumen ist so verdorben, daß mir das hiesige Zeug lieber ist.«

»Ich will Ihnen ein paar Päckchen holen.«

Als ich aus meinem Zimmer zurückkehrte, schaute er sich die Bücher an, die auf dem Tisch lagen.

»Sie lesen gerne?«

»O ja. Das ist das schlimmste für mich, daß es hier keine Bücher gibt. Die wenigen, die ich auftreiben kann, muß ich dann x-mal lesen.«

Als leidenschaftlicher Leser kenne ich kein größeres Übel als Mangel an Lesestoff.

»Ich habe einige französische Bände in meinem Koffer. Wenn Sie wollen, krame ich sie heraus und gebe sie Ihnen, falls Sie wieder hereinschauen können.«

Mein Angebot war nur zum Teil von Mitleid gespeist; ich suchte eine Gelegenheit, noch einmal mit dem Mann zu sprechen.

»Ich müßte sie dem Direktor zur Prüfung vorlegen, damit meine Moral garantiert nicht leidet. Aber er ist umgänglich und wird keine Schwierigkeiten machen.«

Dazu lächelte er leise verschmitzt, und ich vermutete, daß er den wohlwollenden, pflichtbewußten Chef des Lagers genau kannte und ihn sehr gut zu nehmen wußte. Und wer wollte ihm verübeln, daß er mit Takt, ja mit Listen sein Los möglichst zu erleichtern suchte.

»Der Direktor schätzt Sie sehr.«

»Er ist ganz reizend. Ich bin ihm unendlich dankbar, denn er tut viel für mich. Ich bin von Beruf Buchhalter, und er steckte mich in die Buchhaltung. Ich liebe Zahlen, es macht mir einen Riesenspaß, mit Zahlen umzugehen, denn für mich leben sie, und seitdem ich mich ihnen den ganzen Tag widme, bin ich wieder ich selbst.«

»Und genießen Sie Ihre Einzelzelle?«

»An ihr hängt eben alles. Eingepfercht mit fünfzig Männern, dem Abschaum der Menschheit, und nie eine Minute allein –

es war entsetzlich. Ich kann mir nichts Furchtbareres denken. Zu Hause in Le Havre, von dort komme ich nämlich, besaß ich eine Wohnung, zwar klein, aber sie gehörte mir, und wir hatten eine Tageshilfe. Wir lebten in ordentlichen Verhältnissen, und das machte es für mich so viel härter als für die meisten anderen, die nur Schmutz, Unrat und ein Bett für die ganze Familie kannten.«

Ich hatte auf die Zelle angespielt, weil ich hoffte, daß er dann von dem Treiben in jenen großen Schlafsälen erzählte, in denen die Männer von fünf Uhr nachmittags bis fünf Uhr in der Frühe eingeschlossen sind. In diesen zwölf Stunden sind sie ihr eigener Herr. Nur unter Lebensgefahr, sagte man mir, wagt sich ein Wärter hinein. Nach acht Uhr gibt es kein Licht mehr, aber sie basteln sich aus Sardinenbüchsen, ein bißchen Öl und einem Stoffetzen Lampen, deren Schein fürs Kartenspielen ausreicht. Sie spielen wie wahnsinnig, aber nicht zum Spaß, sondern um Geld, das sie der Sicherheit halber auf dem Leib versteckt tragen. Natürlich brechen unter diesen skrupellosen, unbarmherzigen Gesellen häufig wilde Kämpfe aus, die mit dem Messer entschieden werden. Oft findet man morgens beim Öffnen des Schlafsaales eine Leiche, aber weder durch Drohungen noch Versprechungen läßt sich ein Insasse erpressen, den Täter zu verraten. Jean Charvin berichtete mir noch andere Sachen, die ich nicht wiedergeben kann. Er erzählte mir von einem hübschen Burschen, der mit demselben Schiff wie er aus Frankreich herübergekommen war und mit dem er sich angefreundet hatte. Eines Tages ging der junge Mann zum Direktor und bat um eine Einzelzelle. Der Direktor fragte nach dem Grund, und er erklärte ihn. Da laut Aufstellung im Augenblick alle Zellen besetzt waren, konnte ihn der Direktor nur für die nächste vormerken, die frei würde. Am folgenden Morgen lag der Mann tot auf seinem Bett, den Bauch bis zum Brustbein aufgeschlitzt.

»Lauter brutale Rohlinge. Wer nicht schon bei der Ankunft ein Schuft ist, wird nur durch ein Wunder davor bewahrt, sich der Brutalität der anderen anzupassen.«

Jean Charvin blickte auf die Uhr und schritt zur Tür, dann drehte er sich um und sah mich mit seinem netten Lachen an.

»Ich muß jetzt gehen. Mit Erlaubnis des Direktors komme

ich wieder vorbei und hole mir die Bücher, die Sie mir so freundlich anboten.«

In Guayana drückt man keinem Sträfling die Hand, und ein taktvoller Gefangener vermeidet beim Verabschieden jede Gelegenheit, daß man ihm die Hand hinstreckt oder seine zurückweist, wenn er sie aus Versehen reichen will. Mir hätte es wahrhaftig nichts ausgemacht, Jean Charvin die Hand zu geben; es schmerzte mich, als ich sah, wie sorgsam er mir jede Verlegenheit ersparte.

Noch zweimal trafen wir uns während meines Aufenthalts in St. Laurent. Er erzählte mir seine Geschichte, aber ich gebe sie mit meinen eigenen Worten wieder, da ich sie aus seinen fragmentarischen Schilderungen zusammensetzen und seine Auslassungen durch meine Phantasie ergänzen mußte. Ich glaube nicht, daß sie mich in die Irre führte. Von mehreren Wörtern mit fünf Buchstaben schien er mir jeweils drei Buchstaben zu nennen, ich habe wohl die meisten Worte richtig erraten.

Jean Charvin wurde in Le Havre, dem großen Hafen, geboren und wuchs dort auf. Sein Vater war höherer Zollbeamter. Nach der Schulzeit leistete er seinen Militärdienst ab und sah sich dann nach einem Beruf um. Wie viele junge Franzosen neigte er dazu, die riskante Aussicht auf Reichtum einer biederen, unerschütterlichen Versorgung zu opfern. Sein Talent für Zahlen verschaffte ihm leicht eine Stelle in der Buchhaltung einer großen Exportfirma. Seine Zukunft war gesichert, er konnte ein Einkommen erwarten, das ihm den bescheidenen Wohlstand seiner Kreise versprach. Er arbeitete fleißig und betrug sich ordentlich. Wie die meisten Altersgenossen war er sportlich: sommers schwamm er und spielte Tennis, im Winter fuhr er Rad. An zwei Abenden der Woche trieb er Gymnastik, um in Form zu bleiben. Während seiner Jugend- und frühen Mannesjahre hatte er einen guten Freund, den wir Henri Renard heißen wollen, gleichfalls Sohn eines Zollbeamten. Jean und Riri gingen zusammen zur Schule, spielten miteinander, schufteten zusammen aufs Examen, verbrachten gemeinsam die Ferien, da die Familien befreundet waren, hatten zusammen die ersten Mädchenbekanntschaften, traten bei den Tennisturnieren ihres Klubs zusammen im Doppel an und dienten zusammen beim Militär. Nie stritten sie. Nie waren sie glücklicher, als wenn sie beisammen sein konnten. Sie waren unzertrennlich.

Als sie einen Beruf ergreifen mußten, beschlossen sie, in derselben Firma zu arbeiten, aber das war nicht so einfach. Zwar versuchte Jean, Riri in der Exportabteilung seiner Firma unterzubringen, aber es gelang nicht; erst ein Jahr darauf fand Riri eine Stelle. Da der Handel damals in Le Havre genauso darniederlag wie anderswo, stand er nach wenigen Monaten bereits wieder auf der Straße.

Riri, ein fröhlicher Bursche, genoß die Muße. Er tanzte, badete, spielte Tennis und lernte dabei ein junges Mädchen kennen, das kurz zuvor nach Le Havre gezogen war. Ihr Vater hatte als Hauptmann in der Kolonialarmee gedient, und nach seinem Tod kehrte die Mutter zurück nach Le Havre, ihrer Geburtsstadt. Marie-Louise war damals achtzehn. Sie hatte fast ihr ganzes Leben in Tonkin verbracht, und das verlieh ihr einen exotischen Reiz in den Augen der jungen Männer, die noch nie im Ausland gewesen waren: Riri und dann auch Jean verliebten sich in sie. Das war, wenn nicht unvermeidlich, auf jeden Fall bedauerlich. Marie-Louise, das einzige Kind, hatte eine gute Erziehung genossen, ihre Mutter besaß außer der Pension noch ein kleines Vermögen, und so konnte man sie nur mit ernsten Absichten hofieren. Wie aber sollte Riri, zu der Zeit ganz und gar von seinem Vater abhängig, einen Antrag machen, den Madame Meurice, Marie-Louises Mutter, auch bloß in Erwägung ziehen würde; dafür sah er, da er den ganzen Tag Zeit hatte, das Mädchen viel häufiger als Jean. Ihre Mutter war leidend, und so erfreute sie sich größerer Freiheit als die meisten Französinnen ihres Alters und ihres Stands. Sie wußte, Riri und Jean liebten sie, sie aber mochte beide und ließ sich von ihnen verwöhnen, doch nichts wies darauf hin, daß sie in den einen oder anderen verliebt war. Man erriet nicht, wen sie vorzog. Sie war natürlich im Bilde, daß Riri nicht die Mittel besaß, sie zu heiraten.

»Wie sah sie aus?« fragte ich Jean Charvin.

»Sie war klein und hatte eine zierliche Figur, große, graue Augen, einen blassen Teint und weiche mausbraune Haare. Sie glich überhaupt einem Mäuschen. Sie war nicht schön, aber in einer seltsam spröden Art hübsch und besaß ein ungemein anziehendes Wesen. Und man kam ausgezeichnet mit ihr aus, denn sie war einfach und natürlich. Man spürte, auf sie konnte man sich verlassen, sie würde eine gute Ehefrau abgeben.«

Jean und Riri verbargen nichts voreinander, und Jean verhehlte nicht vor ihm seine Liebe zu Marie-Louise, aber Riri hatte sie als erster getroffen, und es war ausgemacht, daß Jean ihm nicht ins Gehege kommen würde. Schließlich entschied sie sich. Eines Tages holte Riri Jean vom Büro ab und eröffnete ihm, Marie-Louise werde ihn heiraten. Sobald er Arbeit gefunden habe, wolle sein Vater ihre Mutter aufsuchen und offiziell um ihre Hand anhalten. Ein harter Schlag für Jean, dem es nicht leichtfiel, mit großer Anteilnahme den Zukunftsplänen zuzuhören, die der aufgeregte und begeisterte Riri entwikkelte. Doch er fühlte sich Riri zu sehr verbunden, um es ihn entgelten zu lassen; er kannte dessen liebenswerte Eigenschaften und konnte Marie-Louise ihre Wahl nicht verübeln. Mit allen Kräften versuchte er, sich ehrenvoll mit seinem auf dem Altar der Freundschaft dargebrachten Opfer abzufinden.

»Warum zog sie Ihren Freund Ihnen vor?« fragte ich.

»Er besaß ungeheuren Schwung, er war der vergnügteste, amüsanteste Kamerad, den man sich denken konnte. Seine gute Laune wirkte ansteckend, wo er war, gab's nie Langeweile.«

»Ein Mann mit Pfiff«, versetzte ich lächelnd.

». . . und unglaublichem Charme.«

»Sah er gut aus?«

»Nicht besonders. Er war kleiner als ich, dünn und drahtig, hatte aber ein nettes, freundliches Gesicht.« Jean lachte heiter. »Ich glaube, ich kann ohne Selbstgefälligkeit sagen, daß ich besser aussah als Riri.«

Nun, Riri fand keine Stelle. Sein Vater, der es satt hatte, ihn auf der faulen Haut liegen zu sehen, schrieb an alle Verwandte und Freunde in ganz Frankreich, ob sie nicht irgendeine noch so bescheidene Arbeit für ihn wüßten, und da erhielt er auch von einem Vetter aus Lyon, der im Seidenhandel tätig war, einen Brief, daß seine Firma einen jungen Mann für ihre Filiale in Phnom-Penh, Kambodscha, zum Einkauf von Rohseide suche. Wenn Riri zusage, könne er ihm den Posten verschaffen.

Obwohl Riris Eltern, wie alle französischen Eltern, ihren Sohn höchst ungern ins Ausland ziehen ließen, schien es keine andere Wahl zu geben, und es wurde trotz des kleinen Gehalts beschlossen, daß er die Chance ergreifen müsse. Er hatte nichts dagegen. Kambodscha lag nicht weit von Tonkin, Marie-Louise war also mit den Verhältnissen vertraut. So oft hatte sie davon erzählt, daß er annahm, sie kehre gern in den Osten zurück. Zu seinem Entsetzen teilte sie ihm mit, nichts bringe sie weg; zum einen könne sie ihre Mutter nicht im Stich lassen, deren Zustand sich immer mehr verschlechtere, und nachdem sie nun in Frankreich Fuß gefaßt habe, wolle sie auch dableiben. Sie war voller Mitleid für Riri, beharrte aber auf ihrem Entschluß. Da sich keine andere Aussicht bot, würde ihm sein Vater niemals erlauben, das Angebot abzulehnen; die Situation war ausweglos, er mußte gehen. Jean bedauerte das, aber seit der Sekunde, da Riri ihm die traurige Nachricht eröffnete, spürte er mit klopfendem Herzen, daß ihm das Schicksal in die Hände arbeitete. Wenn Riri für mindestens fünf Jahre abgeschoben war und, sofern er sich bewährte, wahrscheinlich für immer im Osten blieb, gab es für Jean keinen Zweifel, daß Marie-Louise ihn nach einer Weile heiraten würde. Seine Verhältnisse, seine geordnete, achtbare Stellung in Le Havre, wo sie sich ihrer Mutter nahe wußte, würden sie schon verlocken; und warum sollte ihre Zuneigung für ihn nicht in Liebe umschlagen, wenn sie nicht mehr im Bann von Riris Charme stand? Das Leben änderte für ihn sein Gesicht. Nach Monaten der Trübsal wurde er wieder glücklich, und im geheimen schmiedete er gigantische Zukunftspläne. Es bestand kein Grund mehr, die Liebe zu Marie-Louise zu unterdrücken. Plötzlich erhielten seine Hoffnungen einen Stoß. Eine der Reedereien von Le Havre schrieb eine Stelle aus, und Riris umgehende Bewerbung schien positiv aufgenommen worden zu sein. Ein Freund im Büro erzählte, die Sache sei sicher. Damit wäre alles geregelt gewesen, denn wer in diese alteingesessene und ehrwürdige Firma eintreten durfte, blieb dort, wie allgemein bekannt, bis an sein Lebensende. Jean Charvin war verzweifelt und mußte erst noch seine Befürchtungen für sich behalten. Eines Tages ließ ihn der Direktor seiner Firma rufen.

An diesem Punkt hielt Jean inne. In seinen Augen spiegelte sich innere Qual.

»Ich werde Ihnen etwas sagen, was ich bisher noch keiner Seele anvertraute. Ich bin ein anständiger Mann, ein Mann mit Grundsätzen; ich gestehe Ihnen jetzt die einzige unehrenhafte Tat meines Lebens.«

Der Leser sei hier daran erinnert, daß Jean Charvin die

rosa und weißen Streifen der Gefangenenuniform mit der aufgedruckten Nummer auf der Brust trug und daß er wegen Ermordung seiner Frau eine Zuchthausstrafe verbüßte.

»Ich hatte keine Ahnung, was der Direktor von mir wollte. Als ich sein Büro betrat, saß er an seinem Schreibtisch und sah mich prüfend an.

›Ich will Ihnen eine Frage von größter Wichtigkeit stellen‹, sagte er. ›Sie sollen sie vertraulich behandeln, wie ich natürlich mit Ihrer Antwort verfahre.‹

Ich wartete, und er fuhr fort:

›Sie sind seit geraumer Zeit bei uns. Ich bin mit Ihnen sehr zufrieden, ohne weiteres können Sie in diesem Haus weit aufsteigen. Ich habe völliges Vertrauen zu Ihnen.‹

›Danke sehr‹, sagte ich. ›Ich werde mich immer bemühen, Ihre gute Meinung von mir zu rechtfertigen.‹

›Es handelt sich um folgendes. Monsieur Untel beabsichtigt, Henri Renard einzustellen. Er legt besonderen Wert auf den Charakter seiner Mitarbeiter, und in diesem Fall ist es außerordentlich wichtig, daß er keinen Fehlgriff tut. Henri Renard müßte unter anderem die Mannschaften der firmeneigenen Schiffe entlohnen; es gingen also viele hunderttausend Francs durch seine Hände. Ich weiß, Sie sind mit Henri Renard eng befreundet, und ihre Familien stehen seit langem auf bestem Fuß miteinander. Ich frage Sie auf Ehre und Gewissen, ob Monsieur Untel richtig handelt, wenn er diesen jungen Mann engagiert.‹

Ich erkannte gleich, welche Konsequenzen diese Frage nach sich zog. Bekam Riri die Stelle, würde er dableiben und Marie-Louise heiraten; wenn nicht, mußte er nach Kambodscha auswandern, und ich würde sie heiraten. Ich schwöre Ihnen, nicht ich habe geantwortet, sondern ein anderer, der in meinen Schuhen steckte und mit meiner Stimme sprach, ich hatte nichts zu schaffen mit den Worten, die aus meinem Mund kamen:

›*Monsieur le directeur*‹, sagte ich, ›Henri und ich sind lebenslange Freunde. Wir waren keine Woche voneinander getrennt. Wir gingen zusammen zur Schule, wir teilten unser Taschengeld und unsere Freundinnen, als wir das entsprechende Alter erreichten, wir waren zusammen beim Militär.‹

›Ich weiß. Niemand kennt ihn besser als Sie. Darum frage ich Sie.‹

›Das ist nicht fair, *Monsieur le directeur*. Sie verlangen von mir, daß ich meinen Freund verrate. Ich kann und will Ihre Fragen nicht beantworten.‹

Der Direktor feixte schlau. Er hielt sich für viel gerissener, als er war.

›Ihre Antwort ehrt Sie, dennoch hat sie mir gesagt, was ich wissen wollte.‹ Dann lächelte er freundlich. Wahrscheinlich war ich blaß, ich zitterte sicher ein wenig. ›Reißen Sie sich zusammen, Junge; Sie sind aufgeregt, und das verstehe ich. Man wird im Leben manchmal mit Situationen konfrontiert, wo Ehrlichkeit auf der einen, Treue auf der anderen Seite stehen. Natürlich darf man nicht zögern, aber die Wahl ist bitter. Ich werde Ihre Haltung in dieser Sache nicht vergessen und danke Ihnen im Namen von Monsieur Untel.‹

Ich zog mich zurück, Riri erhielt am nächsten Morgen einen Brief, daß man auf seine Dienste verzichte, und einen Monat danach schiffte er sich nach dem Fernen Osten ein.«

Ein halbes Jahr später heiratete Jean Charvin Marie-Louise. Daß sich das Leiden von Madame Meurice immer mehr verschlimmerte, hatte die Verbindung beschleunigt. Sie wußte, daß sie nicht mehr lange zu leben hatte, und wollte vor ihrem Tod die Tochter versorgt sehen. Jean teilte Riri mit, wie die Dinge standen, und dieser gratulierte herzlich, wobei er ihm ausdrücklich empfahl, sich seinetwegen kein Gewissen zu machen; schon seit der Abreise aus Frankreich sei ihm klar gewesen, daß *er* Marie-Louise niemals würde heiraten können; er freue sich über Jeans Glück und tröste sich in Phnom-Penh aufs beste. Sein Brief war ausgesprochen vergnügt. Jean hatte sich von Anfang an gesagt, daß Riri bei seinem unsteten Naturell Marie-Louise schnell vergessen würde, und sein Brief schien es zu beweisen. Er hatte ihm also kein bleibendes Unrecht zugefügt. Welche Rechtfertigung! Hätte *er* Marie-Louise verloren, er wäre gestorben; für ihn ging es um Leben und Tod.

Ein Jahr lebten Jean und Marie-Louise vollkommen glücklich. Madame Meurice starb, und Marie-Louise erbte einige hunderttausend Francs, doch angesichts der Wirtschaftskrise und der Währungsunsicherheit beschlossen sie, mit einem Kind noch etwas zu warten. Marie-Louise war eine tüchtige, sparsame Hausfrau und eine liebevolle, freundliche, angenehme Gattin. Allerdings dämmerte ihm im Lauf der Zeit, daß ihr Phlegma, das er vor der Ehe bezaubernd gefunden hatte, einer gewissen Gefühlskälte entsprang. Hinter ihm verbarg sich keine Tiefe. Er hatte sie ja immer für eine kleine Maus gehalten, und es war tatsächlich etwas Maushaftes in ihrer stummen Reserve. Den Alltagskram nahm sie tierisch ernst, und mit den harmlosesten Dingen konnte sie sich stundenlang beschäftigen. Sie hatte eine winzige Garnitur privater Interessen, die ihren hübschen, glatten Kopf ganz ausfüllte. Gelegentlich begann sie einen Roman, legte aber kaum Wert darauf, ihn auszulesen. Jean mußte sich eingestehen, daß sie ihn rechtschaffen langweilte, und der unwillkommene Gedanke plagte ihn, daß es vielleicht nicht gelohnt hatte, ihretwegen eine solche Gemeinheit zu begehen. Er vermißte Riri. Zwar versuchte er sich einzureden, es sei nichts mehr rückgängig zu machen, und im Grunde habe er nicht aus freiem Willen gehandelt, dennoch bedrückte ihn sein Gewissen. Hätte er doch seinem Direktor anders geantwortet.

Dann passierte etwas Entsetzliches: Riri bekam Typhus und starb. Es war ein fürchterlicher Schlag für Jean, nicht aber für Marie-Louise. Sie stattete Riris Eltern den üblichen Beileidsbesuch ab, aß aber mit unvermindertem Appetit und schlief unvermindert gut. Jean regte dieses Betragen schrecklich auf.

»Der arme Kerl, er war immer so fröhlich«, sagte sie, »wie ungern muß er gestorben sein. Aber warum ging er auch dorthin? Ich warnte ihn, das Klima sei schlecht; es hat meinen Vater unter den Boden gebracht, ich weiß Bescheid.«

Jean war überzeugt, er sei schuld an seinem Tod. Wenn er nicht Riris gute Seiten, die er besser kannte als alle anderen, vor dem Direktor verschwiegen hätte, wäre er angenommen worden und lebte jetzt gesund und munter.

›Ich kann es mir nie verzeihen‹, dachte er, ›und nie mehr werde ich glücklich sein. Ich Dummkopf, ich Schuft.‹

Er weinte um Riri. Marie-Louise wollte ihn trösten, denn das gute Ding liebte ihn.

»Nimm's nicht so schwer. Fünf Jahre hättest du ihn nicht gesehen, und nichts Gemeinsames hätte euch mehr verbunden. Er wäre dir fremd geworden. Das habe ich schon oft erlebt. Du hättest dich auf das Wiedersehen gefreut, und nach einer halben Stunde wäre euch der Gesprächsstoff ausgegangen.«

»Wahrscheinlich hast du recht«, seufzte er.

»Dieser Luftikus konnte es doch nicht weit bringen. Er besaß nicht deine Charakterstärke und deinen hellen, klaren Verstand.«

Er wußte, was sie dachte. Wäre sie Riri nach Indochina gefolgt, was hätte sie dort angefangen, eine einundzwanzigjährige Witwe mit ihren geerbten zweihunderttausend Francs? Sie war noch einmal davongekommen und gratulierte sich zu ihrer Spürnase. Auf Jean, ihren Mann, konnte sie stolz sein. Er verdiente gut. Aber Jean schlug das Gewissen. Was er früher durchgemacht hatte, war nichts gegenüber seinen gegenwärtigen Leiden. Die Qual, wenn er sich an seinen Verrat erinnerte, übertraf jeden körperlichen Schmerz. Sie fiel ihn mitten in der Arbeit an und nagte an seinem Herzen. Er sehnte sich verzweifelt nach Erlösung und hielt sich nur mit äußerster Kraft zurück, Marie-Louise alles zu beichten. Aber er konnte sich ausmalen, wie sie es aufnehmen würde: sie wäre nicht schockiert, sondern hielte es für einen geschickten Schachzug, geschmeichelt, daß er ihretwegen eine derart jämmerliche Tat begangen hatte. Sie versuchte nicht, ihm zu helfen. Er liebte sie immer weniger. Für sie hatte er so schändlich gehandelt, und was war sie? Ein gewöhnliches, durchschnittliches, berechnendes Frauenzimmer.

»Ich Dummkopf«, wiederholte er oft. Er fand sie nicht einmal mehr hübsch, sondern nur noch rasend dumm. Natürlich konnte sie nichts dafür, sie konnte auch nichts dafür, daß er seinen Freund hintergangen hatte – er zwang sich, so aufmerksam und zärtlich zu ihr zu sein wie früher, und erfüllte alle ihre Wünsche. Er versuchte, Mitleid mit ihr zu haben, Nachsicht zu üben; er sagte sich, von ihrem beschränkten Standpunkt aus sei sie eine gute, ordnungsliebende, sparsame Hausfrau, nach Manieren, Kleidern und Auftreten eine Zierde für einen anständigen jungen Mann. Das stimmte alles, aber um ihretwillen war Riri gestorben, und darum verabscheute er sie. Sie ödete ihn bis zur Verzweiflung an. Obwohl er nichts verlauten ließ und sich freundlich, liebevoll und einsichtig zeigte, hätte er sie häufig ermorden können. Als er es dann tat, geschah es fast absichtslos. Zehn Monate nach Riris Tod feierten dessen Eltern, Monsieur und Madame Renard, die Verlobung ihrer Tochter. Jean hatte sie seit dem Trauerfall wenig gesehen und wollte nicht hingehen. Marie-Louise aber sagte, es sei ein schwerer Verstoß gegen die Höflichkeit, wenn Riris bester

Freund an einem großen Familienfest nicht teilnehme. Sie besaß Sinn für gesellschaftliche Verpflichtungen.

»Und es wird dich ablenken. Du bist schon so lange niedergeschlagen, daß dir ein bißchen Unterhaltung guttut. Man serviert bestimmt Champagner, glaubst du nicht? Madame Renard läßt ja nicht gern etwas springen, aber bei einer solchen Gelegenheit muß sie sich überwinden.«

Marie-Louise kicherte leise bei der Vorstellung, wie widerwillig Madame Renard in den Beutel griff.

Die Einladung war sehr fröhlich verlaufen. Zwar verdroß es Jean, daß sie Riris altes Zimmer als Garderobe und Ablage benutzten, aber der Champagner floß, und er trank viel, um die bitteren Selbstvorwürfe hinunterzuspülen. Riris Lachen ging ihm nicht aus dem Ohr, vergeblich schloß er die Augen vor Riris heiter strahlendem Blick. Es war drei Uhr, als sie am Sonntag früh nach Hause kamen. Da Jean nicht zur Arbeit mußte, konnten sie ausschlafen. Den Rest erzähle ich in Jean Charvins eigenen Worten:

»Beim Aufwachen hatte ich Kopfweh. Marie-Louise saß vor ihrem Frisiertisch und bürstete sich die Haare. Ich pflegte schon immer meinen Körper zu trainieren und machte regelmäßig Morgengymnastik. An diesem Tag hatte ich wenig Lust dazu, hielt es dann aber nach dem Champagner doch für angebracht. Ich stand auf und holte mir meine Keulen. Da unser Schlafzimmer ziemlich groß war, reichte der Platz zwischen Bett und Frisiertisch, wo Marie-Louise saß, lange für meine Übungen. Marie-Louise hatte vor wenigen Tagen ihr Haar neu und sehr kurz schneiden lassen, was mir mißfiel. Von hinten wirkte sie wie ein Junge, und wenn ich die Stoppeln des ausrasierten Nackens sah, wurde mir ganz schlecht. Sie legte die Bürste hin, puderte sich das Gesicht und lachte leise und unangenehm.

›Warum lachst du?‹ fragte ich.

›Wegen Madame Renard. Sie trug dasselbe Kleid wie bei unserer Hochzeit; sie hatte es zwar färben und umarbeiten lassen, aber mich führte sie nicht hinters Licht. Ich hätte es immer und überall erkannt.‹

Dieses törichte Geschwätz ärgerte mich maßlos. Wütend hieb ich ihr mit aller Kraft eine Keule auf den Kopf. Offensichtlich schlug ich ihr die Schädeldecke ein, sie starb zwei Tage darauf im Krankenhaus, ohne das Bewußtsein wiedererlangt zu haben.«

Er hielt einen Augenblick inne. Ich reichte ihm ein Zigarette und zündete mir selber eine neue an.

»Ich war froh, daß sie starb. Wir hätten nie wieder zusammenleben können, und es wäre unmöglich gewesen, ihr die Tat plausibel zu machen.«

»Ja, sicher.«

»Ich wurde verhaftet und wegen Mords vor Gericht gestellt. Natürlich beteuerte ich, es sei ein Unglücksfall gewesen, die Keule sei mir aus der Hand gerutscht, aber das medizinische Gutachten widerlegte mich. Die Anklage bewies, daß Marie-Louises Verletzung nur von einem heftigen vorsätzlichen Schlag herrühren konnte. Zu meinem Glück entdeckten sie kein Tatmotiv. Der Staatsanwalt versuchte darauf abzustellen, ich wäre auf die Galanterie eines der Gäste bei der Verlobungsfeier eifersüchtig gewesen, und wir hätten uns deshalb gestritten, aber der Betreffende schwor, es sei nichts geschehen, was meinen Verdacht hätte erregen können, und andere Zeugen bestätigten, daß wir einträchtig nach Hause aufgebrochen waren. Dann fand man auf dem Frisiertisch eine unbezahlte Schneiderrechnung, und der Staatsanwalt suggerierte eine eheliche Auseinandersetzung über ihre Garderobe, aber ich bewies, daß Marie-Louise alle Kleider von ihrem Geld bezahlte und daß somit die Rechnung unmöglich als Zankapfel dienen konnte. Die Zeugen versicherten auch, ich hätte mich Marie-Louise gegenüber immer aufmerksam gezeigt; jedermann hielt uns für ein ideales Paar. Mein Leumund war ausgezeichnet, und mein Chef stellte mir das allerbeste Zeugnis aus. Nie bestand Gefahr, daß man mich um einen Kopf kürzer machen würde, ja, einen Moment dachte ich sogar, freizukommen. Am Ende wurde ich zu sechs Jahren verurteilt. Ich bereue meine Tat nicht, denn seither, in der Untersuchungshaft wie hier auf der Insel, bin ich den Schmerz um Riri losgeworden. Wenn ich an das Jenseits glaubte, würde ich sagen, Marie-Louises Tod hat Riris aufgewogen. Auf jeden Fall schweigt die Stimme meines Gewissens, und Sie dürfen versichert sein, nach all den Folterqualen haben sich die Leiden hier gelohnt; ich meine, ich kann jetzt der Welt wieder ins Auge blicken.«

Ich gebe zu, daß diese Geschichte phantastisch klingt; ich bin von Natur aus Realist und suche in meinen Stories die Wirklichkeit abzubilden; ich scheue das Bizarre so sehr, wie ich das Verschrobene meide. Hätte ich diese Erzählung erfunden, sie wäre bestimmt glaubwürdiger ausgefallen. Nur weil ich sie mit eigenen Ohren hörte, überzeugte sie mich. Ich weiß nicht, ob mir Jean Charvin die Wahrheit berichtete, aber was er am Schluß seines letzten Besuchs sagte, klang sehr einleuchtend. Ich hatte ihn nach seinen Zukunftsplänen gefragt.

»Meine Freunde sind in Frankreich für mich tätig«, sagte er. »Viele Leute hielten mich damals für das Opfer eines Justizirrtums, und der Direktor meiner Firma glaubt felsenfest, daß ich zu Unrecht verurteilt wurde. Vielleicht erläßt man mir einen Teil der Strafe. Schlimmstenfalls rechne ich damit, nach den sechs Jahren nach Frankreich zurückzudürfen. Ich leiste hier nämlich viel Nützliches. Die Konten waren völlig durcheinander, als ich sie übernahm, und jetzt herrscht tadellose Ordnung. Geld wurde unterschlagen; wenn man mir freie Hand ließe, würde ich die Schuldigen schon herausbringen. Der Direktor mag mich und hilft mir, soviel in seiner Macht steht. Und wenn alles schiefgeht, bin ich nicht viel über Dreißig bei meiner Rückkehr.«

»Aber wird es nicht schwierig für Sie sein, Arbeit zu finden?«

»Ein guter Buchhalter, ehrlich und fleißig wie ich, findet immer etwas. Natürlich nicht in Le Havre, aber der Direktor meiner Firma hat Geschäftsfreunde in Lille, Lyon und Marseille. Er versprach, sich für mich einzusetzen. Nein, ich schaue den nächsten Jahren voll Zuversicht entgegen. Ich werde schon Fuß fassen und, sobald es die Verhältnisse erlauben, will ich heiraten. Nach diesen Strapazen sehne ich mich nach einem gemütlichen Heim.«

Wir saßen in einer Ecke der Veranda, die um das ganze Haus läuft, um jedes Lüftchen auszunützen; auf der Nordseite hatte ich eine Jalousie nicht herabgelassen. Man sah einen Streifen Himmel mit einer Kokospalme, deren grünes Laub sich scharf vom Blau des Hintergrundes abzeichnete – ein Werbeplakat für eine Reise durch die Südsee. Jean Charvins Augen durchbohrten die Ferne, als wollte er in die Zukunft blicken.

»Aber wenn ich das nächste Mal heirate«, bemerkte er versonnen, »heirate ich nicht aus Liebe, sondern wegen des Geldes.«

Im Staatsdienst

Ein Mann von fünfzig Jahren, stämmig, breitschultrig und mittelgroß, wohlgepolstert, wie es seinem Alter entsprach, aber nicht dick; dem rosigen Teint konnte weder die sengende Sonne noch das tropische Klima etwas anhaben, denn in seinen Adern floß gesundes, kräftiges Blut; das braune, dichte Haar war nur an den Schläfen leicht ergraut; den blonden, prächtigen Schnurrbart pflegte er voll Stolz, indem er ihn sorgsam bürstete; auf dem Grunde seiner Augen lag ein freundliches Lächeln – diesen Mann mußte das Leben verwöhnt haben! Er strahlte die vertrauenerweckende Jovialität und das Wohlbefinden jener eßfreudigen, rotwangigen Bürger auf alten holländischen Bildern aus, die, durch Fleiß zu Geld gekommen, sich mit ihren blühenden Frauen an den Dingen dieser Erde freuten. Er aber war Witwer, hieß Louis Remire, trug die Nummer 68 763 und saß zwölf Jahre in St. Laurent de Maroni, der großen Strafkolonie von Französisch-Guayana, ab, da er seine Frau ermordet hatte. Dem ehemaligen Polizisten aus Lyon, seiner Geburtsstadt, war wegen seines tadellosen Charakters eine Staatsstelle zuerkannt worden: unter fast zweihundert Bewerbern hatte man ihn zum Henker bestimmt. Darum durfte er als einziger Sträfling den Schnurrbart tragen, der unter seiner sorgfältigen Pflege so herrlich gedieh und sozusagen sein Dienstabzeichen war. Und darum lief er auch in seinen eigenen Kleidern herum. Die Sträflingsuniform besteht aus rosa- und weißgestreiften Hosen und einem losen Oberteil, plumpen Lederschuhen mit Holzsohlen und einem runden Strohhut. Louis Remire hingegen leistete sich Sandalen an den bloßen Füßen, blaue Baumwollhosen und ein Khakihemd mit offenem Kragen, das seine behaarte Männerbrust zeigte. Wenn er durch die öffentlichen Anlagen schlenderte und wohlwollend die spielenden Kinder, teils Schwarze, teils Mischlinge, betrachtete, glich er einem ehrbaren Ladenbesitzer, der eine Stunde Ruhepause genießt. Er besaß ein eigenes Haus, nicht nur als Privileg seines Berufs, sondern aus dringlicher Notwendigkeit, denn innerhalb des Gefängnisbezirks hätten die Sträflinge mit ihm kurzen Prozeß gemacht: eines Morgens wäre er mit aufgeschlitztem Bauch im Bett gefunden worden. Natürlich war das Haus nur eine kleine, nicht unterteilte Holzbaracke mit einem Anbau, der als Küche diente, doch gehörte ein winziger, eingezäunter Garten dazu, in dem Bananen, Melonen und das in diesem Klima übliche Gemüse wuchsen. Dieser Garten, inmitten eines Palmenhains, schaute aufs Meer – eine reizende Lage. Das Gefängnis war nur dreihundert Meter entfernt, was Louis Remire wegen der Verpflegung sehr vorteilhaft fand. Sie wurde jeweils von seinem Gehilfen geholt, der mit ihm unter einem Dach lebte, einem großen, schlaksigen, linkischen Burschen mit tiefliegenden Knopfaugen und hohlen Wangen. Diesem Raubmörder, der eine lebenslängliche Zuchthausstrafe verbüßte, fehlte es zwar an Intelligenz, doch in seinem bürgerlichen Dasein war er Koch gewesen, und mit dem eigenen Gemüse und den Gewürzen, die sich Louis Remire in dem chinesischen Lebensmittelladen erstand, gelangen ihm wundervolle Aufbesserungen der Suppen, Kartoffel- und Kohlgerichte; dazu gab's tagaus, tagein, dreihundertfünfundsechzig Tage im Jahr, Rindfleisch aus der Gefängnisküche. Und deswegen hatte er auch beim Direktor nachdrücklich einen neuen Gehilfen beantragt. Der frühere Koch hatte nämlich zu empfindsame Nerven gehabt und – ›Absurd!‹ dachte Louis Remire mit einem herzlichen Lachen – sich Gewissensskrupel über die Todesstrafe gemacht. Jetzt lebte der Neurastheniker auf der St. Josephsinsel, wo die verrückten Häftlinge verwahrt wurden.

Nun war sein neuer Gehilfe krank geworden. Er hatte sich mit hohem Fieber hingelegt, und es sah ganz danach aus, als ob er nicht wieder aufstehen würde. Man hatte ihn ins Krankenhaus gebracht. Louis Remire bedauerte es, einen Koch wie diesen würde er so schnell nicht wieder finden. Welches Pech, daß es gerade jetzt passieren mußte, am nächsten Tag hatte er doch furchtbar viel zu tun. Sechs Mann sollte er hinrichten, zwei Algerier, einen Polen, einen Spanier aus dem Mutterland und bloß zwei Franzosen. Sie waren zusammen aus dem Gefängnis ausgebrochen und den Fluß hinauf geflüchtet. Fast ein Jahr lang versetzten sie die Kolonie in Angst und Schrecken durch Raub, Vergewaltigung und Totschlag, die Leute trauten sich kaum noch aus dem Haus. Endlich wurde die Bande festgenommen und zum Tode verurteilt, doch der Richterspruch brauchte die Bestätigung des Justizministers, die eben erst eingetroffen war. Und ohne Hilfe wuchs Louis Remire die Arbeit über den Kopf, denn er mußte schon im voraus eine Menge richten. Er empfand es als ein besonderes Mißgeschick, daß er gerade bei diesem Anlaß auf eine ungelernte Kraft angewiesen war, auf irgendeinen vom Direktor bestimmten Wärter. Die Wärter sind ebenfalls Sträflinge, die ihre bevorzugte Stellung gutem Betragen verdanken. Sie schlafen auch in einem eigenen Gebäude, denn die Gefangenen hassen sie, weil sie sich auf die Seite der Obrigkeit geschlagen haben. Louis Remire war äußerst gewissenhaft, und damit am nächsten Tag alles reibungslos ablief, verabredete er sich mit seinem Hilfsassistenten bei der Guillotine, um ihm gründlich zu erklären, wie die Maschine funktioniere und was er zu tun habe.

Die Guillotine stand für gewöhnlich in einem Abstellraum, der wohl zum Gefängnisgebäude gehörte, aber einen eigenen Zugang von außen her besaß. Als Louis Remire zur festgesetzten Stunde dort gemächlich um die Ecke bog, wartete der Assistent, ein grobknochiger, primitiv aussehender Bursche, bereits auf ihn. Er trug die rosa- und weißgestreifte Gefängnisuniform, doch statt des üblichen Strohhuts hatte er sich als Wärter einen Filz aufgestülpt.

»Warum bist du hier?«

Der Mann zuckte die Schultern.

»Doppelmord. Ein Bauer und seine Frau.«

»Hm. Wieviel hast du gekriegt?«

»Lebenslänglich.«

Er wirkte brutal, aber auf wen konnte man sich schon verlassen? Louis Remire hatte mit seinen eigenen Augen gesehen, wie ein großer, kräftiger Schließer bei einer Hinrichtung einfach zusammenklappte. Und er wollte nicht, daß sein Assistent im ungünstigsten Moment mit einem Nervenzusammenbruch aufwartete. Freundlich lächelnd deutete er mit seinem Daumen auf die geschlossene Tür, hinter der die Guillotine stand.

»Das hier ist ein anderer Brocken. Sechs Stück, du weißt ja. Pack, alle miteinander. Je schneller sie erledigt sind, desto besser.«

»In Ordnung. Ich hab hier so viel gesehen, mich erschüttert nichts mehr. Ob man einem Huhn den Kopf abschneidet oder diesen da ...«

Louis Remire schloß die Tür auf, und hintereinander traten sie ein. Die Guillotine schien den kleinen Abstellraum, er war kaum größer als eine Zelle, ganz auszufüllen. Unheimlich und drohend ragte sie empor. Louis Remire hörte ein leises Seufzen, und als er sich umdrehte, bemerkte er, daß der Wärter die Maschine mit erschrockenen Augen anglotzte. Sein Gesicht, vom Fieber und den Würmern, worunter alle Häftlinge im Wechsel litten, bleich und kränklich, war gespenstisch blaß geworden. Der Henker grinste gutmütig.

»Das fährt dir in die Knochen, was? Hast du sie noch nie gesehen?«

»Nein, noch nie.«

Louis Remire lachte kehlig.

»Ja, wenn du sie gesehen hättest, könntest du auch nichts von ihr erzählen. Wie bist du denn drum herumgekommen?«

»Hunger als mildernder Umstand. Ich wollte etwas zu essen haben, und die beiden hetzten die Hunde auf mich. Als ich zum Tode verurteilt war, verschaffte mir mein Anwalt in Paris eine Begnadigung vom Staatspräsidenten.«

»Lieber lebendig als tot, das steht fest«, meinte Louis Remire mit dem ihm eigenen freundlichen Zwinkern.

Seine Guillotine blinkte stets vor Sauberkeit. Das einheimische, dunkle, mahagoniähnliche Hartholz war auf Hochglanz poliert, das dazugehörige Messing schimmerte zu Louis Remires größtem Stolz wie die Beschläge einer Segeljacht, und das Messer funkelte, als wäre es frisch aus der Werkstatt gekommen. Er mußte heute nicht nur das zuverlässige Funktionieren aller Teile überprüfen, sondern auch seinem Assistenten erklären, wie die Maschine arbeitete. Wenn das Messer gefallen war, gehörte es zu dessen Pflichten, eine kleine Leiter hinaufzuklettern und das Seil wieder zu befestigen.

Mit der Genugtuung eines erfahrenen Handwerkers, der sein Gebiet von A bis Z beherrscht, erging sich Remire in den notwendigen Erläuterungen und wies stillvergnügt auf die sinnreiche Anlage des Apparates hin: der Verurteilte wurde auf einem Schlagbalken, einer Art Wippe, festgebunden, den ein einfacher Mechanismus nach vorn schleuderte, so daß der Nakken des Mannes genau unter das Messer zu liegen kam. In seiner Pedanterie hatte Louis Remire zum Erstaunen des Schließers einen Bananenzweig von ungefähr anderthalb Meter Länge mitgebracht. Jetzt sollte er erfahren, wozu. Der Zweig, der fast die gleiche Dicke und denselben Widerstand wie der Hals eines Menschen besaß, eignete sich hervorragend dazu, sowohl einem Neuling das Arbeiten der Maschine zu zeigen als auch ihren tadellosen Zustand im voraus zu überprüfen. Louis Remire befestigte den Bananenzweig sachgemäß, dann ließ er das Messer fallen, das unglaublich schnell herabsauste und laut aufschlug. Dreißig Sekunden nachdem der Verurteilte auf dem Schlagbalken festgebunden war, rollte sein abgetrennter Kopf in einen Korb; der Henker packte ihn bei den Ohren und zeigte ihn denen, die nach der Vorschrift der Hinrichtung beiwohnen mußten. Dazu sprach er feierlich die Worte: *»Au nom du peuple français justice est faite.* Im Namen des französischen Volkes wurde Gerechtigkeit geübt.«

Dann warf er den Kopf in den Korb zurück. Da morgen sechs drankamen, mußte man jeweils den Rumpf vom Schlagbalken losbinden und zusammen mit dem Kopf auf eine Bahre legen, bevor der nächste Mann an der Reihe war. Die Schwere des Vergehens bestimmte die Folge. Wer die geringste Schuld trug, wurde zuerst hingerichtet, um ihm den grauenvollen Anblick des Tods seiner Kameraden zu ersparen.

»Wir müssen gut aufpassen, daß wir den richtigen Kopf zum richtigen Körper legen«, sagte Louis Remire, wie immer gemütvoll, »sonst gibt es bei der Auferstehung endlose Verwechslungen.«

Zwei- oder dreimal ließ er das Fallbeil heruntersausen, um sich zu vergewissern, daß der Gehilfe es richtig befestigen könne, dann holte er die Putzmittel vom Regal und polierte das Messing; ein bißchen drübergehen schadete seiner Ansicht nach nicht, obwohl das Metall fleckenlos glänzte. Nachher lehnte er sich an die Wand und rauchte genießerisch eine Zigarette.

Endlich war alles in Ordnung, und Louis Remire entließ seinen Assistenten bis Mitternacht. Um Mitternacht nämlich mußten sie die Guillotine aus dem Abstellraum in den Gefängnishof bringen. Es war keine Kleinigkeit, sie wieder aufzubauen, aber eine Stunde vor Morgengrauen – der Zeit der Hinrichtung – sollte sie an Ort und Stelle stehen. Louis Remire bummelte zu seiner Baracke zurück. Der Tag neigte sich dem Abend zu, und er begegnete einer Gruppe von Arbeitern auf ihrem Weg zurück ins Gefängnis. Sie flüsterten miteinander; über ihn, wie er vermutete. Einige starrten zu Boden, zwei oder drei warfen ihm einen haßerfüllten Blick zu, einer spuckte vor ihm aus. Seine Zigarette im Mundwinkel, musterte Louis Remire sie spöttisch. An ihm prallte ihr mit Furcht gemischter Abscheu ab, auch störte ihn nicht, daß keiner ein Wort mit ihm wechselte; der Gedanke, fast jeder stieße ihm mit Wonne ein Messer in den Bauch, erheiterte ihn bloß, denn er verachtete sie alle. Er konnte schon auf sich aufpassen: mit dem Messer ging er ebenso gewandt um wie sie, und auf seine Kraft durfte er sich verlassen. Die Sträflinge wußten, daß am nächsten Morgen eine Hinrichtung stattfand, und waren deshalb, wie immer vor diesem Ereignis, niedergedrückt und gereizt. Ihre Arbeit verrichteten sie in dumpfem Schweigen, und die Aufseher mußten mehr als üblich auf ihrer Hut sein.

»Wenn alles vorbei ist, beruhigen sie sich wieder«, brummte Louis Remire, als er das Gartentor öffnete.

Die Hunde bellten zum Willkomm, und trotz seines ungebrochenen Mutes hörte er ihr Kläffen mit tiefer Befriedigung. Da sein Assistent nun einmal krank war und er allein in dem Haus lebte, wußte er den Schutz seiner zwei bissigen Köter doppelt zu schätzen. Die ganze Nacht streiften sie außerhalb des Gartens durch den Palmenhain, um laut anzuschlagen, sobald ihm dort jemand auflauern sollte. Er konnte ihnen vertrauen; wer sich zu nah heranwagte, dem sprangen sie an die Kehle. Wenn sein Vorgänger diese Hunde gehabt hätte, wäre er nicht gestorben.

Dieser Mann hatte das Amt des Henkers erst ein paar Jahre versehen, als er eines Tages spurlos verschwunden war. Die Behörden vermuteten, er sei geflohen, denn es war allgemein bekannt, daß er Ersparnisse besaß. So konnte er sehr wohl mit dem Kapitän eines Dampfers eine Überfahrt nach Brasilien vereinbart haben. Er hatte es nicht mehr ausgehalten und war zwei- oder dreimal zum Gefängnisdirektor gegangen, überzeugt, die Sträflinge planten seinen Tod. Der Direktor nahm diese höchstwahrscheinlich grundlosen Ängste nicht weiter ernst; als der Henker trotz allem Suchen nirgends gefunden wurde, schloß er daraus, daß Panik den Mann überwältigt und er das Wagnis der Flucht und das Risiko einer neuen Zuchthausstrafe dem Warten auf den rächenden Messerstich eines Sträflings vorgezogen habe. Ungefähr drei Wochen darauf fiel dem Aufseher einer Gruppe im Dschungel arbeitender Sträflinge auf, wie eine Schar Geier einen Baum umschwärmte. Diese scheußlichen, großen, schwarzen Vögel sitzen auf dem Marktplatz von St. Laurent herum, fressen die von den freigelassenen und ausgehungerten Sträflingen weggeworfenen Abfälle und flattern lautlos durch die sauberen und gepflegten Straßen der Stadt. Sie kreisen auch über dem Gefängnishof, um die Häftlinge daran zu erinnern, bei einer Flucht in den Dschungel stünden die Chancen zehn zu eins, daß ihre Knochen fein säuberlich abgepickt würden. Jenem Aufseher kamen die in so großer Zahl kreischend und streitend an einer Stelle versammelten Vögel merkwürdig vor, er erstattete Bericht, und der Direktor schickte einen Erkundigungstrupp aus. Sie fanden einen Mann mit einer Schlinge um den Hals an einem Ast baumeln, und als sie den Gehängten abschnitten, erkannten sie den Henker. Zwar wurde überall ausgestreut, er habe Selbstmord begangen, aber aus seinem Rücken ragte ein Messer, und die Sträflinge wußten, daß er erst durchbohrt und dann bei lebendigem Leibe in den Dschungel geschleppt und aufgeknüpft worden war.

Louis Remire fürchtete kein ähnliches Schicksal für sich, denn er kannte die Falle, die man seinem Vorgänger gestellt hatte. Es waren nicht die Sträflinge! Wenn ein Mann zu mehreren Jahren Zwangsarbeit verurteilt worden ist, muß er laut französischem Gesetz nach Verbüßen der Haftzeit die gleiche Anzahl Jahre in der Strafkolonie bleiben. Er ist zwar frei, darf sich aber von dem ihm zugewiesenen Wohnsitz nicht entfernen. Unter günstigen Umständen erhält er einen Flecken Land, dem er mühsam einen kargen Lebensunterhalt abringen kann, doch nach der langen Zwangsarbeit, geschwächt vom Fieber, den Würmern und anderen Beschwerden, hat er alle Initiative verloren und vermag eigentlich nicht mehr hart und stetig zu arbeiten, so daß die meisten Freigelassenen sich mit Betteln und Stehlen, mit Geld- und Tabakschmuggel ins Gefängnis durchbringen oder beim Ein- und Ausladen der Frachter im Hafen helfen, die zwei- oder dreimal im Monat anlegen. Und die Frau eines dieser Freigelassenen hatte Louis Remires Vorgänger zu Fall gebracht. Sie war jung und hübsch, eine Farbige mit zierlicher Figur und munteren Augen; der Plan stellte geschickt das heiße, leicht entflammbare Blut des stämmigen Henkers in Rechnung. Sie hatte sich auf der Straße an ihm vorbeigedrängt und, als sie seinen anerkennenden Blick bemerkte, kokett zurückgeschaut. Ein oder zwei Tage später begegnete er ihr in den Anlagen, doch er wagte nicht, das Wort an sie zu richten, denn weder Männer, Frauen noch Kinder ließen sich im Gespräch mit ihm sehen. Als er ihr zublinzelte, lächelte sie. Eines Abends begegnete er ihr im Palmenhain unweit seiner Baracke. Niemand war in der Nähe. Er brach eine Unterhaltung vom Zaun, sie wechselten nur ein paar Worte, da sie sich fürchtete, mit ihm zusammen angetroffen zu werden. Doch sie kam wieder in den Palmenhain und wickelte ihn klug ein, bis sie sein Mißtrauen zerstreut hatte. Sie spielte mit seiner Begierde, reizte ihn zu kleinen Geschenken und ließ sich schließlich dazu bereden, ihn für eine recht beachtliche Summe Geldes, wie ihnen beiden schien, in einer dunklen Nacht zu besuchen. Ein Schiff sei eben vor Anker gegangen, und ihr Mann müsse bis zur Morgendämmerung beim Löschen helfen. Als er ihr die Tür öffnete und sie, im letzten Augenblick wieder unentschlossen, auf der Schwelle zögerte, trat er einen Schritt vor, um sie hereinzuziehen, und stürzte unter einem Messerhieb in den Rücken nieder. »Idiot«, brummte Louis Remire. »Er hat's verdient, warum roch er nicht Lunte? Die uralte männliche Eitelkeit!«

Immerhin, er war mit den Frauen fertig. Die Frauen – zumindest eine von ihnen – hatten ihn hierhergebracht, zudem waren in seinen Jahren die Stürme der Leidenschaft vorbei. Es gab noch andere Dinge im Leben, und von einem gewissen Alter an wandte sich ein vernünftiger Mann ihnen zu. Er hatte seit jeher mit Begeisterung geangelt. Früher, bevor das Unglück passierte, stand er im heimatlichen Frankreich alle dienstfreien Stunden mit der Angelrute an der Rhone. Auch jetzt bot sich ihm reichlich Gelegenheit zum Fischen. Jeden Morgen saß er auf seinem Lieblingsfelsen, bis die Sonne heiß herunterbrannte, und fing fast immer mit Geschick die bestellte Menge für den Tisch des Gefängnisdirektors. Dessen Frau hielt zwar ihr Geld beisammen und handelte seinen Preis jeweils herunter, aber er verübelte es ihr nicht; sie wußte eben, daß er nehmen mußte, was sie ihm bot, und sie wäre ja dumm gewesen, einen Sou mehr zu geben als nötig. Auf alle Fälle verdiente er so ein Taschengeld für Tabak, Rum und andere Kleinigkeiten. Doch an diesem Abend angelte er auf eigene Rechnung. Er holte Köder und

Rute aus dem Anbau und setzte sich auf seinen Felsen. Kein Fisch mundete so gut wie der von der eigenen Leine, und er hatte jetzt auch gelernt, welche lecker und welche so zäh und trocken waren, daß man sie bloß ins Meer zurückwerfen konnte. Es gab einen Fisch, der in echtem Olivenöl gebacken wie eine Äsche schmeckte. Bevor fünf Minuten um waren, zuckte der Schwimmer, und als er die Leine aufrollte, zappelte gerade ein solcher Fisch an der Angel, ein rechtes Gottesgeschenk. Er löste ihn vom Haken, schlug ihn mit dem Kopf gegen den Felsen und legte ihn neben sich; dann befestigte er einen neuen Köder. Mit vier Fischen wollte er sich das beste Essen zubereiten, das man sich nur wünschen konnte; auf die schwere Nachtarbeit hin mußte er sich schließlich stärken. Morgen früh würde er nicht zum Fischen kommen: erstens mußte er die Guillotine auseinandernehmen und die Einzelteile in den Abstellraum zurücktragen und zweitens alles gründlich säubern, denn es war ein blutiges Geschäft. Das letztemal hatten sich seine Hosen so vollgesogen, daß er nichts mehr mit ihnen anfangen konnte und sie wegwarf. Das Messing würde er aufpolieren müssen und das Fallbeil schärfen. Eine angefangene Arbeit mochte er nie liegenlassen, und so würde ihm der Magen knurren, bis er alles erledigt hatte. Bestimmt lohnte es sich, noch ein paar Fische zu fangen und sie an einem kühlen Ort für ein nahrhaftes Frühstück aufzubewahren. Eine Tasse Kaffee, ein paar Eier und die gebratenen Fische, das würde er schon brauchen. Und dann konnte er ausschlafen, was er nach einer arbeitsreichen Nacht, der Sorge mit dem unerfahrenen Gehilfen und dem Aufräumen des ganzen Durcheinanders weiß Gott verdient hatte.

Vor ihm dehnte sich in elegantem Schwung die Bucht, und in der Ferne zeichnete sich ein Inselchen mit grünen Bäumen ab. Es war ein köstlich stiller Nachmittag, Friede senkte sich auf den Fischer herab. Träge beobachtete er den Schwimmer. Wenn man es recht bedachte, so sinnierte er, könnte es ihm weit schlimmer gehen; einige Sträflinge, die in dem wenige hundert Meter entfernten Gefängnis zusammengepfercht waren, verzehrte ein solches Heimweh nach Frankreich, daß sie richtig schwermütig wurden. Er hingegen hatte eine philosophische Ader; wenn er nur fischen konnte, war er zufrieden, und was machte es schon aus, ob er seinen Schwimmer auf der Südsee oder der Rhone tanzen sah? Seine Gedanken wanderten in die Vergangenheit zurück. Seine Frau war unausstehlich gewesen, und es tat ihm kein bißchen leid, sie umgebracht zu haben. Er hatte nie daran gedacht, sie zu heiraten. Sie gefiel ihm anfangs, weil sie sich als Schneiderin sauber und adrett zu kleiden wußte. Sie wirkte ehrbar und damenhaft, es hätte ihn nicht gewundert, wenn sie sich für einen Polizisten etwas zu gut gewesen wäre. Aber er hatte ein gewisses Air, so gab sie ihm bald zu verstehen, sie sei kein Snob, und als er die üblichen Annäherungsversuche unternahm, entdeckte er zu seiner Erleichterung – denn im Gegensatz zu anderen Männern schätzte er Widerstand keineswegs als eine Würze der Eroberung –, daß sie sich nicht zierte. Er zeigte sich gern mit ihr, wenn er sie zum Essen einlud. Sie unterhielt sich vernünftig, war sparsam und kannte die preiswerten Restaurants. Er hatte es wirklich gut. Auch gefiel ihm außerordentlich, daß er seine gesunden sexuellen Begierden ohne größere Ausgaben befriedigen konnte. Als sie ihm sagte, sie erwarte ein Kind, schien es ganz selbstverständlich zu heiraten. Er verdiente ordentlich und fand es an der Zeit, eine Familie zu gründen. Auch war ihm allmählich verleidet, im Abonnement auswärts zu essen, und er freute sich auf ein eigenes Heim und häusliche Mahlzeiten. Dann stellte sich zwar heraus, daß Adèle sich mit dem Baby geirrt hatte, aber Louis Remire hielt es ihr gutmütig nicht vor. Nur merkte er, wie schon viele Männer vor ihm, daß die Ehefrau sich von der Geliebten wesentlich unterschied. Eifersüchtig belegte sie ihn mit Beschlag, am Sonntagnachmittag sollte er mit ihr spazierengehen anstatt zu fischen, und sie nahm es krumm, daß er nach dem Dienst sein Stammcafé aufsuchte, wo auch andere Fischer verkehrten und er sich mit Gleichgesinnten fand. Es war doch viel angenehmer, die freien Abende dort über einem oder zwei Glas Bier zu verbringen und sich mit einem Kartenspielchen die Zeit zu vertreiben, als zu Hause bei der Frau zu hocken. Sie fing an, ihm Szenen zu machen. Trotz seiner jovialen und umgänglichen Art hatte er schnell Feuer im Dach. In Lyon trieben sich harte Brüder herum, mit denen man nur fertig wurde, wenn man sie energisch anpackte. Als ihm seine Frau auf die Nerven fiel, kam er gar nicht auf die Idee, daß es außer seinem probaten Mittel noch andere gab, sie zur Raison zu bringen: er ließ sie seine kräftige Hand spüren. Mit einem bißchen Vernunft hätte sie daraus etwas gelernt, aber das bißchen Vernunft fehlte ihr. Immer häufiger fand er sich genötigt, sie zu züchtigen, und sie rächte sich, indem sie durchdringend kreischte und allen Hausbewohnern – ihre Zweizimmerwohnung befand sich im fünften Stock eines großen Gebäudekomplexes – erzählte, er sei ein Rohling und werde sie eines Tages noch umbringen. Dabei war Louis Remire der gutmütigste Mensch auf Gottes Erdboden. Sie warf ihm vor, er verplempere sein Geld im Café oder hänge es an andere Frauen – nun, in seiner Position boten sich hie und da Gelegenheiten, da griff man zu wie alle Männer, und er ging eben großzügig mit Geld um, er schmiß gern eine Runde für seine Freunde, und wenn ein Mädchen nett zu ihm gewesen war und einen neuen Hut oder ein Paar Seidenstrümpfe wollte, dann schlug er ihr diesen Wunsch keinesfalls ab. Doch seine Frau fühlte sich bestohlen, wenn er sein Geld nicht für sie ausgab, und versuchte, von ihm Rechenschaft über jeden Sou zu erlangen; scherzte er dann heiter, er habe die Moneten zum Fenster hinausgeworfen, wurde sie fuchsteufelswild. Sie hatte eine scharfe Zunge bekommen, ihre Stimme krächzte, und Tag und Nacht erfüllte sie eine dumpfe Wut auf ihn. Sobald sie den Mund aufmachte, kam ein spitzes Wort. Die beiden lebten wie Katze und Hund. Louis Remire stöhnte gern bei den Freunden über seinen Hausdrachen: zehnmal am Tag bereue er, sie geheiratet zu haben, und gelegentlich fügte er noch hinzu, wenn nicht eine Grippeepidemie Adèle aus dem Weg räume, müsse er sie wahrhaftig selber umbringen. Diese Witze und ihr Gejammer bei den Nachbarn, er wolle sie töten, das wisse sie genau, hatten ihm zwölf Jahre St. Laurent de Maroni eingebracht. Sonst wäre er mit drei oder vier Jahren in einem französischen Gefängnis davongekommen. Das Ende der Geschichte spielte sich an einem heißen Sommertag ab. Er war, was ihm selten passierte, schlechter Laune. In Lyon wurde gestreikt, und die Arbeiter hatten Gewalt angewandt. Die Polizei mußte mehrere Verhaftungen vornehmen, gegen die sich die Männer zur Wehr setzten. Louis Remire hatte einen kräftigen Hieb auf Nase und Kinn erhalten und deswegen von seinem Gummiknüppel freigebig Gebrauch gemacht. Die Männer zur Wache zu treiben war mühsam gewesen. Nach Dienstschluß strebte er müde und verschwitzt gleich nach Hause, um die Uniform auszuziehen und sich in seinem Stammcafé bei einem Glas Bier und einem kleinen Kartenspielchen zu erholen. Sein Kinn schmerzte, und gerade diesen Moment wählte seine Frau, ihn um Geld anzugehen. Kaum hatte er es ihr abgeschlagen, zeterte sie schon los: fürs Wirtshaus habe er mehr als genug im Portemonnaie, aber nicht für sie, wenn sie ihr tägliches Brot kaufen wolle; seinetwegen könne sie glattweg verhungern. Er herrschte sie an, sie solle ihre Klappe halten, und bereits stritten sie aufs schönste. Sie stellte sich vor die Wohnungstür und schwor, sie lasse ihn nicht vorbei, bis er das Geld herausrücke, worauf er brüllte, sie solle Platz machen, und einen Schritt auf sie zutrat. Da riß sie aus dem Etui seinen Dienstrevolver hervor, den er mit seiner Uniform abgelegt hatte. »Bei der kleinsten Bewegung schieße ich«, drohte sie. Das war ihm bei gefährlichen Verbrechern schon oft begegnet: er warf sich auf sie und entwand ihr die Waffe, bevor sie ausgesprochen hatte. Aufschreiend schlug sie ihm ins Gesicht und traf genau die Stelle an seinem Kinn, die ihm am meisten weh tat. Blind vor Wut und Schmerz drückte er ab, einmal, zweimal, dann fiel sie zu Boden. Einen Augenblick stand er starr da und schaute sie an. Er war ganz betäubt. Sie sah tot aus. Als erstes erfüllte ihn eine unbeschreibliche Erleichterung. Er lauschte: niemand schien den Schuß gehört zu haben, die Nachbarn mußten ausgegangen sein. Er war froh darüber, denn nun konnte er das, was er erledigen mußte, auf seine Art erledigen. Er zog die Uniform wieder an und machte sich auf den Weg, nachdem er die Wohnungstür abgeschlossen und den Schlüssel eingesteckt hatte. Fünf Minuten verweilte er in seinem Stammcafé, um noch ein Bier zu trinken, dann betrat er die eben erst verlassene Polizeiwache. An diesem turbulenten Tag traf er den Oberinspektor noch in seinem Büro an. Louis Remire berichtete ihm, was sich ereignet hatte, und verbrachte die Nacht in der Zelle neben den kurz zuvor von ihm selbst verhafteten streikenden Arbeitern. Sogar in diesem düsteren Augenblick ging ihm die Ironie der Situation auf.

Da Louis Remire von Berufs wegen schon oft in Gerichtsverfahren als Zeuge aufgetreten war, wußte er, wie eifrig die Leute Dinge auskramen, die ihrem in Not geratenen Mitmenschen schaden können. Mit grimmiger Freude hatte er jeweils mit angesehen, daß ein Schuldspruch häufig sich nur auf die Aussagen der besten Freunde des Angeklagten stützte. Trotz seiner Erfahrung war er jedoch höchst erstaunt, als er während der Verhandlung seines eigenen Falles hörte, was der Besitzer seines kleinen Stammcafés aussagte und die anderen Kumpane, mit denen er seit Jahren zusammen gefischt, getrunken und Karten gespielt hatte. Sie schienen jedes seiner unbedachten Worte behalten zu haben, alle seine Klagen über seine Frau und die gelegentlichen scherzhaften Drohungen, mit ihr werde er schon noch abrechnen. Er wußte, daß man sie damals so leichtnahm, wie er sie hingeworfen hatte. Wenn er einem von ihnen einen Gefallen erweisen konnte – einem Polizisten bietet sich ja reichlich Gelegenheit –, hatte er ohne Zögern getan, was in seiner Macht stand. Und mit Geld war er nie knauserig umgegangen. Wenn man aber jetzt seine Freunde im Zeugenstand hörte, machte es ihnen offenbar das größte Vergnügen, noch die geringste nachteilige Kleinigkeit auszupacken.

In dem Prozeß stand er als ein Liederjan, ein Verschwender, kurzum als schlechter, unbeherrschter, fauler und bestechlicher Kerl da. Er wußte, das alles stimmte nicht. Er war ein Durchschnittsmensch, gutmütig und phlegmatisch, und ließ die Leute leben, wenn sie ihm nicht in die Quere kamen. Natürlich liebte er ein kleines Kartenspiel und ein Glas Bier, natürlich mochte er hübsche Mädchen – aber was hieß das schon? Wenn er die Geschworenen betrachtete, fragte er sich, wie viele von ihnen besser dastünden als er, sobald man alle ihrer Irrtümer, unbesonnenen Äußerungen und Dummheiten ans Licht zog. Die langjährige Zuchthausstrafe, die man ihm aufbrummte, empörte ihn nicht. Er war ein Hüter des Gesetzes, er hatte ein Verbrechen begangen und fand eine Bestrafung recht und billig. Aber er war kein Verbrecher, er war das Opfer eines unglücklichen Zufalls.

In der Strafkolonie von St. Laurent de Maroni vergaß er trotz der rosa- und weißgestreiften Gefangenenuniform und dem scheußlichen Strohhut nicht, daß er Polizeibeamter gewesen war, weshalb die Sträflinge, sein jetziger Umgang, seine natürlichen Feinde bildeten. Er verachtete und haßte sie, so wenig wie möglich verkehrte er mit ihnen. Aber er fürchtete sie nicht, dazu kannte er sie zu gut. Wie alle anderen besaß er ein Messer, und er verhehlte nicht, daß er es auch gebrauchen würde. Er ließ jeden in Ruhe, aber er wünschte ebenfalls in Ruhe gelassen zu werden.

Der Polizeichef von Lyon hatte ihn gut leiden können, denn sein dienstliches Betragen war musterhaft gewesen; so berichtete die *fiche*, die jeden Gefangenen begleitete, nur Vorteilhaftes von ihm. Er wußte, Gefängnisbeamte schätzen einen willigen Häftling, der keine Mühe macht und sein Schicksal fröhlich hinnimmt. Er erhielt eine angenehme Arbeit zugewiesen, bald sogar eine eigene Zelle, so daß er den schrecklichen Gemeinschaftsschlafsälen entfloh. Mit den Wärtern, meist hochanständigen Burschen, kam er gut aus, da sie ihn, den ehemaligen Polizisten, nicht wie einen Sträfling, sondern eher kollegial behandelten. Und der Gefängnisdirektor schenkte ihm sein Vertrauen. Schnell wurde er zum Diener eines Strafinspektors befördert, er schlief zwar noch im Gefängnis, war aber sonst vollkommen frei. Jeden Tag brachte er dessen Kinder zur Schule und holte sie wieder ab. Er bastelte Spielsachen für sie, begleitete die Frau des Hauses auf den Markt und trug ihr die Einkäufe heim. Die Familie mochte ihn, weil er so gerne Späße machte. Er war fleißig und zuverlässig. Wieder einmal war das Leben erträglich.

Doch nach drei Jahren wurde sein Chef nach Cayenne versetzt, für Louis Remire ein harter Schlag. Zufällig war damals der Posten des Henkers vakant, der ihm zufiel. Von neuem stand er im Staatsdienst, und so bescheiden er in der Baracke wohnte, sie gehörte ihm. Er trug nicht länger die Gefangenenuniform und durfte sein Haar wachsen lassen und auch einen Schnurrbart. Daß die Häftlinge – dieser Abschaum! – ihn mit Ekel und Verachtung betrachteten, kümmerte ihn nicht: es beruhte auf Gegenseitigkeit. Wenn er den blutenden Kopf eines Hingerichteten an den Ohren aus dem Korb emporhob mit den feierlichen Worten: *Au nom du peuple français justice est faite,* fühlte er sich als Repräsentant der Republik. Er verkörperte Recht und Ordnung, er beschützte die Gesellschaft vor den Horden grausamer Verbrecher.

Jede Hinrichtung brachte ihm hundert Francs ein. Das ermöglichte ihm zusammen mit dem Geld, das ihm die Frau des Direktors für seine Fische zahlte, manche Annehmlichkeit und einigen Luxus. Während er in der friedlichen Abendstille auf seinem Felsen saß, überlegte er, was er mit dem Verdienst vom nächsten Morgen anfangen sollte. Gelegentlich zuckte der Schwimmer, ab und zu biß ein Fisch an, den er aus dem Wasser zog und von der Angel löste; dann befestigte er einen neuen Köder, alles ganz mechanisch, ohne sich in seinen Gedanken stören zu lassen. Sechshundert Francs, eine beachtliche Summe. Ihm fiel nichts ein, was er damit kaufen sollte. Er hatte alles, was er brauchte, in seinem Häuschen: einen größeren Vorrat an Nahrungsmitteln, dazu reichlich Rum für einen so mäßigen Trinker wie er; an seiner Angelausrüstung fehlte nichts, und seine Kleider waren noch gut. Er konnte das Geld nur beiseite legen. Einen netten kleinen Betrag hatte er bereits in seinem Garten unter der Wurzel eines Papayabaumes vergraben. Er kicherte vergnügt in sich hinein, als er daran dachte, mit welch großen Augen Adèle seine Ersparnisse angestaunt hätte. Wie würde sich ihre geizige Seele daran gelabt haben! Er aber sparte für die Zeit nach seiner Entlassung, wenn der Sträfling vor den größten Schwierigkeiten steht. Solange er im Gefängnis war, hatte er ein Dach über dem Kopf und etwas zu beißen, wurde er aber freigelassen mit der Auflage, noch so und so viele Jahre in der Kolonie zu leben, mußte er sich selber durchschlagen. Und alle sagten dasselbe: erst nach Ablauf der Haft begann die wirkliche Strafe. Sie fanden keine Arbeit, da man ihnen nicht traute. Auch die Unternehmer interessierten sich nicht für sie, konnten sie doch bei der Gefängnisverwaltung unschlagbar billig Häftlinge mieten. Die Entlassenen schliefen unter freiem Himmel auf dem Marktplatz, froh, wenn die Heilsarmee ihnen zu essen gab. Dafür mußten sie hart arbeiten und zudem an den Andachten teilnehmen. Manchmal begingen sie ein Gewaltverbrechen, bloß um wieder in die Geborgenheit der Gefängnismauern zurückkehren zu dürfen. Louis Remire aber wollte auf Nummer Sicher gehen und so viel auf die Seite legen, daß er sich selbständig machen konnte. Er würde sehr wahrscheinlich die Niederlassungsbewilligung für Cayenne erhalten und dort eine Bar eröffnen. Zuerst hätten die Leute wohl Hemmungen, zu einem ehemaligen Henker zu kommen, aber gute Getränke würden ihr Vorurteil überwinden, und mit seiner leutseligen Art und seiner erwiesenen Fähigkeit, für Ordnung zu sorgen, mußte er sich eigentlich durchsetzen. Hie und da tauchten sogar Touristen in Cayenne auf, die aus Neugierde bei ihm hereinschauen würden. Wie aufregend, wenn sie ihren Freunden zu Hause erzählen konnten, den besten Rumpunsch in ganz Cayenne habe ihnen der Henker serviert. Aber da er noch viele Jahre absitzen mußte, konnte er sich jetzt ohne weiteres leisten, was er brauchte. Er grübelte angestrengt, doch nein, auf der ganzen weiten Welt gab es nichts, das er haben wollte. Louis Remire staunte und gönnte seinen Augen einen Blick über den Schwimmer hinaus. Das Meer war wundervoll ruhig und spiegelte die Farben der untergehenden Sonne. Am Himmel funkelte schon ein einsamer Stern. Seltsam berührte ihn ein Gedanke, der plötzlich in ihm aufstieg: ›Wer wunschlos ist, muß glücklich sein!‹ Er streichelte den prächtigen Schnurrbart, und seine blauen Augen leuchteten sanft. ›Da gibt es nichts zu deuteln, ich bin vollkommen glücklich, ohne es bisher gemerkt zu haben!‹

Diese Idee kam ihm so unerwartet, daß er ratlos davorstand. Sie war ja auch höchst ausgefallen; aber für jeden, der logisch denken konnte, so einleuchtend wie ein Lehrsatz des Euklid.

›Glücklich! Ich bin zum erstenmal in meinem Leben glücklich. Wer kann das schon von sich sagen? Und dazu noch in St. Laurent de Maroni!‹

Die Sonne versank im Meer; die gefangenen Fische reichten für das Abendessen und das Frühstück. So spulte er die Leine auf und ging mit seinen Sachen ins nahe Haus. Schnell hatte er ein Feuer angezündet, und schon brutzelten vier Fischlein fröhlich in der Pfanne. Er war immer sehr heikel mit dem Öl: das beste Olivenöl kostete zwar viel, aber man erhielt auch etwas für sein Geld. Nach den Fischen briet er noch ein paar Scheiben von dem guten Gefängnisbrot in dem restlichen Öl. Zufrieden roch er den würzigen Duft, er zündete eine Lampe an, wusch Salat aus seinem Garten und machte ihn an. Seiner Meinung nach mischte er die beste Salatsauce der Welt. Dann verzehrte er mit Appetit sein Abendessen und trank ein Gläschen Rum dazu. Die Reste fütterte er den zwei Kötern, die zu seinen Füßen lagen. Nach dem Abwaschen – er haßte Unordnung und wollte am nächsten Morgen kein Durcheinander vorfinden, wenn er zum Frühstück heimkehrte – öffnete er den Hunden das Gartentor, damit sie im Palmenhain herumstreunen konnten. Er trug die Lampe ins Haus zurück, streckte sich mit einer aus der holländischen Nachbarkolonie geschmuggelten Zigarre bequem in seinem Liegestuhl aus und schmökerte in einer französischen Zeitung, die mit der letzten Post gekommen war. Satt und entspannt fand er das Leben trotz vieler Nachteile durchaus lebenswert. Ihn erfüllte immer noch das heitere Staunen, das ihm über der Erkenntnis seines Glücks gekommen war. Wenn man bedachte, wie andere Leute ihr Leben lang dem Glück nachjagten, schien ihm kaum glaubhaft, daß er es gefunden haben sollte.

Aber daran gab es einfach nichts zu rütteln: ein Mensch, der alles hat, was er braucht, ist glücklich, und er hatte alles, was er brauchte, also war er glücklich. Er schmunzelte, als ihm noch etwas anderes einfiel:

›Das Ganze verdanke ich zweifellos Adèle.‹

Adèle! Dieser widerwärtigen Person.

Er entschloß sich zu einem kleinen Schlummer und stellte den Wecker auf Viertel vor zwölf. Als er auf dem Bett lag, war er nach wenigen Minuten schon in einen traumlos-tiefen Schlaf gesunken. Beim Läuten des Weckers fuhr er auf, erinnerte sich aber sofort, weshalb er ihn aufgezogen hatte, und gähnte und streckte sich träge. ›Ich muß wohl zur Arbeit. Jeder Beruf hat seine Schattenseiten.‹ Er schlüpfte unter dem Moskitonetz hervor, zündete die Lampe wieder an und wusch sich Gesicht und Hände, um den Schlaf abzuschütteln. Dann trank er zum Schutz gegen die kalte Nachtluft ein Glas Rum. Als er an seinen unerfahrenen Gehilfen dachte, überlegte er, ob er in einer Feldflasche für ihn etwas Rum mitnehmen sollte. ›Schöner Mist, wenn den seine Nerven im Stich lassen!‹

Es war schon Pech, daß gleich sechs Leute hingerichtet werden mußten. Bei einem hätte ein Neuling nicht so viel ausgemacht, aber mit fünf weiteren Aspiranten störte eine Unterbrechung empfindlich. Er zuckte die Schultern; man würde sein Bestes geben. Er kämmte seine verstrubbelten Haare und bürstete sorgfältig den prächtigen Schnurrbart. Nachdem er eine Zigarette angezündet hatte, schlenderte er durch den Garten, öffnete mit dem Schlüssel das Tor in dem soliden Staketenzaun und schloß hinter sich wieder ab. Es war stockdunkel. Er pfiff seinen Hunden, aber zu seiner Überraschung rührte sich nichts. Er pfiff noch einmal. Diese Biester! Sicher hatten sie eine Ratte gefangen und stritten sich jetzt darum. Eine tüchtige Tracht Prügel würde sie lehren, ihm zu gehorchen! Er ging Richtung Gefängnis; ohne Mondschein war es unter den Palmen ganz finster, und er hätte die Hunde gerne bei sich gehabt. Doch nach dreißig Metern erreichte er ja schon das Freie, und im Haus des Direktors brannten vertrauenerweckende Lichter. Er lächelte, da er leicht erriet, was sie bedeuteten: die bevorstehende Hinrichtung raubte dem Direktor den Schlaf. Die Angst und Erregung, welche die Häftlinge und auch die Freigelassenen vor der Vollstreckung eines Todesurteils überfiel, zerrte an seinen Nerven. Man mußte dann immer mit einem Ausbruch rechnen, und so machten auch die Wärter mit geschärftem Blick die Runde, bereit, bei einer verdächtigen Bewegung die Pistole herauszuziehen.

Zum drittenmal pfiff Louis Remire seinen Hunden, wieder ohne Erfolg. Er wunderte sich, und eine leise Unruhe ergriff ihn. Im allgemeinen ging er langsam, in einem wiegenden Seemannsschritt, doch jetzt beeilte er sich und spuckte rasch die Zigarette aus, weil er sich nicht durch ihr Aufglühen verraten wollte. Da stolperte er über etwas. Sofort blieb er stehen, und trotz seiner Nerven aus Stahl brach ihm der Angstschweiß aus. Er war über etwas Großes, Weiches gestolpert, und er wußte ziemlich genau, was es war. Da er Sandalen trug, tastete er mit seinem Fuß vorsichtig den Gegenstand auf dem Boden ab. Ja, es stimmte. Hier lag der eine Hund. Tot. Er ging einen Schritt zurück und zog sein Messer. Rufen war sinnlos. Das einzige Haus in der Nähe – das des Gefängnisdirektors – stand auf der anderen Seite des Platzes dem Palmenhain gerade gegenüber, und dort würde man ihn nicht hören oder sich nicht rühren. In St. Laurent de Maroni verließ kein Mensch mitten in der Nacht sein Haus, wenn jemand um Hilfe schrie. Entdeckte man am nächsten Tag einen toten Freigelassenen, nun, so war es nicht weiter schade drum. Blitzschnell durchschaute Louis Remire, was sich abgespielt hatte. Während er schlief, hatte man die Hunde, die ja nach dem Nachtessen frei herumlaufen durften, angelockt und mit vergiftetem Fleisch getötet. Der eine, über den er gestolpert war, lag nur deshalb so nahe dem Haus, weil er zum Sterben heimwärts gekrochen war. Louis Remire starrte angestrengt um sich, doch er konnte nichts erkennen, die Nacht war pechschwarz, und er sah kaum die bloß einen Meter vor ihm aufragenden Palmstämme. Zuerst wollte er in seine Baracke zurückeilen. In ihrem sicheren Schutz könnte er warten, bis die Gefängnisleitung, die sich bestimmt über sein Wegbleiben wunderte, nach ihm schickte. Aber er wußte, der Rückweg war ihm versperrt; dort, in der Dunkelheit, lauerten die Männer, die seine Hunde getötet hatten, und während er mit dem Schlüssel nach dem Schloß tasten würde, steckte bereits ein Messer in seinem Rücken. Er lauschte angespannt. Nichts regte sich. Und doch merkte er, daß da hinter den Bäumen Männer versteckt waren, die ihn töten wollten. Wie seine Hunde würden sie ihn umbringen, und er würde sterben wie ein Hund.

Sicher hatte er mehr als einen Gegner, wahrscheinlich drei oder vier, wenn nicht mehr – Sträflinge, die in Privathäusern dienten und sich abends erst spät im Lager zurückmelden mußten, oder verzweifelte und ausgehungerte, zu allem entschlossene Freigelassene.

Einen Augenblick zögerte er noch. Er wagte nicht zu rennen, denn sie konnten ein Seil über den Fußweg gespannt haben, der von seinem Haus aus durch das Wäldchen führte, und sobald er strauchelte, war es um ihn geschehen. Die Palmen standen weit auseinander, und seine Feinde konnten ihn deshalb so wenig ausmachen wie er sie. Er stieg über die Hundeleiche und schlug sich seitwärts in den Hain. Den Rücken gegen einen Baum gelehnt, überlegte er die nächsten Schritte. Die Stille erschreckte ihn. Plötzlich ein Flüstern, das ihm einen Schauer des Entsetzens über den Rücken jagte, dann wieder Totenstille. Er sollte jetzt weitergehen, aber seine Füße klebten am Boden. Auch spürte er, daß man ihn aus dem Dunkel anstarrte, und er hatte das Gefühl, er stehe gut sichtbar wie am heiter-hellen Tag da. Auf der anderen Seite räusperte sich jemand. Da durchfuhr Louis Remire ein solcher Schrecken, daß er beinahe laut aufschrie. Ihm war nun klar, daß sie ihn umzingelt hatten. Von diesen Dieben und Mördern durfte er keine Gnade erwarten. Er erinnerte sich an den anderen Henker, seinen Vorgänger, den sie noch atmend in den Dschungel geschleift und mit ausgestochenen Augen den Aasgeiern zum Fraß aufgehängt hatten. Seine Knie zitterten. Er war ja übergeschnappt gewesen, als er dieses Amt übernahm! Er hätte sich für leichte, risikolose Arbeit melden sollen. Doch jetzt war es zu spät, darüber nachzudenken. Er riß sich zusammen. Aus dem Palmenhain kam er lebend nicht mehr heraus, das wußte er, aber er wollte wenigstens garantiert tot sein. Fester umfaßte er sein Messer. Das schlimmste war, daß er niemanden sah und niemanden hörte, aber seine Feinde im Verborgenen auf dem Anschlag spürte. Einen Augenblick wollte er dem verrückten Einfall nachgeben, sein Messer wegzuwerfen mit dem Schrei, er habe keine Waffen, sie könnten ihn gefahrlos umlegen. Aber er kannte sie, sie wollten mehr als seinen Tod. Heißer Zorn stieg in ihm auf. Er war nicht der Mann, der sich sanftmütig einem Verbrecherhaufen auslieferte, sondern ein ehrlicher Bürger und Staatsbeamter, der sich pflichtgemäß verteidigte. Da er schließlich nicht gut die ganze Nacht hier stehen bleiben konnte, brachte er besser die Sache schnell hinter sich. Doch dieser Baum in seinem Rücken schien ihm Schutz zu gewähren, so daß er sich nicht entschließen mochte wegzuschleichen. Er betrachtete prüfend den nächsten Baumstamm vor ihm, der sich auf einmal bewegte; voll Entsetzen merkte er, daß es ein Mensch war. Da raffte er sich auf und pirschte sich langsam und vorsichtig vorwärts. Er sah und hörte nichts, aber er spürte, daß sie ihm Schritt für Schritt folgten, wie eine unsichtbare Leibwache. Er meinte, das Auftreten ihrer nackten Füße zu hören. Seine Furcht war weg, er glitt immer weiter von Baum zu Baum, damit sie ihn wenn möglich nicht von hinten angreifen konnten. Eine sinnlose Hoffnung sprang ihn an: sie haben Angst zuzuschlagen, sie kannten ihn ja alle, alle kannten ihn, und wer als erster ausholte, würde nur mit Glück ein Messer in seinem Bauch vermeiden. Jetzt fehlten bloß noch zwanzig Meter bis zum Waldrand, und wenn er den erreicht und freie Sicht hätte, konnte er sich in offenem Kampf verteidigen. Noch ein paar Meter, und er würde um sein Leben rennen. Doch auf einmal schlug ihm das Herz bis zum Halse, er erstarrte zur Salzsäule. Eine Taschenlampe flammte auf, deren unerwarteter Schein die lastende Dunkelheit schauerlich zerteilte. Instinktiv rettete er sich unter einen Baum und lehnte den Rücken daran. Das Licht blendete ihn, so daß er nicht sah, wer die Taschenlampe hielt. Er sagte kein Wort, sondern hielt das Messer tief im Anschlag, denn er wußte, sie zielten immer auf den Bauch, und er wollte gerüstet sein, wenn sich einer auf ihn stürzte, und sein Leben teuer verkaufen. Ungefähr dreißig Sekunden war der Lichtstrahl auf sein Gesicht gerichtet, ihm kam es wie eine Ewigkeit vor. Er glaubte, die schattenhaften Umrisse der Männer zu erkennen. Dann durchfuhr ein Wort das unerträgliche Schweigen.

»Wirf!«

Im gleichen Augenblick flog ein Messer durch die Luft und traf ihn ins Brustbein. Seine Hände griffen danach, und schon sprang einer auf ihn zu und schlitzte weit ausholend ihm den Bauch auf. Das Licht erlosch. Mit einem Stöhnen, einem markerschütternden Schmerzenslaut, sank Louis Remire zu Boden. Fünf, sechs Gestalten tauchten aus der Finsternis auf und beugten sich über ihn. Bei seinem Fall hatte sich das Messer aus seiner Brust gelöst. Es lag auf der Erde. Ein kurzer Lichtstrahl zeigte, wo es lag. Ein Mann hob es auf und durchschnitt mit einer einzigen, raschen Bewegung Remires Kehle von einem Ohr zum andern.

»*Au nom du peuple français justice est faite*«, sagte er laut.

Die Männer verschwanden im Dunkel, und im Palmenhain herrschte die unendliche Stille des Todes.

Winter-Kreuzfahrt

Kapitän Erdmann kannte Miss Reid nur flüchtig, bis die ›Friedrich Weber‹ Haiti erreichte. Sie war in Plymouth an Bord gekommen, aber da hatte er bereits eine Anzahl von Passagieren aufgenommen, Franzosen, Belgier und Leute aus Haiti, von denen viele schon früher mit ihm gereist waren, und sie erhielt einen Platz am Tisch des Ersten Ingenieurs. Die ›Friedrich Weber‹ war ein Frachter, der regelmäßig von Hamburg nach Cartagena an der kolumbischen Küste fuhr und auf dem Weg einige westindische Inseln anlief. Sie brachte Phosphate und Zement aus Deutschland und nahm Kaffee und Bauholz mit zurück, aber ihre Besitzer, die Gebrüder Weber, waren jederzeit bereit, sie einen Umweg machen zu lassen, wenn es sich für eine Ladung irgendwelcher Art lohnte. Die ›Friedrich Weber‹ war darauf eingestellt, Vieh, Maultiere, Kartoffeln oder sonst etwas aufzunehmen, wenn dabei nur die Möglichkeit bestand, einen Pfennig ehrlich zu verdienen. Sie nahm auch Passagiere auf. Sechs Kajüten waren auf dem Oberdeck und sechs unten. Die Einrichtung war nicht luxuriös, aber das Essen war gut, einfach und reichlich, und das Fahrgeld niedrig. Die Rundreise nahm neun Wochen in Anspruch und kostete Miss Reid nicht mehr als fünfundvierzig Pfund. Sie freute sich nicht nur darauf, viele interessante Gegenden von historischer Bedeutung kennenzulernen, sondern sich auch viel Wissenswertes anzueignen, das ihren Geist bereichern konnte.

Der Agent hatte sie darauf vorbereitet, daß sie bis zur Ankunft in Port-au-Prince in Haiti die Kajüte mit einer anderen Dame teilen müsse. Miss Reid störte das nicht; sie hatte Gesellschaft gern, und als der Steward ihr sagte, daß Madame Bollin ihre Reisegefährtin sei, dachte sie sofort, dies würde eine willkommene Gelegenheit sein, ihr Französisch aufzufrischen. Sie geriet nur leicht aus der Fassung, als sie entdeckte, daß Madame Bollin kohlschwarz war. Sie sagte sich, daß man das Gute und Schlechte ineinanderrechnen müsse und daß allerlei Sorten nötig seien, um eine Welt zu bilden. Miss Reid war seefest, wie es nicht anders erwartet werden konnte, da ihr Großvater Marineoffizier gewesen war, aber nach einigen stürmischen Tagen wurde das Wetter gut, und bald kannte sie ihre sämtlichen Reisegefährten. Sie fand leicht Kontakt mit den Leuten. Das war eine der Ursachen, daß sie in ihrem Geschäft erfolgreich gewesen war: sie besaß eine Teestube in einem berühmten Erholungsort im Westen Englands, und sie hatte für jeden Gast, der hereinkam, ein Lächeln und ein freundliches Wort. Im Winter schloß sie, und die letzten vier Jahre hatte sie immer eine Kreuzfahrt unternommen. Man treffe dabei so interessante Menschen, meinte sie, und man lerne immer etwas. Die Passagiere auf der ›Friedrich Weber‹ waren zwar nicht von so guter Klasse wie jene, die sie im Jahr zuvor auf ihrer Mittelmeerfahrt getroffen hatte, aber Miss Reid war kein Snob, und obwohl die Tischmanieren von einigen Leuten sie schockierten, war sie doch entschlossen, die gute Seite von allem zu sehen und sich mit ihnen abzufinden. Sie las sehr gern und freute sich, als sie bei der Durchsicht der Schiffsbücherei viele Bücher von Philip Oppenheim, Edgar Wallace und Agatha Christie entdeckte. Aber da es so viele Leute zum Plaudern gab, fand sie gar keine Zeit zum Lesen und beschloß damit zu warten, bis sich das Schiff in Haiti leeren würde.

»Schließlich«, sagte sie, »ist die menschliche Natur wichtiger als die Literatur.«

Miss Reid hatte immer im Ruf gestanden, gute Konversation zu machen, und während der vielen Tage auf See stellte sie mit Genugtuung fest, daß die Tischgespräche dank ihrer Bemühung kein einziges Mal stockten. Sie verstand die Leute auszufragen, und jedesmal, wenn ein Thema erschöpft schien, hatte sie eine Bemerkung bereit, um es wieder zu beleben, oder ein neues Thema lag ihr schon auf der Zungenspitze, um die Konversation wieder in Gang zu bringen. Ihre Freundin, Miss Price, Tochter des verstorbenen Vikars von Campden, die sie in Plymouth ans Schiff begleitet hatte – denn sie wohnte dort –, hatte oft zu ihr gesagt:

»Weißt du, Venetia, du hast einen männlichen Geist. Du bist nie in Verlegenheit, was du sagen sollst.«

»Nun, ich glaube, wenn du dich für jedermann interessierst, wird sich auch jedermann für dich interessieren«, erwiderte Miss Reid bescheiden. »Übung macht den Meister, und ich habe die unendliche Fähigkeit, mich zu bemühen, von der Dickens sagte, daß sie Genie bedeutete.«

Miss Reid hieß nicht wirklich Venetia; ihr Name war Alice, aber da er ihr nicht gefiel, hatte sie schon als junges Mädchen den poetischen Namen angenommen, der ihrer Meinung nach so viel besser zu ihrer Persönlichkeit paßte.

Miss Reid hatte viele interessante Gespräche mit ihren Mitreisenden, und sie bedauerte es aufrichtig, als das Schiff endlich Port-au-Prince anlief und die letzten von ihnen an Land gingen. Die ›Friedrich Weber‹ lag zwei Tage dort, so daß Miss Reid die Stadt und die Umgebung besichtigen konnte. Als sie wieder abfuhren, war sie der einzige Passagier. Das Schiff fuhr an der Küste der Insel entlang und legte in verschiedenen Häfen an, um Ladung zu löschen oder an Bord zu nehmen.

»Hoffentlich geraten Sie allein mit so vielen Männern nicht in Verlegenheit, Miss Reid«, sagte der Kapitän scherzhaft, als sie sich zum Mittagessen niederließen.

Sie hatte ihren Platz zu seiner Rechten, und am Tisch saßen außerdem noch der Erste Maat, der Erste Ingenieur und der Arzt.

»Ich bin eine Frau von Welt, Kapitän. Ich habe immer gefunden, wenn eine Dame wirklich eine Dame ist, dann benehmen sich Herren auch wie Herren.«

»Wir sind nur rauhe Seemänner, Madam, Sie dürfen nicht zuviel erwarten.«

»Gütige Herzen sind mehr als Adelskronen und schlichter Glaube mehr als Normannenblut, Kapitän«, erwiderte Miss Reid.

Er war ein kleiner, untersetzter Mann, mit glattrasiertem Kopf und einem roten, glattrasierten Gesicht. Er trug ein weißes Trikothemd, das aber außer bei den Mahlzeiten aufgeknöpft war und seine behaarte Brust zeigte. Er war ein jovialer Bursche. Er konnte nur polternd reden. Miss Reid hielt ihn für ein Original, aber sie hatte einen ausgesprochenen Sinn für Humor und war bereit, ihm dies zugute zu halten. Sie nahm die Konversation in die Hand. Sie hatte auf der Hinreise sehr viel über Haiti erfahren und noch mehr während der zwei Tage, die sie dort verbracht hatte, aber sie wußte, daß Männer lieber sprechen als zuhören, und darum stellte sie ihnen eine Reihe von Fragen, zu denen sie die Antworten schon kannte; seltsamerweise aber kannten sie sie nicht. Zuletzt sah sie sich gezwungen, einen richtigen kleinen Vortrag zu halten, und bevor das Mittagessen zu Ende war, hatte sie ihnen eine Menge interessanter Informationen übermittelt: über die Geschichte und die wirtschaftliche Lage der Republik, die Probleme, denen die Regierung zu begegnen hatte, und ihre Zukunftsaussichten. Sie sprach ziemlich langsam, mit vornehmer Stimme, und ihr Wortschatz war reich.

Bei Einbruch der Nacht gingen sie in einem kleinen Hafen vor Anker, wo sie dreihundert Säcke Kaffee laden sollten, und der Agent kam an Bord. Der Kapitän forderte ihn auf, zum Abendessen dazubleiben, und bestellte Cocktails. Als der Steward damit kam, glitt Miss Reid in den Salon. Ihre Bewegungen waren gelassen, elegant und selbstsicher. Sie behauptete immer, daß man am Gang einer Frau sofort erkennen könne, ob sie eine Dame sei. Der Kapitän stellte ihr den Agenten vor, und sie setzte sich.

»Was trinken denn die Herren?« fragte sie.

»Einen Cocktail. Wollen Sie einen haben, Miss Reid?«

»Das wäre gar nicht übel.«

Sie trank ihn, und der Kapitän fragte sie etwas zögernd, ob sie noch einen haben wolle.

»Noch einen? Nun, der Kameradschaft wegen – ja.«

Der Agent, der viel weißer war als manche andere, aber zugleich auch sehr viel dunkler als viele andere, war der Sohn eines früheren Gesandten von Haiti am deutschen Hof, und da er lange Jahre in Berlin gelebt hatte, sprach er gut Deutsch. Er hatte tatsächlich aus diesem Grund den Posten bei einer deutschen Schiffahrtsgesellschaft bekommen. Dies veranlaßte Miss Reid, ihnen beim Abendessen die ganze Geschichte einer Rheinreise zu erzählen, die sie einmal gemacht hatte. Nachher saß sie mit dem Agenten, dem Kapitän, dem Arzt und dem Maat um einen Tisch herum, und alle tranken Bier. Miss Reid hielt es für ihre Aufgabe, den Agenten auszuholen. Die Tatsache, daß sie Kaffee luden, erweckte in ihr den Gedanken, es müsse interessant für ihn sein, wie der Tee auf Ceylon angebaut wurde; ja, sie war auf einer Kreuzfahrt in Ceylon gewesen, und die Tatsache, daß sein Vater Diplomat war, machte sein Interesse für die königliche Familie von England zur Gewißheit. Sie verbrachte einen äußerst angenehmen Abend. Als sie sich endlich zur Ruhe begab, denn es wäre ihr nie eingefallen zu sagen, daß sie ins Bett gehen wolle, sagte sie zu sich selber:

›Es besteht kein Zweifel darüber, daß Reisen eine große erzieherische Wirkung hat.‹

Es war wirklich ein Erlebnis, mit all diesen Männern alleine zu sein. Wie sie zu Hause lachen würden, wenn sie nach ihrer Heimkehr alles darüber erzählte! Sie würden sagen, daß so etwas nur Venetia passieren könne. Sie lächelte, als sie den Kapitän auf Deck mit seiner starken, dröhnenden Stimme singen hörte. Die Deutschen waren so musikalisch. Er hatte eine drollige Art, mit seinen kurzen Beinen auf und ab zu stolzieren, während er Wagnersche Melodien zu Worten eigener Erfindung sang. Es war aus ›Tannhäuser‹, was er jetzt sang (dieses entzückende Lied vom Abendstern); doch da Miss Reid kein Deutsch verstand, konnte sie sich nur wundern, was für seltsame Worte er dazu fand. Das war auch gut.

»Oh, welche Pest ist dieses Weib, ich bringe es um, wenn das so bleibt!« Dann ging er zu Siegfrieds Schwertlied über. »Furchtbar, furchtbar, furchtbar ist sie! Ich werfe sie in die See!«

Und das traf natürlich auf Miss Reid zu. Sie war entsetzlich, geradezu erstaunlich und qualvoll langweilig. Sie redete mit steter Eintönigkeit, und es hatte keinen Zweck, sie zu unterbrechen, denn dann fing sie nur wieder von vorn an. Sie hatte einen unstillbaren Durst nach Belehrung, und keine flüchtige Bemerkung konnte über den Tisch hinüber gemacht werden, ohne daß sie unzählige Fragen daran knüpfte. Sie träumte sehr lebhaft, und sie berichtete diese Träume mit unerträglicher Langatmigkeit. Es gab keinen Gegenstand, über den sie nicht etwas Banales zu sagen wußte. Sie hatte einen Gemeinplatz für jede Gelegenheit bereit. Sie zielte auf das Abgedroschene, wie ein Hammer den Nagel in die Wand hineintreibt. Sie tauchte im Augenfälligen unter, wie ein Zirkusclown durch den Reifen springt. Schweigen konnte sie nicht beschämen. Diese armen Männer, so weit von ihren Heimen und dem Trippeln kleiner Füße entfernt, und Weihnachten vor der Türe, kein Wunder, daß sie in gedämpfter Stimmung waren; sie verdoppelte ihre Bemühungen, ihr Interesse zu erwecken und sie zu unterhalten. Sie war entschlossen, ein wenig Frohsinn in ihr trübes Dasein zu bringen. Denn das war das Schreckliche an der Sache: Miss

Reids Absichten waren gut. Sie unterhielt sich nicht nur selber gut, sie wollte, daß alle sich gut unterhielten. Sie war überzeugt, daß alle sie so gern hatten, wie sie selber sie gern hatte. Sie fühlte, daß sie ihr Teil dazu beitrug, der Gesellschaft zum Erfolg zu verhelfen, und sie war naiv glücklich bei dem Gedanken, daß ihr dies gelang. Sie erzählte ihnen alles von ihrer Freundin Miss Price, und wie oft diese zu ihr gesagt hatte: »Venetia, niemand hat eine langweilige Minute in deiner Gegenwart.« Es war die Pflicht des Kapitäns, einem Passagier gegenüber höflich zu sein, und wenn er ihr auch noch so gern gesagt hätte, sie solle ihren törichten Mund halten – er konnte es nicht. Selbst wenn er seine Meinung frei hätte äußern dürfen, wußte er doch, daß er sie niemals so hätte kränken können. Nichts hemmte ihren Redestrom. Er war so unwiderstehlich wie eine Naturgewalt. Einmal begannen sie, in ihrer Verzweiflung deutsch zu sprechen, aber Miss Reid machte dem sofort ein Ende.

»Nein, das kann ich nicht dulden, daß Sie etwas sagen, das ich nicht verstehe. Sie sollten alle Nutzen daraus ziehen, daß Sie mich alleine für sich haben und sich im Englischen üben können.«

»Wir sprachen von technischen Sachen, die Sie nur langweilen würden, Miss Reid«, sagte der Kapitän.

»Ich langweile mich nie. Und darum, auch wenn Sie mich für ein klein wenig eingebildet halten mögen, bin ich nie langweilig. Sehen Sie, ich weiß gerne Bescheid. Alles interessiert mich, und man kann nie wissen, wann ein bißchen Kenntnis einem von Nutzen sein könnte.«

Der Doktor lächelte trocken.

»Der Kapitän hat das nur gesagt, weil er verlegen war. Er hat nämlich eine Geschichte erzählt, die für die Ohren einer unverheirateten Dame nicht geeignet war.«

»Ich bin zwar eine unverheiratete Dame, aber ich bin auch eine Frau von Welt; ich erwarte nicht, daß Seeleute Heilige sind. Sie brauchen nie ängstlich zu sein, was Sie vor mir sagen, Kapitän, ich werde nicht entsetzt sein. Ich möchte Ihre Geschichte sehr gerne hören.«

Der Doktor war ein Mann von sechzig Jahren, mit dünnem grauem Haar, einem grauen Schnurrbart und kleinen, scharfen blauen Augen. Er war ein schweigsamer, verbitterter Mann, und so sehr sich Miss Reid auch bemühte, ihn ins Gespräch zu ziehen, war es doch fast unmöglich, ein Wort aus ihm herauszubekommen. Aber sie war nicht die Frau, die ohne Kampf nachgab, und eines Morgens auf offener See, als sie ihn mit einem Buch auf Deck sitzen sah, zog sie ihren Stuhl neben den seinen und ließ sich neben ihm nieder.

»Lesen Sie gerne, Doktor?« fragte sie munter.

»Ja.«

»Ich auch. Und ich vermute, daß Sie wie alle Deutschen musikalisch sind.«

»Ich höre Musik gern.«

»Ich auch. Als ich Sie zum erstenmal sah, dachte ich sofort, daß Sie klug aussehen.«

Er warf ihr einen kurzen Blick zu, verzog die Lippen und las weiter. Dies schreckte Miss Reid nicht ab.

»Aber lesen kann man natürlich jederzeit. Ich ziehe immer ein gutes Gespräch einem guten Buch vor. Sie nicht?«

»Nein.«

»Das ist sehr interessant. Sagen Sie mir nur, warum?«

»Ich kann Ihnen keinen Grund nennen.«

»Das ist sehr merkwürdig, nicht? Aber ich finde die menschliche Natur überhaupt sehr merkwürdig. Ich interessiere mich schrecklich für Menschen, wissen Sie. Ärzte habe ich immer gern, sie wissen so viel über die menschliche Natur, aber ich könnte Ihnen einige Dinge erzählen, die sogar Sie erstaunen würden. Man erfährt viel über die Leute, wenn man wie ich eine Teestube leitet, das heißt, wenn man die Augen offen hält.«

Der Doktor erhob sich.

»Ich muß Sie bitten, mich zu entschuldigen, Miss Reid. Ich muß jetzt einen Patienten besuchen.«

›Jedenfalls ist es mir gelungen, das Eis zu brechen‹, dachte sie, während er sich entfernte. ›Ich glaube, er war nur schüchtern.‹

Ein paar Tage später fühlte sich der Doktor gar nicht wohl. Er hatte ein inneres Leiden, das ihn von Zeit zu Zeit plagte, aber er war daran gewöhnt und nicht geneigt, darüber zu reden. Wenn er einen seiner Anfälle hatte, wollte er nur allein gelassen werden. Seine Kajüte war klein und dumpf; darum legte er sich auf Deck in einen Liegestuhl und schloß die Augen. Miss Reid spazierte gerade auf und ab, um sich wie jeden Morgen und Abend eine halbe Stunde Bewegung zu machen. Er dachte, wenn er sich schlafend stellte, würde sie ihn nicht stören. Als sie aber ein halbes Dutzend Mal an ihm vorbeigekommen war, blieb sie vor ihm stehen. Obwohl er die Augen geschlossen hatte, wußte er, daß sie ihn betrachtete.

»Kann ich etwas für Sie tun, Doktor?« fragte sie.

Er zuckte zusammen.

»Warum, was denn?«

Er schaute sie an und bemerkte ihren tiefbekümmerten Blick.

»Sie sehen schrecklich krank aus«, sagte sie.

»Ich habe große Schmerzen.«

»Ich weiß. Das kann ich sehen. Kann man nichts dagegen tun?«

»Nein, es geht nach einiger Zeit vorbei.«

Sie zögerte einen Augenblick und ging dann fort. Nach einer Weile kam sie zurück.

»Sie sehen so unbehaglich aus, ohne Kissen oder irgend etwas. Ich habe Ihnen mein Reisekissen gebracht, das ich immer mitnehme. Lassen Sie es mich Ihnen doch unter den Kopf schieben.«

Er fühlte sich im Augenblick zu elend, um zu protestieren. Sie hob seinen Kopf sanft auf und schob das weiche Kissen darunter. Es war wirklich bequemer für ihn. Sie strich ihm mit der Hand, die kühl und weich war, über die Stirn.

»Armer Mann«, sagte sie. »Ich weiß, wie Ärzte sind. Ärzte haben keine Ahnung, wie sie sich selber behandeln sollten.«

Sie verließ ihn, kam aber nach wenigen Minuten mit einem Stuhl und einem Beutel zurück. Als der Doktor sie bemerkte, zuckte er gequält zusammen.

»Nun werde ich Ihnen nicht erlauben zu sprechen; ich werde nur neben Ihnen sitzen und stricken. Ich finde, es ist immer tröstlich, wenn man sich nicht wohl fühlt, jemand in der Nähe zu haben.«

Sie setzte sich, zog einen angefangenen Schal aus ihrem Beutel und begann emsig die Nadeln zu handhaben. Sie sprach kein Wort. Und merkwürdigerweise empfand der Doktor ihre Gegenwart als Trost. Niemand an Bord hatte überhaupt bemerkt, daß er krank war; er hatte sich einsam gefühlt, und die Teilnahme dieser hoffnungslos langweiligen Person war wohltuend für ihn. Es beruhigte ihn, sie da schweigend arbeiten zu sehen, und bald schlief er ein. Als er wieder aufwachte, arbeitete sie noch. Sie sah ihn mit einem leichten Lächeln an, sagte aber nichts. Der Schmerz war vergangen, und er fühlte sich viel wohler.

Er ging erst am Spätnachmittag in den Salon. Dort fand er den Kapitän und Hans Krause, den Maat, die zusammen Bier tranken.

»Setzen Sie sich, Doktor«, sagte der Kapitän. »Wir halten eben Kriegsrat. Sie wissen, daß übermorgen Heiliger Abend ist.«

»Natürlich.«

Der Weihnachtsabend bedeutet dem Deutschen viel, und sie hatten sich schon alle darauf gefreut. Sie hatten den ganzen Weg von Deutschland her einen Weihnachtsbaum mitgebracht.

»Beim Essen heute war Miss Reid gesprächiger denn je. Hans und ich haben beschlossen, daß etwas dagegen geschehen muß.«

»Sie hat heute vormittag zwei Stunden schweigend neben mir gesessen. Da hat sie wohl das Versäumte nachholen wollen.«

»Es ist schlimm genug, gerade jetzt von zu Hause weg zu sein, und es bleibt uns nichts anderes übrig, als das Beste draus zu machen. Wir wollen unseren Heiligen Abend genießen, und wenn wir wegen Miss Reid nichts unternehmen, ist das ausgeschlossen.«

»Wir können es nicht gemütlich haben, wenn sie dabei ist«, sagte der Maat. »Sie würde todsicher alles verderben.«

»Was schlagen Sie vor, um sie loszuwerden, wenn wir sie nicht über Bord werfen können?« sagte der Doktor lächelnd. »Sie ist keine üble Seele; alles, was ihr fehlt, ist ein Liebhaber.«

»In ihrem Alter?« rief Hans Krause.

»Gerade in ihrem Alter. Diese ausschweifende Redseligkeit, diese Sucht nach Auskünften, die zahllosen Fragen, die sie stellt, ihre Banalitäten, die Art, wie sie kein Ende findet – das ist alles ein Zeichen ihrer rebellierenden Jungfräulichkeit. Ein Liebhaber würde ihr Frieden bringen. Ihre überreizten Nerven würden sich entspannen. Sie hätte dann wenigstens eine Stunde lang gelebt. Die tiefe Befriedigung, die ihr Wesen verlangt, würde durch diese gereizten Sprachzentren fließen, und wir hätten Ruhe.«

Es war immer etwas schwer festzustellen, wieviel der Doktor von dem, was er sagte, wirklich meinte und wann er sich lustig machte. Aber die blauen Augen des Kapitäns funkelten übermütig.

»Na, Doktor, ich setze großes Vertrauen in Ihre Diagnosen. Das Rezept, das Sie vorschlagen, ist sicher einen Versuch wert, und da Sie Junggeselle sind, ist es klar, daß seine Anwendung Ihnen obliegt.«

»Verzeihen Sie, Kapitän, es ist meine berufliche Pflicht, den Patienten, die mir auf diesem Schiff anvertraut sind, Arzneien zu verordnen, aber nicht, sie ihnen persönlich zu verabreichen. Außerdem bin ich sechzig.«

»Ich bin ein verheirateter Mann mit erwachsenen Kindern«, sagte der Kapitän. »Ich bin alt und dick und asthmatisch; es ist klar, daß mir eine solche Aufgabe nicht zugemutet werden kann. Die Natur hat mich für die Rolle eines Ehemannes und Vaters bestimmt, nicht für die eines Liebhabers.«

»In diesen Dingen ist Jugend eine Voraussetzung und gutes Aussehen von Vorteil«, sagte der Doktor ernst.

Der Kapitän schlug mit der Faust krachend auf den Tisch.

»Sie denken an Hans. Sie haben ganz recht. Hans muß es sein.« Der Maat sprang auf die Füße.

»Ich? Niemals.«

»Hans, du bist groß, hübsch, stark wie ein Löwe, tapfer und jung. Wir werden noch dreiundzwanzig Tage auf See sein, bevor wir nach Hamburg kommen. Du willst doch einen vertrauten alten Kapitän in solcher Notlage nicht im Stich lassen, oder deinen guten Freund, den Doktor?«

»Nein, Kapitän, das ist zuviel von mir verlangt. Ich bin noch kein ganzes Jahr verheiratet, und ich liebe meine Frau. Ich kann es kaum erwarten, nach Hamburg zurückzukommen. Sie sehnt sich ebenso nach mir wie ich mich nach ihr. Ich will ihr nicht untreu werden – vor allem nicht mit Miss Reid.«

»Miss Reid ist gar nicht so übel«, sagte der Doktor.

»Manche Leute würden sie sogar hübsch finden«, sagte der Kapitän.

Und wirklich, wenn man Miss Reids Züge einzeln betrachtete, war sie keineswegs unschön. Wohl hatte sie ein langes, dummes Gesicht, aber ihre braunen Augen waren groß, und sie hatte sehr dichte Wimpern; ihr braunes Haar war kurz geschnitten und lockte sich recht gefällig im Nacken; ihre Haut war nicht schlecht, und sie war weder zu dick noch zu dünn.

Sie war nach heutigen Begriffen nicht alt, und wenn sie gesagt hätte, sie sei vierzig, so hätte man das ohne weiteres geglaubt. Das einzige, was an ihr auszusetzen blieb, war, daß sie hausbacken und langweilig war.

»Muß ich also weitere dreiundzwanzig Tage die Weitschweifigkeit dieser lästigen Person ertragen? Muß ich noch geschlagene dreiundzwanzig Tage ihre törichten Fragen beantworten und ihre albernen Bemerkungen anhören? Muß ich alter Mann mir meinen Heiligen Abend, den schönen Abend, auf den ich mich gefreut hatte, durch die Gesellschaft dieser unerträglichen Jungfer verderben lassen? Und nur weil niemand gefunden werden kann, der ein wenig Galanterie, ein wenig menschliche Güte, einen Beweis von Mildtätigkeit einer einsamen Frau gegenüber aufbringen kann! Ich werde das Schiff auflaufen lassen.«

»Es bleibt immer noch der Funker«, sagte Hans.

Der Kapitän stieß einen lauten Schrei aus.

»Hans, mögen die zehntausend Jungfrauen von Köln sich erheben und dich segnen. Steward«, donnerte er, »sag dem Funker, daß ich ihn sprechen will.«

Der Funker kam in den Salon und stand stramm. Die drei Männer betrachteten ihn schweigend. Er überlegte beunruhigt, ob er etwas angestellt habe, wofür er nun zur Rechenschaft gezogen werden sollte. Er war mehr als mittelgroß, mit breiten Schultern und schmalen Hüften, kerzengerade und schlank; seine gebräunte, glatte Haut sah aus, als habe ein Rasiermesser sie nie berührt, er hatte große, auffallend blaue Augen und eine Mähne von lockigem, goldblondem Haar. Er war ein Prachtexemplar junger teutonischer Männlichkeit. Er war so gesund, so kräftig und voller Leben, daß man selbst auf eine gewisse Entfernung die Vitalität spürte, die von ihm ausstrahlte.

»Wie alt bist du, mein Junge?« sagte der Kapitän.

»Einundzwanzig, Herr Kapitän.«

»Verheiratet?«

»Nein, Herr Kapitän.«

»Verlobt?«

Der Funker kicherte. Es lag etwas anziehend Knabenhaftes in seinem Lachen.

»Nein, Herr Kapitän.«

»Du weißt, daß wir einen weiblichen Passagier an Bord haben?«

»Ja, Herr Kapitän.«

»Kennst du sie?«

»Wenn ich sie auf Deck treffe, sage ich ihr guten Morgen.«

Der Kapitän nahm seine offiziellste Haltung an. Seine Augen, die meistens vor Humor zwinkerten, waren jetzt streng, und er legte einen bellenden Ton in seine tiefe, volle Stimme.

»Obwohl dies ein Frachtdampfer ist und wir wertvolle Ladung mitführen, nehmen wir auch die Passagiere auf, die wir kriegen können, und das ist eine Abteilung unseres Geschäftes, an deren Entwicklung der Gesellschaft sehr viel liegt. Die Weisungen an mich lauten dahin, alles nur mögliche für die Zufriedenheit und das Behagen der Passagiere zu tun. Miss Reid benötigt einen Liebhaber. Der Doktor und ich sind zu der Überzeugung gekommen, daß du geeignet bist, den Anforderungen von Miss Reid zu entsprechen.«

»Ich, Herr Kapitän?« Der Funker wurde feuerrot und begann dann zu kichern, beherrschte sich aber gleich wieder, als er die entschlossenen Mienen der drei Männer ihm gegenüber sah.

»Aber sie ist alt genug, um meine Mutter zu sein.«

»In deinem Alter hat das gar nichts zu sagen. Sie ist eine vornehme Dame und mit allen großen Familien in England verwandt. Wenn sie Deutsche wäre, so wäre sie mindestens eine Gräfin. Daß du für diesen verantwortungsvollen Posten auserwählt worden bist, bedeutet eine Ehre, die du hoch einschätzen solltest. Außerdem ist dein Englisch mangelhaft, und hierdurch wirst du eine glänzende Gelegenheit haben, es zu verbessern.«

»Das ist allerdings wahr«, sagte der Funker. »Ich weiß, daß es mir an Übung fehlt.«

»Es kommt im Leben nicht so oft vor, daß man Vergnügen mit geistiger Entwicklung verbinden kann, und du darfst dir zu diesem Glücksfall gratulieren.«

»Aber wenn ich diese Frage stellen darf, Herr Kapitän: warum benötigt Miss Reid einen Liebhaber?«

»Es scheint eine alte englische Sitte zu sein, daß unverheiratete Frauen von hohem Rang sich zu dieser Jahreszeit den Umarmungen eines Liebhabers hingeben. Die Gesellschaft wünscht dringend, daß Miss Reid genauso behandelt wird, wie das auf einem englischen Schiff der Fall gewesen wäre, und wenn sie zufrieden ist, dürfen wir damit rechnen, daß sie bei ihren aristokratischen Beziehungen vielen ihrer Freunde diese Schiffahrtslinie empfehlen wird.«

»Herr Kapitän, ich bitte mich zu entschuldigen.«

»Dies ist keine Bitte, die ich ausspreche, sondern ein Befehl. Du wirst dich heute abend um elf Uhr bei Miss Reid in ihrer Kajüte melden.«

»Was soll ich tun, wenn ich dort bin?«

»Tun?« donnerte der Kapitän. »Tun? Dich natürlich benehmen.«

Er winkte mit der Hand und entließ ihn. Der Funker schlug die Hacken zusammen, salutierte und ging hinaus.

»Jetzt wollen wir noch ein Glas Bier trinken«, sagte der Kapitän.

Beim Abendessen war Miss Reid ganz auf der Höhe. Sie war wortreich. Sie war neckisch. Sie war vornehm. Es gab keinen Gemeinplatz, den sie nicht ausgesprochen hätte. Es gab keine abgedroschene Redensart, die sie vermieden hätte. Sie bombardierte alle mit törichten Fragen. Das Gesicht des Kapitäns wurde immer röter bei der Bemühung, seine Wut zu unterdrücken; er fühlte, daß er ihr nicht länger mit Höflichkeit begegnen konnte, und wenn das Rezept des Doktors nicht half, würde er sich eines Tages vergessen und ihr nicht nur ein wenig, sondern restlos die Meinung sagen.

›Ich werde meinen Posten verlieren‹, dachte er dabei, ›aber ich glaube fast, daß es sich lohnen würde.‹

Am nächsten Tag saßen sie schon alle am Tisch, als sie zum Mittagessen hereinkam.

»Morgen ist Weihnachtsabend«, sagte sie munter. Dieser Hinweis entsprach ihr durchaus. Sie fuhr fort: »Nun, was haben Sie alle heute vormittag getrieben?«

Da sie jeden Tag genau das gleiche taten und sie genau wußte, was das war, wirkte diese Frage aufreizend. Der Kapitän verlor den Mut. Er sagte dem Doktor kurz, was er von ihm hielt.

»Jetzt aber bitte kein Deutsch«, sagte Miss Reid schalkhaft. »Sie wissen, daß ich das nicht gestatte, und warum, Kapitän, haben Sie den armen Doktor so verdrießlich angesehen? Es ist doch Weihnachtszeit, bedenken Sie, Frieden auf Erden und den

Menschen ein Wohlgefallen. Ich bin schon ganz aufgeregt im Gedanken an morgen. Werden an dem Weihnachtsbaum Kerzen sein?«

»Natürlich.«

»Wie wunderbar! Ich finde immer, daß ein Weihnachtsbaum ohne Kerzen kein Weihnachtsbaum ist. Ach, übrigens, denken Sie nur: ich hatte gestern abend ein so komisches Erlebnis. Ich kann es gar nicht verstehen.«

Eine betroffene Stille trat ein. Alle blickten gespannt auf Miss Reid. Ausnahmsweise hingen sie einmal an ihren Lippen.

»Ja«, fuhr sie in dem ihr eigenen monotonen und gezierten Ton fort, »ich wollte mich gestern abend gerade zur Ruhe begeben, als es an meine Türe klopfte. ›Wer ist da?‹ sagte ich. ›Der Funker‹, war die Antwort. ›Was gibt es?‹ fragte ich. ›Kann ich Sie sprechen?‹ sagte er.«

Sie hörten mit atemloser Aufmerksamkeit zu.

»›Nun, ich will schnell einen Morgenrock anziehen‹, sagte ich, ›und die Tür aufmachen.‹ Also zog ich den Morgenrock an und öffnete die Tür. Der Funker sagte: ›Entschuldigen Sie, Miss, aber wollen Sie nicht vielleicht eine Funkbotschaft senden?‹ Nun, ich fand es schon sehr komisch, daß er um diese Stunde kam, um mich zu fragen, ob ich eine Funkbotschaft senden möchte; ich lachte ihm gerade ins Gesicht, denn es regte meinen Sinn für Humor an, wenn Sie verstehen, was ich damit meine, aber ich wollte ihn nicht kränken, darum sagte ich: ›Vielen Dank, aber ich glaube nicht, daß ich eine Funkbotschaft senden will.‹ Er stand da und sah so komisch aus, als sei er ganz verlegen, darum sagte ich: ›Vielen Dank trotzdem für das Angebot‹, und dann sagte ich: ›Gute Nacht und angenehme Träume‹ und schloß die Tür.«

»Der verdammte Narr«, rief der Kapitän aus.

»Er ist noch jung, Miss Reid«, warf der Doktor ein. »Das war übertriebener Eifer. Wahrscheinlich dachte er, daß Sie gern Ihren Freunden Glückwünsche schicken möchten, und da wollte er Ihnen den Vorteil einer verbilligten Gebühr vermitteln.«

»Ach, es hat mir gar nichts ausgemacht. Ich habe diese komischen kleinen Erlebnisse auf Reisen gern. Ich lache nur herzlich darüber.«

Sobald das Essen vorüber war und Miss Reid sie verlassen hatte, ließ der Kapitän den Funker kommen.

»Du Esel, warum in aller Welt hast du Miss Reid gestern abend gefragt, ob sie einen Funkspruch senden wolle?«

»Herr Kapitän, Sie haben mir gesagt, ich solle mich natürlich benehmen. Ich bin Funker. Ich dachte, es sei natürlich, wenn ich sie frage, ob sie einen Funkspruch senden wolle. Ich wußte nicht, was ich sonst sagen sollte.«

»Gott im Himmel!« schrie der Kapitän. »Als Siegfried Brünhilde auf dem Felsen liegen sah und ausrief: ›Das ist kein Mann!‹« (der Kapitän sang die Worte zwei- oder dreimal, weil er seine Stimme gern hörte, bevor er fortfuhr), »hat Siegfried sie dann, nachdem sie erwachte, gefragt, ob sie einen Funkspruch senden möchte, um vielleicht ihrem Papa mitzuteilen, daß sie sich von ihrem langen Schlaf erhoben habe und jetzt wach sei?«

»Ich möchte Sie respektvoll darauf aufmerksam machen, daß Brünhilde Siegfrieds Tante war. Miss Reid ist mir völlig fremd.«

»Er hat nicht darüber nachgedacht, daß sie seine Tante war. Er wußte nur, daß sie eine schöne und wehrlose Frau war, allem Anschein nach aus guter Familie, und er benahm sich so, wie jeder Gentleman es getan hätte. Du bist jung und hübsch, die Ehre Deutschlands liegt in deiner Hand.«

»Zu Befehl, Herr Kapitän. Ich werde mir Mühe geben.«

An diesem Abend wurde wieder an Miss Reids Türe geklopft.

»Wer ist da?«

»Der Funker. Ich habe eine Funknachricht für Sie, Miss Reid.«

»Für mich?« Sie war erstaunt, aber es fiel ihr sofort ein, daß einer ihrer Mitreisenden, der in Haiti an Land gegangen war, ihr einen Weihnachtsgruß geschickt haben konnte. ›Wie freundlich sind doch die Menschen‹, dachte sie. »Ich bin zu Bett. Legen Sie es vor die Tür.«

»Es ist mit Rückantwort. Zehn Worte vorausbezahlt.«

Dann konnte es kein Festgruß sein. Ihr Herzschlag stockte. Es konnte nur eins bedeuten: ihr Geschäft war bis auf den Boden niedergebrannt. Sie sprang aus dem Bett.

»Schieben Sie es unter der Türe durch, dann schreibe ich die Antwort und schiebe es Ihnen zurück.«

Der Umschlag wurde unter der Tür durchgeschoben, und als er auf dem Teppich erschien, hatte er wirklich ein unheilvolles Aussehen. Miss Reid nahm ihn rasch und riß ihn auf. Die

Worte schwammen ihr vor den Augen, und sie konnte ihre Brille nicht gleich finden. Dies war es, was sie las:

Fröhliche Weihnachten. Stop. Frieden auf Erden und den Menschen ein Wohlgefallen. Stop. Sie sind sehr schön. Ich liebe Sie. Stop. Ich muß mit Ihnen sprechen. Stop. Unterzeichnet: der Funker.

Miss Reid las es zweimal durch. Dann nahm sie langsam ihre Brille ab und versteckte sie unter einem Schal. Sie öffnete die Tür.

»Kommen Sie herein«, sagte sie.

Am nächsten Tag war Weihnachtsabend. Die Offiziere waren heiter und ein wenig sentimental, als sie sich zum Mittagessen setzten. Die Stewards hatten den Salon mit tropischen Schlingpflanzen geschmückt, als Ersatz für Stechpalme und Misteln, und der Weihnachtsbaum stand auf dem Tisch; seine Kerzen sollten beim Abendessen angezündet werden. Miss Reid kam erst herein, als die Offiziere schon saßen, und als sie ihr guten Morgen wünschten, neigte sie nur schweigend den Kopf. Alle schauten sie neugierig an. Sie sprach dem Essen mit gutem Appetit zu, sagte aber kein Wort. Ihr Schweigen war unheimlich. Endlich konnte der Kapitän es nicht mehr aushalten und sagte:

»Sie sind heute sehr still, Miss Reid.«

»Ich denke nach«, erwiderte sie.

»Und wollen Sie uns Ihre Gedanken nicht mitteilen, Miss Reid?« fragte der Doktor scherzend.

Sie warf ihm einen kühlen, beinahe hochmütigen Blick zu.

»Ich ziehe vor, sie für mich zu behalten, Doktor. Ich hätte aber gerne noch etwas von dem Ragout, ich habe einen sehr guten Appetit.«

Sie beendeten das Mahl unter wohltuendem Schweigen. Der Kapitän stieß einen Seufzer der Erleichterung aus. Dazu war eine Mahlzeit da: zum Essen, nicht zum Schwatzen. Als sie fertig waren, ging er auf den Arzt zu und drückte ihm die Hand.

»Es ist etwas geschehen, Doktor.«

»Es ist geschehen. Sie ist wie verwandelt.«

»Aber wird es andauern?«

»Man kann nur das Beste hoffen.«

Miss Reid zog für die Feier ein Abendkleid an, ein ganz

schlichtes schwarzes Kleid, mit künstlichen Rosen an ihrem Busen und einer langen imitierten Jadekette um den Hals. Das Licht war gedämpft, und an dem Weihnachtsbaum brannten die Kerzen. Es war ein wenig wie in der Kirche. Die jüngeren Offiziere speisten an diesem Abend auch im Salon, und sie sahen sehr flott aus in ihren weißen Uniformen. Es gab Sekt auf Kosten der Schiffahrtsgesellschaft und nach dem Abendessen Punsch. Sie zogen an Knallbonbons. Sie sangen Lieder zur Grammophonbegleitung: ›Deutschland, Deutschland über alles‹, ›Alt-Heidelberg‹ und ›Lang, lang ist's her‹. Sie schmetterten die Melodien kräftig hinaus, die Stimme des Kapitäns übertönte alle andern, und Miss Reid fiel mit einer angenehmen Altstimme ein. Der Doktor beobachtete, daß Miss Reids Augen von Zeit zu Zeit auf dem Funker ruhten, und er las in ihnen den Ausdruck einer leichten Verwirrung.

»Er ist ein hübscher Bursche, nicht wahr?« sagte der Doktor.

Miss Reid drehte sich um und schaute ihn kühl an.

»Wer?«

»Der Funker! Ich dachte, Sie hätten ihn eben betrachtet.«

»Welcher ist es?«

»Die Doppelbödigkeit der Frauen«, brummte der Doktor vor sich hin, erwiderte aber mit einem Lächeln: »Er sitzt neben dem Ersten Ingenieur.«

»Ach, natürlich, jetzt erkenne ich ihn wieder. Wissen Sie, ich finde nie, daß es so wichtig ist, wie ein Mann aussieht. Ich interessiere mich soviel mehr für den Geist eines Mannes als für sein Äußeres.«

»Oh«, sagte der Doktor.

Sie hatten alle einen kleinen Schwips, auch Miss Reid, aber sie verlor dabei nichts von ihrer Würde, und als sie ihnen gute Nacht sagte, geschah es in ihrer allerbesten Form.

»Ich habe einen ganz reizenden Abend verbracht. Ich werde niemals meinen Weihnachtsabend auf einem deutschen Schiff vergessen. Es war sehr interessant. Ein richtiges Erlebnis.«

Sie ging aufrecht zur Türe, und das war ein gewisser Triumph, denn sie hatte den ganzen Abend hindurch Zug um Zug mit ihnen ihr Glas geleert.

Sie waren am nächsten Tag alle ein wenig mitgenommen. Als der Kapitän, der Doktor und der Erste Ingenieur zum Mittagessen herunterkamen, saß Miss Reid schon am Tisch. Vor jedem Gedeck lag ein kleines, mit rosa Band umwickeltes Päckchen. Auf jedem stand geschrieben: ›Fröhliche Weihnachten.‹ Sie schauten Miss Reid fragend an.

»Sie sind alle so freundlich zu mir gewesen, deshalb wollte ich jedem von Ihnen ein kleines Geschenk machen. Es gab nicht viel Auswahl in Port-au-Prince, Sie dürfen nicht zuviel erwarten.«

Für den Kapitän waren es zwei Pfeifen aus Rosenholz, für den Doktor sechs seidene Taschentücher, ein Zigarrenetui für den Maat und zwei Krawatten für den Ersten Ingenieur. Sie nahmen die Mahlzeit ein, und Miss Reid zog sich in ihre Kajüte zurück, um auszuruhen. Die Offiziere schauten einander unbehaglich an. Der Maat spielte mit dem Zigarrenetui, das sie ihm gegeben hatte.

»Ich schäme mich ein bißchen«, sagte er endlich.

Der Kapitän war nachdenklich; offenbar fühlte auch er sich etwas unsicher.

»Ich frage mich, ob wir Miss Reid diesen Streich hätten spielen dürfen«, sagte er. »Sie ist eine gute Seele, und sie ist nicht reich; sie ist eine Frau, die sich ihren Unterhalt verdient. Sie hat sicher annähernd hundert Mark für diese Geschenke ausgegeben. Ich wollte beinahe, wir hätten sie in Ruhe gelassen.«

Der Doktor zuckte die Achseln.

»Sie wollten, daß sie verstummen sollte, und ich habe sie zum Schweigen gebracht.«

»Wenn man es näher überlegt, hätte es uns nichts geschadet, ihrem Geschwätz noch weitere drei Wochen zuzuhören«, sagte der Maat.

»Ich bin ihretwegen nicht ganz glücklich«, fügte der Kapitän hinzu. »Ich finde ihr Schweigen unheimlich.«

Sie hatte während der ganzen Mahlzeit kaum ein Wort gesagt. Sie schien kaum darauf zu hören, was sie sprachen.

»Meinen Sie nicht, daß Sie sich bei ihr erkundigen sollten, ob sie sich ganz wohl fühlt, Doktor?« schlug der Kapitän vor.

»Natürlich fühlt sie sich wohl. Sie hat einen Wolfsappetit. Wenn Sie Erkundigungen einholen wollen, sollten Sie sich lieber an den Funker wenden.«

»Vielleicht haben Sie es noch nicht bemerkt, Doktor, aber ich bin ein Mann von großem Zartgefühl.«

»Ich habe selber auch ein Herz«, sagte der Doktor.

Während der restlichen Fahrt verwöhnten diese Männer

Miss Reid in ganz übertriebener Weise. Sie behandelten sie mit der Rücksicht, die sie einer von langer gefährlicher Krankheit Genesenden entgegengebracht hätten. Obwohl ihr Appetit glänzend war, bemühten sie sich, sie mit neuen Gerichten zu verlocken. Der Doktor bestellte Wein und bestand darauf, daß sie die Flasche mit ihm teilte. Sie spielten Domino mit ihr. Sie spielten Schach mit ihr. Sie spielten Bridge mit ihr. Sie zogen sie ins Gespräch. Aber es unterlag keinem Zweifel, daß sie, obwohl sie dem Entgegenkommen höflich begegnete, innerlich für sich blieb. In ihrem Blick lag beinahe etwas wie Verachtung; man hätte fast denken können, daß diese Männer und ihre liebenswürdigen Bemühungen ihr angenehm lächerlich erschienen. Sie sprach selten, wenn sie nicht angeredet wurde. Sie las Detektivromane und saß abends auf Deck und betrachtete die Sterne. Sie lebte ein Leben für sich.

Endlich nahte das Ende der Reise. Sie dampften an einem ruhigen, grauen Tag den Ärmelkanal hinauf; sie erblickten Land. Miss Reid packte ihre Koffer. Um zwei Uhr nachmittags legten sie im Dock von Plymouth an. Der Kapitän, der Maat und der Doktor kamen herbei, um sich von ihr zu verabschieden.

»Nun, Miss Reid«, sagte der Kapitän in seiner herzhaften Weise, »es tut uns leid, Sie zu verlieren, aber wahrscheinlich freuen Sie sich, nach Hause zu kommen.«

»Sie sind sehr freundlich zu mir gewesen, sie alle sind sehr freundlich gewesen. Ich weiß gar nicht, wodurch ich das verdient habe. Ich war sehr glücklich bei Ihnen. Ich werde Sie nie vergessen.«

Sie sprach ein wenig zittrig, sie versuchte zu lächeln, aber ihre Lippen bebten, und Tränen liefen ihr über die Wangen. Der Kapitän wurde dunkelrot. Er lächelte verlegen.

»Darf ich Ihnen einen Kuß geben, Miss Reid?«

Sie war um einen halben Kopf größer als er. Sie beugte sich herunter, und er drückte ihr einen dicken Kuß auf die eine nasse Wange und einen weiteren dicken Kuß auf die andere. Sie wandte sich zu dem Doktor und dem Maat. Und beide küßten sie.

»Was für eine alte Närrin bin ich«, sagte sie. »Alle sind so gut.«

Sie trocknete sich die Augen und ging dann langsam, in

ihrer graziösen, leicht komischen Art den Laufsteg hinunter. Der Kapitän hatte feuchte Augen. Als sie den Kai erreichte, blickte sie in die Höhe und winkte jemandem auf dem Bootsdeck.

»Wem winkt sie?« fragte der Kapitän.

»Dem Funker.«

Miss Price wartete am Kai, um sie willkommen zu heißen. Als sie den Zoll passiert hatten und Miss Reid ihr großes Gepäck losgeworden war, gingen sie zu Miss Price und tranken dort einen frühen Tee. Miss Reids Zug fuhr erst um fünf Uhr. Miss Price hatte Miss Reid viel zu berichten.

»Aber es ist schlimm von mir, so ins Reden zu geraten, wenn du gerade erst nach Hause gekommen bist. Ich habe mich schon so darauf gefreut, alles über deine Reise zu hören.«

»Ich fürchte, daß es gar nicht viel zu erzählen gibt.«

»Das kann ich nicht glauben. Deine Reise ist doch gelungen, oder nicht?«

»Sehr gelungen. Es war sehr nett.«

»Und es war dir nicht unangenehm, mit all diesen Deutschen zusammen zu sein?«

»Natürlich sind sie nicht wie Engländer. Man muß sich an ihre Art gewöhnen. Sie tun manches, was – nun, was Engländer nicht tun würden, weißt du. Aber ich finde immer, daß man die Dinge nehmen muß, wie sie kommen.«

»Was meinst du damit?«

Miss Reid blickte ihre Freundin gelassen an. Ihr langes, dummes Gesicht hatte einen milden Ausdruck, und Miss Price bemerkte das eigentümlich mutwillige Blinken in ihren Augen nicht.

»Eigentlich nur ganz bedeutungslose Ereignisse. Einfach komische, unerwartete, recht nette Erlebnisse. Zweifellos wirkt Reisen wunderbar bildend.«

Mabel

Ich war in Pagan in Burma und nahm von dort den Dampfer nach Mandalay, aber ein paar Tage, bevor ich dort ankam, entschloß ich mich, an Land zu gehen, als der Dampfer für die Nacht bei einem Dorf am Flußufer festmachte. Der Kapitän sagte mir, es gebe dort einen hübschen kleinen Klub, in dem ich mich wie zu Hause fühlen könne; man sei dort daran gewöhnt, daß immer mal Fremde den Dampfer verließen, und der Sekretär sei ein sehr netter Bursche; vielleicht könnte ich sogar eine Partie Bridge spielen. Ich hatte überhaupt nichts zu tun, also setzte ich mich in einen der Ochsenwagen, die am Landesteg warteten, und wurde zum Klub gefahren. Ein Mann saß auf der Veranda, und als ich herankam, nickte er mir zu und fragte, ob ich einen Whisky-Soda oder einen Gin-Bitter haben wolle. Die Möglichkeit, daß ich gar nichts haben wollte, fiel ihm überhaupt nicht ein. Ich entschied mich für den längeren Drink und setzte mich. Er war ein großer, dünner, bronzefarbener Mann mit einem großen Schnurrbart und trug Khakihemd und Khakihose. Ich erfuhr seinen Namen nie, aber als wir uns eine Weile unterhalten hatten, kam ein anderer Mann herein, der mir sagte, er sei der Sekretär, und redete meinen Freund mit George an.

»Haben Sie schon etwas von Ihrer Frau gehört?« fragte er ihn.

Die Augen des anderen leuchteten auf.

»Ja, mit der letzten Post kamen Briefe. Sie amüsiert sich prächtig.«

»Hat sie Ihnen gesagt, Sie sollen sich nicht ärgern?«

George gluckste ein wenig, aber irrte ich mich, wenn ich einen kleinen Seufzer mit zu hören meinte?

»Sie hat es tatsächlich gesagt. Aber das ist leichter gesagt als getan. Natürlich weiß ich, daß sie Ferien machen will, und ich bin froh, daß sie es tut, aber es geht einem ziemlich an die Nieren.« Er wandte sich mir zu. »Sehen Sie, das ist das erste Mal, daß ich von meiner Gnädigen getrennt bin, und ohne sie bin ich wie ein verlorener Hund.«

»Wie lange sind Sie schon verheiratet?«

»Fünf Minuten.«

Der Klubsekretär lachte.

»Seien Sie kein Narr, George. Sie sind acht Jahre verheiratet.«

Nachdem wir ein Weilchen geredet hatten, sah George auf die Uhr, sagte, er müsse sich zum Dinner umziehen, und verließ uns. Der Sekretär beobachtete mit einem nicht unfreundlichen ironischen Lächeln, wie er in der Nacht verschwand.

»Jetzt, wo er allein ist, fragen wir ihn alle so oft wie möglich«, erzählte er mir. »Er hängt schrecklich trübsinnig herum, seit seine Frau nach Hause gefahren ist.«

»Es muß sehr schön für sie sein zu wissen, daß ihr Mann so an ihr hängt.«

»Mabel ist eine bemerkenswerte Frau.«

Er rief nach dem Boy und bestellte weitere Drinks. An diesem gastfreundlichen Ort fragte man nicht, ob man etwas haben wollte; sie hielten es für selbstverständlich. Er machte es sich auf seinem Liegestuhl bequem und steckte sich eine Manilazigarre an. Er erzählte mir die Geschichte von George und Mabel.

Sie verlobten sich, als er auf Urlaub zu Hause war, und als er nach Burma zurückkam, wurde ausgemacht, daß sie in sechs Monaten nachkommen sollte. Aber eine Schwierigkeit jagte die andere. Mabels Vater starb, der Krieg brach aus, George wurde in einen für weiße Frauen ungeeigneten Distrikt versetzt. So dauerte es schließlich sieben Jahre, bevor sie losfahren konnte. Er bereitete alles für die Hochzeit vor, die am Tage ihrer Ankunft stattfinden sollte, und fuhr nach Rangun hinunter, um sie zu treffen. Am Morgen der Ankunft des Schiffes lieh er sich ein Auto und fuhr zu den Docks. Er ging auf dem Kai hin und her.

Dann, plötzlich und ohne Vorwarnung, verlor er die Nerven. Er hatte Mabel sieben Jahre nicht gesehen. Er hatte vergessen, wie sie war. Sie war ihm völlig fremd. Er fühlte, wie sich sein Magen umdrehte, und seine Knie begannen zu schlottern. Es ging über seine Kräfte. Er mußte Mabel sagen, daß es ihm leid tue, aber er könne sie nicht heiraten, wirklich nicht. Aber wie konnte ein Mann einem Mädchen so etwas sagen, das seit sieben Jahren mit ihm verlobt und sechstausend Meilen hergereist war, um ihn zu heiraten? Auch dazu hatte er nicht den Nerv. George wurde vom Mut der Verzweiflung gepackt. Am

Kai lag ein Schiff, fertig zur Abfahrt nach Singapur; er schrieb Mabel einen eiligen Brief, und ohne ein Stück Gepäck, nur mit den Kleidern, die er am Leibe trug, sprang er an Bord.

Der Brief, den Mabel erhielt, lautete etwa folgendermaßen:

Liebste Mabel,
ich mußte plötzlich geschäftlich verreisen und weiß nicht, wann ich zurück sein werde. Ich denke, es ist klüger, wenn Du nach England zurückfährst. Meine Pläne sind sehr ungewiß. Dein Dich liebender George.

Aber als er in Singapur ankam, wartete ein Telegramm auf ihn.

Verstanden. Mach dir keine Sorgen. Liebe. Mabel.

Angst machte ihn gewitzt.

›Du lieber Gott, ich glaube, sie ist hinter mir her‹, sagte er sich.

Er telegraphierte an das Schiffsbüro in Rangun, und richtig, ihr Name war auf der Passagierliste des Schiffes, das nach Singapur unterwegs war. Es galt, keinen Augenblick zu verlieren. Er erwischte den Zug nach Bangkok. Aber er war unruhig. Sie würde keine Schwierigkeit haben herauszufinden, daß er nach Bangkok gefahren war, und es war für sie genauso leicht, mit dem Zug zu fahren wie für ihn. Glücklicherweise fuhr am nächsten Tag ein französischer Frachter nach Saigon. Er fuhr mit. In Saigon würde er sicher sein, sie würde nie darauf kommen, daß er dorthin gefahren war; und wenn sie darauf käme, würde sie inzwischen den Wink verstanden haben. Es ist eine Fünftagereise von Bangkok nach Saigon, und das Schiff ist schmutzig, eng und unbequem. Er war froh, als er endlich ankam, und nahm eine Rikscha zum Hotel. Er schrieb sich in die Hotelliste ein, und sofort wurde ihm ein Telegramm übergeben. Es enthielt nur zwei Worte: *Liebe. Mabel.* Sie genügten, um ihn in kalten Schweiß ausbrechen zu lassen.

»Wann geht das nächste Schiff nach Hongkong?« fragte er.

Nun wurde seine Flucht ernst. Er fuhr nach Hongkong, wagte aber nicht, dort zu bleiben; er ging nach Manila; Manila war unheilverkündend. Er fuhr weiter nach Schanghai; Schanghai war nervenaufreibend. Jedesmal wenn er das Hotel verließ, erwartete er, Mabel in die Arme zu laufen. Nein, Schanghai war nicht genug. Das beste war, nach Yokohama zu gehen. Im Grand Hotel von Yokohama wartete ein Telegramm auf ihn:

Sehr schade, daß ich dich in Manila verpaßt habe. Liebe. Mabel.

Fieberhaft durchforschte er die Schiffsnachrichten. Wo war sie jetzt? Er kehrte nach Schanghai zurück. Diesmal ging er direkt zum Klub und fragte nach einem Telegramm. Es wurde ihm ausgehändigt:

Ankomme in Kürze. Liebe. Mabel.

Nein, nein, so leicht war er bestimmt nicht zu fangen. Er hatte seine Pläne schon gemacht. Der Jang-tse ist ein langer Fluß, und der Wasserspiegel des Jang-tse fiel. Er konnte gerade noch den letzten Dampfer nehmen, der nach Chungking hinauffuhr, und dann konnte bis zum nächsten Frühjahr niemand mehr reisen, außer mit einer Dschunke. Eine solche Reise kam für eine alleinstehende Frau nicht in Frage. Er ging nach Han-Kou und von Han-Kou nach Ichang, hier wechselte er das Schiff und fuhr von Ichang über die Stromschnellen nach Chungking. Aber er war jetzt verzweifelt; er würde kein Risiko mehr eingehen: es gab einen Ort namens Chentu, Hauptstadt von Sezuan, und er war vierhundert Meilen entfernt. Er konnte nur per Straße erreicht werden, und die Straße wurde von Räubern unsicher gemacht. Dort würde er sicher sein.

Endlich konnte er ausruhen: Mabel würde ihn dort nie finden. Der Konsul war zufällig einer seiner Freunde, und er wohnte bei ihm. Er genoß die Bequemlichkeit eines luxuriösen Hauses, er genoß seine Muße nach der anstrengenden Flucht durch Asien, und vor allem genoß er seine göttliche Sicherheit. Faul vergingen die Wochen, eine nach der anderen.

Eines Morgens waren George und der Konsul auf dem Hof und betrachteten einige Raritäten, die ein Chinese ihnen zur Prüfung gebracht hatte, als laut an das große Tor des Konsulats geklopft wurde. Der Torwächter öffnete es. Eine von vier Kulis getragene Sänfte kam herein, näherte sich und wurde abgesetzt. Mabel trat heraus. Sie war sauber, kühl und frisch. Nichts in ihrer Erscheinung deutete darauf hin, daß sie eine vierzehntägige Reise über Land hinter sich hatte. George war versteinert. Er war bleich wie der Tod. Sie ging zu ihm.

»Hallo George, ich hatte solche Angst, daß ich dich wieder verpassen würde.«

»Hallo Mabel«, stammelte er.

Er wußte nicht, was er sagen sollte. Er sah hierhin und dorthin: sie stand zwischen ihm und dem Ausgang. Sie sah ihn mit lächelnden blauen Augen an.

»Du hast dich überhaupt nicht verändert«, sagte sie. »Männer können in sieben Jahren so schrecklich verfallen, und ich fürchtete, du könntest fett und glatzköpfig geworden sein. Ich war so nervös. Es wäre schrecklich gewesen, wenn ich mich nach all den Jahren nicht dazu hätte überwinden können, dich überhaupt noch zu heiraten.«

Sie wandte sich an Georges Gastgeber.

»Sind Sie der Konsul?« fragte sie.

»Das bin ich.«

»In Ordnung. Ich werde ihn heiraten, sobald ich gebadet habe.«

Und sie tat es.

Masterson

Als ich Colombo verließ, hatte ich nicht die Absicht, nach Kengtung zu fahren, aber auf dem Schiff traf ich einen Mann, der mir erzählte, er habe fünf Jahre dort gelebt. Er sagte, es gebe dort einen bedeutenden Markt, der alle fünf Tage abgehalten werde, und zu dem Eingeborene aus einem halben Dutzend Ländern und einem halben Hundert Stämmen kämen. Es gebe großartige, geheimnisumwobene Pagoden und eine Einsamkeit, die den suchenden Geist von seiner Furcht befreie. Er sagte, er wolle lieber dort als irgendwo anders auf der Welt leben. Ich fragte ihn, was diese Stadt ihm gegeben habe, und er antwortete: Zufriedenheit. Er war ein großer, dunkler Mann, und seine Gesten waren zurückhaltend wie die von Menschen, die lange allein an abgelegenen Orten gelebt haben. Solche Männer werden in Gesellschaft anderer ein wenig ruhelos, und obwohl sie im Rauchsalon eines Schiffes oder in der Klubbar redselig und gesellig sein können, wie alle anderen ihre Geschichten erzählen, Späße machen und sich manchmal freuen, von ihren ungewöhnlichen Erfahrungen erzählen zu können, scheinen sie immer etwas für sich zu behalten. In ihrem Inneren haben sie ein Leben, das sie vor anderen verborgen halten, und in ihren Augen ist ein Blick, der nach innen gerichtet scheint und einem klarmacht, daß ihr verborgenes Leben das einzig Bedeutungsvolle für sie ist. Und ab und zu verraten ihre Augen den Überdruß an der Gesellschaft, in die der Zufall oder die Angst, anders zu scheinen, sie für einen Moment gezwungen hat. Sie scheinen sich dann nach der öden Einsamkeit eines geliebten Ortes zu sehnen, an dem sie mit der Wirklichkeit, die sie gefunden haben, wieder alleine sein können.

Ebenso wie diese zufällige Bekanntschaft, bewog mich das, was er mir erzählte, die Reise durch die Schan-Staaten zu machen, zu der ich nun aufbrach. Vom Anfang der Eisenbahn in Oberburma bis zu deren Ende in Siam, von wo ich nach Bangkok hinuntergelangen konnte, waren es sechs- bis siebenhundert Meilen. Freundliche Leute hatten alles nur mögliche getan, um mir den Ausflug bequem zu machen, und der Resident in Taungine hatte mir telegraphiert, daß bei meiner Ankunft Maultiere und Pferde bereitstehen würden. In Rangun hatte ich die Sachen gekauft, die mir nötig schienen, Klappstühle und einen Tisch, einen Trinkwasserfilter, Lampen und was weiß ich noch alles. Ich nahm den Zug von Mandalay nach Thaza und wollte dort ein Auto nach Taungine mieten, und ein Mann, den ich im Klub in Mandalay getroffen hatte und der in Thaza lebte, lud mich ein, vor meiner Abreise mit ihm Brunch (die herrliche burmesische Mahlzeit, die Breakfast und Lunch gleichzeitig ist) zu essen. Er hieß Masterson. Er war ein Mann in den frühen Dreißigern, mit freundlichem Gesicht, dunklem, angegrautem, lockigem Haar und schönen dunklen Augen. Er sprach mit einzigartig musikalischer Stimme, sehr langsam, und das ließ einen, ich weiß kaum warum, Vertrauen zu ihm haben. Man fühlte, daß ein Mann, der sich so viel Zeit nahm, um das zu sagen, was er sagen wollte, und erfahren hatte, daß die Leute sich Zeit genug nahmen, ihm zuzuhören, Qualitäten haben mußte, die ihn seinen Mitmenschen sympathisch machten. Er war überzeugt, daß die Menschheit liebenswert sei, und ich nehme an, das gelang ihm nur, weil er selbst liebenswert war. Er hatte einen feinen Sinn für Humor, natürlich ohne Hieb und Parade, aber mit annehmbarem Sarkasmus; deshalb annehmbar, weil er gesunden Menschenverstand mit den Wechselfällen des Lebens verbindet und ihnen so einen leicht lächerlichen Aspekt abgewinnt. Sein Geschäft führte ihn fast das ganze Jahr über kreuz und quer durch Burma, und auf seinen Reisen war er Sammler geworden. Er erzählte mir, daß er alles Ersparte für burmesische Antiquitäten ausgebe, und besonders, um sie mir zu zeigen, lud er mich zum Essen ein.

Der Zug kam früh am Morgen an. Er hatte mir gesagt, daß er mich nicht abholen könne, da er in seinem Büro sein müsse; aber Brunch sollte um zehn sein, und er sagte mir, ich solle zu ihm nach Hause gehen, wenn ich mit den ein oder zwei Dingen, die ich in der Stadt zu erledigen hatte, fertig sei.

»Fühlen Sie sich wie zu Hause«, sagte er, »und wenn Sie einen Drink wollen, sagen Sie dem Boy Bescheid. Ich komme, sobald ich meine Arbeit erledigt habe.«

Ich fand heraus, wo eine Garage war, und machte mit dem Besitzer eines sehr heruntergekommenen Ford aus, mich und mein Gepäck nach Taungine zu bringen. Ich ließ meinen Madras-Diener da, der darauf achten sollte, daß soviel wie möglich eingepackt und der Rest auf den Trittbrettern festgezurrt wurde, und schlenderte zu Mastersons Haus. Es war ein hübscher kleiner Bungalow in einer von großen Bäumen beschatteten Straße und sah im frühen Licht des sonnigen Tages sauber und anheimelnd aus. Ich ging die Treppe hinauf und wurde von Masterson begrüßt.

»Ich bin schneller fertig geworden, als ich dachte. Ich habe Zeit, Ihnen meine Sachen zu zeigen, bevor Brunch fertig ist. Was möchten Sie? Ich fürchte, ich kann Ihnen nur einen Whisky-Soda anbieten.«

»Ist es dafür nicht ein bißchen früh?«

»Ein bißchen schon. Aber es ist eine Hausregel, daß niemand die Schwelle überschreitet, ohne etwas zu trinken.«

»Was soll ich machen? Ich beuge mich der Regel.«

Er rief nach dem Boy, und sofort brachte ein adretter Burmese eine Karaffe, einen Siphon und Gläser herein. Ich setzte mich und sah mich im Zimmer um. Obwohl es noch so früh war, brannte die Sonne draußen heiß, und die Jalousien waren zugezogen. Das Licht war angenehm kühl nach der brennend hellen Straße. Das Zimmer war mit Rohrstühlen bequem eingerichtet, und Aquarelle mit englischen Szenen hingen an den Wänden. Sie waren ein wenig steif und altmodisch, und ich vermutete, daß sie von der unverheirateten ältlichen Tante meines Gastgebers in ihrer Jugend gemalt worden waren. Es waren zwei von einer Kathedrale, die ich nicht kannte, zwei oder drei von einem Rosengarten und eins von einem georgianischen Haus. Als er sah, daß ich es länger betrachtete, sagte er:

»Das war unser Haus in Cheltenham.«

»Oh, stammen Sie von dort?«

Dann war da seine Sammlung. Das Zimmer war voller Buddhas und Holz- oder Bronzefiguren von Buddhas Schülern; es gab Schachteln in allen Formen, Utensilien der einen oder anderen Art, alle möglichen Raritäten, und obwohl es viel zu viele waren, waren sie mit gewissem Geschmack arrangiert, so daß es gefällig wirkte. Er besaß einige sehr schöne Stücke. Er zeigte sie mir voller Stolz, erzählte mir, wie er dieses oder das Objekt bekommen hatte, wie er von einem anderen gehört und es erjagt hatte und von der unglaublichen Raffinesse, die er angewendet hatte, um einen sich sträubenden Besitzer zu überreden, sich davon zu trennen. Seine freundlichen Augen strahlten, wenn er einen großartigen Kauf beschrieb, und funkelten, wenn er über die Unvernunft eines Händlers schimpfte, der, anstatt einen guten Preis für eine Bronzeschale zu akzeptieren, sie wieder mitgenommen hatte. In dem Zimmer waren Blumen, und es machte nicht den verlorenen Eindruck wie so viele Junggesellenbehausungen im Osten.

»Sie haben sich's sehr gemütlich eingerichtet«, sagte ich.

Er sah sich flüchtig im Zimmer um.

»Es *war* gemütlich. Jetzt kaum noch.«

Ich verstand nicht genau, was er meinte. Dann zeigte er mir eine lange, vergoldete, mit Glasmosaik geschmückte Holzschachtel, wie ich sie in dem Palast in Mandalay bewundert hatte, aber sie war feiner gearbeitet als alles, was ich dort gesehen hatte, und ihr edelsteinartiger Reichtum besaß tatsächlich etwas von der zierlichen Feinheit der italienischen Renaissance.

»Man hat mir erzählt, sie sei ungefähr zweihundert Jahre alt«, sagte er. »Man hat schon lange nichts Derartiges mehr gefunden.«

Es war ein Stück, das offensichtlich für den Palast eines Königs gemacht worden war. Es war ein Juwel.

»Wie sieht sie innen aus?« fragte ich.

»Ach, nichts Besonderes. Sie ist einfach nur lackiert.«

Er öffnete sie, und ich sah, daß sie drei oder vier gerahmte Photographien enthielt.

»Oh, ich hatte vergessen, daß die da drin waren«, sagte er.

Seine weiche, musikalische Stimme hatte einen seltsamen Unterton, und ich sah ihn von der Seite an. Er war von der Sonne gebräunt, aber dennoch konnte man sehen, daß er errötete. Er wollte die Schachtel schließen, änderte dann aber seine Meinung. Er nahm eine der Photographien heraus und zeigte sie mir.

»Manche dieser burmesischen Mädchen sind süß, wenn sie jung sind, oder?« fragte er.

Das Photo zeigte ein junges Mädchen, das recht selbstbewußt vor dem konventionellen Hintergrund, einer Pagode und einer Gruppe Palmen, in einem Photoatelier stand. Sie trug ihre besten Kleider und hatte eine Blume im Haar. Aber die Verlegenheit, die sie, wie man sah, fühlte, weil ein Bild von ihr gemacht wurde, verhinderte nicht ein scheues, zitterndes Lächeln auf ihren Lippen, und ihre großen ernsten Augen zwinkerten trotzdem schelmisch. Sie war sehr klein und sehr zart.

»Was für ein hinreißendes kleines Ding«, sagte ich.

Dann nahm Masterson ein anderes Photo heraus, auf dem sie mit einem Baby in den Armen saß und einen Jungen neben sich stehen hatte, der seine Hand furchtsam auf ihr Knie legte. Der Junge starrte geradeaus, mit dem Ausdruck der Angst auf seinem Gesicht, er konnte nicht verstehen, was diese Maschine und der Mann dahinter, mit dem Kopf unter einem schwarzen Tuch, vorhatten.

»Sind das ihre Kinder?« fragte ich.

»Und meine«, sagte Masterson.

In dem Moment kam der Boy herein und sagte, Brunch sei fertig. Wir gingen ins Eßzimmer und setzten uns.

»Ich weiß nicht, was Sie zu essen bekommen werden. Seit mein Mädchen weggegangen ist, geht es im Haus drunter und drüber.«

Ein verdrossener Ausdruck erschien auf seinem roten, ehrlichen Gesicht, und ich wußte nicht, was ich antworten sollte.

»Ich bin so hungrig, daß alles, was ich bekomme, gut sein wird«, sagte ich.

Er sagte gar nichts, und eine Platte mit dünnem Porridge wurde vor uns hingestellt. Ich nahm Milch und Zucker. Masterson aß einen oder zwei Löffel und schob seinen Teller beiseite.

»Ich wünschte, ich hätte diese verfluchten Photos nicht angesehen«, sagte er. »Ich habe sie extra weggelegt.«

Ich wollte nicht neugierig sein oder meinen Gastgeber zu Vertraulichkeiten bewegen, die er nicht zu offenbaren wünschte, aber ich wollte auch nicht zu uninteressiert scheinen, um ihn daran zu hindern, mir etwas zu erzählen, das er auf dem Herzen hatte. Schon oft hat mir ein Mann auf einem einsamen Dschungelposten oder allein in einem steifen, pompösen Haus mitten in einer wimmelnden chinesischen Stadt Geschichten über sich erzählt, von denen ich sicher bin, daß er sie niemals vorher irgend jemand erzählt hatte. Ich war eine flüchtige Bekanntschaft, die er nie zuvor gesehen hatte und nie wieder sehen würde, für einen Augenblick ein Wanderer durch sein monotones Leben, und irgendein ausgehungerter Impuls ließ ihn seine Seele bloßlegen. So habe ich in einer Nacht mehr über Männer erfahren (bei einem oder zwei Siphons und einer Flasche Whisky sitzend, die feindliche, unerklärliche Welt außerhalb des Radius einer Azetylenlampe), als es möglich gewesen wäre, wenn ich sie zehn Jahre lang gekannt hätte. Wenn man sich für die menschliche Natur interessiert, ist das eine der großen Freuden des Reisens. Und wenn man sich trennt (denn man muß zeitig aufstehen), sagen sie einem manchmal:

»Ich fürchte, ich habe Sie mit diesem ganzen Unsinn zu Tode gelangweilt. Ich habe in sechs Monaten nicht soviel geredet. Aber es hat mir gutgetan, es loszuwerden.«

Der Boy nahm die Porridgeteller fort und gab uns jedem ein Stück hellen gebratenen Fisch. Er war ziemlich kalt.

»Der Fisch ist bestialisch, oder?« sagte Masterson. »Ich hasse Flußfisch, außer Forelle; man kann ihn nur mit Worcestersoße ertragen.«

Er nahm sich reichlich und gab mir die Flasche.

»Sie war eine verdammt gute Hausfrau, mein Mädchen; als sie noch hier war, habe ich wie ein Kampfhahn gefuttert. Sie hätte den Koch in einer Viertelstunde aus dem Haus gejagt, wenn er so einen Fraß hereingeschickt hätte.«

Er lächelte mir zu, und ich bemerkte, daß sein Lächeln sehr sanft war. Ich sah ihn besonders freundlich an.

»Es war einigermaßen schwierig, mit ihr auszukommen, wissen Sie.«

Jetzt war es ziemlich klar, daß er reden wollte, und ich zögerte nicht, ihm eine Brücke zu bauen.

»Haben Sie sich gestritten?«

»Nein. Man konnte es kaum Streiten nennen. Sie lebte fünf Jahre mit mir, und wir haben uns noch nicht mal ein bißchen geärgert. Sie war das bestgelaunte kleine Ding, das es je gab. Nichts schien sie aufzuregen. Sie war immer kreuzfidel. Man konnte sie nicht ansehen, ohne daß ihre Lippen anfingen zu lächeln. Sie war immer glücklich. Und es gab auch keinen Grund, warum sie es nicht sein sollte. Ich war immer gut zu ihr.«

»Das glaube ich gern«, antwortete ich.

»Sie war die Hausfrau hier. Ich gab ihr alles, was sie wollte. Vielleicht wäre sie nicht weggegangen, wenn ich ein bißchen gröber gewesen wäre.«

»Lassen Sie mich nicht eine solche Binsenweisheit sagen wie: Frauen sind unberechenbar.«

Er sah mich flehend an, und in dem Lächeln, das kurz in seinen Augen aufflackerte, war eine Spur von Schüchternheit.

»Würde es Sie sehr langweilen, wenn ich Ihnen davon erzählte?«

»Natürlich nicht.«

»Nun ja, eines Tages sah ich sie auf der Straße, und sie gefiel mir. Ich habe Ihnen ihre Photographie gezeigt, aber sie wird ihr nicht annähernd gerecht. Es klingt dumm, so etwas über ein burmesisches Mädchen zu sagen, aber sie war wie eine Rosenknospe, keine englische Rose, wissen Sie, das war sie so wenig, wie die Glasblumen auf dem Kasten, den ich Ihnen gezeigt habe, wie richtige Blumen sind, sondern wie eine Rose, die in einem östlichen Garten gewachsen ist, die etwas Fremdes und Exotisches an sich hat. Ich weiß nicht, wie ich mich ausdrücken soll.«

»Ich denke, ich verstehe trotzdem, was Sie meinen«, sagte ich lächelnd.

»Ich sah sie zwei- oder dreimal und fand heraus, wo sie wohnte. Ich schickte meinen Boy los, um Erkundigungen über sie einzuholen, und er sagte mir, ihre Eltern wären einverstanden, ich könnte sie haben, wenn wir uns arrangieren würden. Ich wollte nicht feilschen, und alles wurde schnell geregelt. Ihre Familie gab eine Party, um das Ereignis zu feiern, und sie kam und lebte hier. Natürlich behandelte ich sie in jeder Hinsicht wie meine Frau und übertrug ihr den Haushalt. Ich sagte den Boys, daß sie ihren Befehlen zu gehorchen hätten, und wenn sie sich über einen von ihnen beschwerte, flog er raus. Wissen Sie, so mancher hält sich sein Mädchen als Hauspersonal, und wenn er unterwegs ist, hat das Mädchen ein ganz mieses Leben. Nun, ich denke, es ist gemein, so was zu machen. Wenn man ein Mädchen hat, das mit einem leben soll, muß man zumindest dafür sorgen, daß es ihr gutgeht.

Sie war großartig, und ich freute mich wie ein Schneekönig. Sie hielt das Haus makellos sauber. Sie ging sparsam mit meinem Geld um. Sie achtete darauf, daß die Boys mich nicht bestahlen. Ich lehrte sie Bridge und, glauben Sie mir, sie lernte es verdammt gut.«

»War sie gerne hier?«

»Sehr. Wenn Leute herkamen, hätte sie sie nicht besser empfangen können, und wenn sie eine Herzogin gewesen wäre. Manchmal mußte ich über die Selbstsicherheit lachen, mit der sie meine Gäste empfing, Regierungsbeamte, wissen Sie, und Soldaten, die hier durchkamen. Wenn ein junger Subalterner ein wenig schüchtern war, nahm sie ihm sofort seine Befangenheit.

Nie drängte sie jemanden oder war aufdringlich, sie war einfach da, wenn sie gebraucht wurde und tat ihr Bestes, damit alles richtig lief und jeder sich wohl fühlte. Und ich will Ihnen was sagen, sie konnte den besten Cocktail mixen, den es zwischen Rangun und Bhamo gab. Die Leute sagten immer, ich sei gut dran.«

»Ich muß sagen, ich denke das auch«, sagte ich.

Der Curry wurde serviert, und ich häufte Reis auf meinen Teller, nahm von dem Huhn und wählte aus einem Dutzend kleiner Schälchen die Zutaten, die ich gerne aß. Der Curry war gut.

»Dann bekam sie die Kinder, drei in drei Jahren, aber eins starb mit sechs Wochen. Ich habe Ihnen ein Photo gezeigt von den beiden, die noch leben. Komische kleine Dinger, nicht? Lieben Sie Kinder?«

»Ja. Ich habe eine seltsame und fast unnatürliche Leidenschaft für ganz kleine Kinder.«

»Ich glaube, ich nicht, wissen Sie. Ich konnte noch nicht mal viel für meine eigenen empfinden. Ich habe mich oft gefragt, ob man merkte, daß ich ein ziemlicher Rabenvater war.«

»Ich glaube nicht. Ich glaube, die Passion, die viele Leute Kindern gegenüber hegen, ist nur eine modische Pose. Ich habe die Idee, daß es Kindern besser geht, wenn sie nicht mit zuviel elterlicher Liebe belastet werden.«

»Dann bat mich mein Mädchen, sie zu heiraten, ich meine legal, nach englischem Recht. Ich hielt das für einen Witz. Ich wußte nicht, wie sie sich so was in den Kopf setzen konnte. Ich dachte, es sei nur eine Laune und schenkte ihr ein goldenes Armband, um sie ruhig zu halten. Aber es war keine Laune. Sie meinte es ganz ernst. Ich sagte ihr, das käme nicht in Frage. Aber Sie wissen, wie Frauen sind; wenn sie sich einmal etwas in den Kopf gesetzt haben, lassen sie einem keine Ruhe mehr. Sie schmeichelte und schmollte, sie weinte, sie appellierte an meine Liebe, sie versuchte, mir ein Versprechen abzuluchsen, als ich ziemlich betrunken war, sie lag auf der Lauer, wenn ich mich verliebt fühlte, sie erwischte mich fast, als sie krank war. Ich glaube, sie beobachtete mich genauer, als ein Börsenmakler jemals den Markt beobachtet hat, und ich wußte, wie natürlich sie auch schien, wie sehr sie auch von etwas anderem gefesselt schien, sie war immer auf dem Sprung nach dem unachtsamen

Moment, wo sie über mich herfallen und ihr Ziel erreichen könnte.«

Wieder zeigte mir Masterson sein langsames, treuherziges Lächeln.

»Ich vermute, die Frauen sind auf der ganzen Welt ziemlich gleich«, sagte er.

»Ich glaube auch«, antwortete ich.

»Eine Sache, die ich nie verstehen konnte, ist, warum eine Frau es für lohnend hält, einen etwas tun zu lassen, das man nicht tun will. Lieber will sie, daß man eine Sache widerwillig tut, als daß man sie überhaupt nicht tut. Ich verstehe nicht, was für eine Befriedigung ihnen das gibt.«

»Die Befriedigung des Triumphs. Ein Mann, der gegen seinen Willen überzeugt wird, kann immer noch der gleichen Meinung sein, aber eine Frau kümmert das nicht. Sie hat gesiegt. Sie hat ihre Macht bewiesen.«

Masterson zuckte die Achseln. Er trank eine Tasse Tee.

»Sehen Sie, sie sagte, früher oder später würde ich ein englisches Mädchen heiraten und sie rausschmeißen. Ich sagte, ich dächte nicht an Heiraten. Sie sagte, sie wüßte das. Aber selbst wenn ich es nicht täte, würde ich eines Tages weggehen und nach England zurückkehren. Und was würde dann aus ihr? So ging das ein Jahr lang. Ich blieb standhaft. Dann sagte sie, wenn ich sie nicht heirate, würde sie gehen und die Kinder mitnehmen. Ich sagte ihr, sie solle nicht so eine dumme kleine Närrin sein. Sie sagte, wenn sie mich jetzt verlassen würde, könnte sie einen Burmesen heiraten, aber in ein paar Jahren würde sie niemand mehr wollen. Sie begann, ihre Sachen zu packen. Ich hielt es nur für einen Bluff und ging darauf ein: Ich sagte: ›Gut, geh, wenn du willst, aber wenn du das tust, kommst du mir nicht mehr zurück.‹ Ich dachte nicht, daß sie dieses Haus aufgeben würde und die Geschenke, die ich ihr gemacht hatte und alle die Vorteile, um zu ihrer Familie zurückzugehen. Sie waren arm wie die Kirchenmäuse. Nun, sie packte weiter. Sie war mir gegenüber genauso freundlich wie immer, sie war fröhlich und lächelte; als irgendwelche Leute kamen, um hier zu übernachten, war sie freundlich wie gewöhnlich und spielte bis morgens um zwei Bridge mit uns. Ich konnte nicht glauben, daß sie wirklich gehen wollte, und doch hatte ich Angst. Ich liebte sie sehr. Sie war verdammt gut.«

»Aber wenn Sie sie geliebt haben, warum um alles in der Welt haben Sie sie nicht geheiratet? Es wäre großartig geworden.«

»Das werde ich Ihnen sagen. Wenn ich sie geheiratet hätte, hätte ich für den Rest meines Lebens in Burma bleiben müssen. Früher oder später werde ich mich zurückziehen, und dann will ich in meine alte Heimat zurück und dort leben. Ich will nicht hier draußen begraben werden. Ich will auf einem englischen Friedhof begraben werden. Ich bin sehr glücklich hier, aber ich will nicht für immer hier leben. Ich kann nicht. Ich brauche England. Manchmal machen mich diese heiße Sonne und diese grellen Farben krank. Ich möchte grauen Himmel, sanften Regen und den Landgeruch. Ich werde ein komischer, fetter ältlicher Mann sein, wenn ich zurückgehe, zu alt zum Jagen, selbst wenn ich es mir leisten könnte, aber ich kann angeln. Ich will keine Tiger schießen, ich will Kaninchen schießen. Und ich kann auf einem guten Platz Golf spielen. Ich weiß, ich werde draußen sein, wir Leute, die wir hier draußen unser Leben verbracht haben, sind immer draußen, aber ich kann im örtlichen Klub herumsitzen und mit pensionierten Anglo-Indern reden. Ich möchte den grauen Bürgersteig einer englischen Provinzstadt unter meinen Füßen spüren, ich möchte zum Metzger gehen und mich mit ihm streiten können, weil das Steak, das er mir gestern geschickt hat, zäh war, und ich möchte in Buchantiquariaten herumstöbern. Ich möchte, daß Leute mir auf der Straße guten Tag sagen, die mich schon kannten, als ich noch ein kleiner Junge war. Und ich möchte einen Garten mit einer Mauer darum hinter dem Haus haben und Rosen züchten. Ich glaube, das alles klingt sehr fad und provinziell und dumpf für Sie, aber so haben meine Leute immer gelebt, und so will ich auch leben. Es ist ein Traum, wenn Sie wollen, aber es ist alles, was ich habe, es ist das Wichtigste auf der Welt für mich, und ich kann es nicht aufgeben.«

Er schwieg für einen Augenblick und sah mir in die Augen.

»Halten Sie mich für einen schrecklichen Narren?«

»Nein.«

»Dann kam sie eines Morgens zu mir und sagte, sie ginge jetzt. Sie hatte ihre Sachen auf einen Karren gepackt, und selbst da glaubte ich nicht, daß sie es ernst meinte. Dann setzte sie die beiden Kinder in eine Rikscha und kam, um mir Lebewohl zu sagen. Sie begann zu weinen. Lieber Himmel, das machte mich ganz schön fertig. Ich fragte sie, ob sie wirklich entschlossen sei zu gehen, und sie sagte, ja, wenn ich sie nicht heiraten würde. Ich schüttelte den Kopf. Ich hätte fast nachgegeben. Ich fürchte, ich weinte auch. Dann schluchzte sie auf und rannte aus dem Haus. Ich mußte ein halbes Wasserglas Whisky trinken, um meine Nerven zu beruhigen.«

»Wie lange ist das her?«

»Vier Monate. Zuerst dachte ich, sie würde wiederkommen, und dann schickte ich meinen Boy, um ihr zu sagen, daß ich sie nehmen würde, wenn sie kommen wollte, weil ich dachte, sie würde sich schämen, den ersten Schritt zu machen. Aber sie lehnte ab. Das Haus schien schrecklich leer ohne sie. Zuerst dachte ich, ich würde mich dran gewöhnen, aber irgendwie scheint es nicht weniger leer zu werden. Ich hatte nicht gewußt, wieviel sie mir bedeutete. Ich hatte mein Herz an sie gehängt.«

»Ich nehme an, sie wird zurückkommen, wenn Sie einverstanden sind, sie zu heiraten.«

»Oh, ja, das sagte sie dem Boy. Manchmal frage ich mich, ob es sich lohnt, mein Glück einem Traum zu opfern. Es ist nur ein Traum, oder? Es ist komisch, eins der Dinge, die mich davon abhalten, ist der Gedanke an eine schmutzige Straße, die ich kenne, mit herrlichen Ziegelsteingehsteigen auf beiden Seiten und Buchen, die sich darüberbeugen. Sie hat eine Art kalten, erdigen Geruch, den ich nie ganz aus der Nase bekomme. Ich mache ihr keinen Vorwurf, wissen Sie. Ich bewundere sie eher. Ich hatte keine Ahnung, daß sie soviel Charakter besaß. Manchmal möchte ich sehr gerne nachgeben.« Er zögerte eine Weile. »Ich denke, vielleicht, wenn ich wüßte, sie liebt mich, würde ich es auch tun. Aber natürlich liebt sie mich nicht; sie tun das nie, diese Mädchen, die hingehen und mit weißen Männern leben. Ich denke, sie hatte mich gern, aber das ist alles. Was würden Sie an meiner Stelle tun?«

»Aber mein Lieber, wie kann ich das sagen? Werden Sie je diesen Traum vergessen?«

»Niemals.«

In dem Moment kam der Boy herein und meldete, daß mein Madras-Diener mit dem Ford vorgefahren sei. Masterson sah auf die Uhr.

»Sie wollen los, nicht? Und ich muß zurück in mein Büro. Ich fürchte, ich habe Sie mit meinen Privatangelegenheiten sehr gelangweilt.«

»Ganz und gar nicht«, sagte ich.

Wir schüttelten uns die Hand, ich setzte meinen Tropenhelm auf, und er winkte mir nach, als das Auto davonfuhr.

Prinzessin September

Zuerst bekam der König von Siam zwei Töchter, und er nannte sie Nacht und Tag. Dann bekam er noch zwei, deshalb änderte er die Namen der beiden ersten und nannte die vier nach den Jahreszeiten, Frühling, Herbst, Winter und Sommer. Aber im Lauf der Zeit bekam er noch drei und änderte ihre Namen noch mal und nannte alle sieben nach den Wochentagen. Als aber seine achte Tochter geboren wurde, wußte er nicht, was er tun sollte, bis er plötzlich an die zwölf Monate des Jahres dachte. Die Königin sagte, es gebe nur zwölf, und es verwirre sie, sich an so viele neue Namen erinnern zu müssen, aber der König hatte einen methodischen Geist, und wenn er sich einmal zu etwas entschlossen hatte, konnte er es nicht mehr ändern, sosehr er es auch versuchte. Er änderte die Namen aller seiner Töchter und nannte sie Januar, Februar, März (aber natürlich auf Siamesisch), bis er zur jüngsten kam, die August genannt wurde, und die nächste hieß September.

»Da bleiben nur noch Oktober, November und Dezember übrig«, sagte die Königin. »Und danach müssen wir wieder ganz von vorne anfangen.«

»Nein, müssen wir nicht«, sagte der König, »denn ich denke, zwölf Töchter sind genug für jeden Mann, und wenn die süße kleine Dezember geboren ist, werde ich bedauerlicherweise gezwungen sein, dir den Kopf abzuschneiden.«

Er weinte bitterlich, als er das sagte, denn er liebte die Königin außerordentlich. Natürlich machte das die Königin sehr traurig, denn sie wußte, es würde den König sehr schmerzen, wenn er ihr den Kopf abschneiden müßte. Und für sie wäre es auch nicht gerade schön. Aber es ergab sich, daß es für beide unnötig war, sich zu sorgen, denn September war die letzte Tochter, die sie je bekamen. Die Königin gebar danach nur noch Söhne, und die wurden nach den Buchstaben des Alphabets benannt, so daß in dem Falle für lange Zeit kein Grund zur Sorge bestand, denn sie hatte erst den Buchstaben J erreicht.

Nun waren dadurch, daß sie auf diese Art ihre Namen ändern mußten, die Charaktere der Töchter des Königs von Siam dauernd verbittert worden, und die älteren, die natürlich ihre Namen öfter als die anderen ändern mußten, hatten einen noch verbitterteren Charakter. Aber September, die nie erfahren hatte, was es bedeutet, anders als September genannt zu werden (außer natürlich von ihren Schwestern, die sie, weil ihre Charaktere verbittert waren, mit allen möglichen Namen belegten), hatte ein sanftes und liebreizendes Gemüt.

Der König von Siam hatte eine Gewohnheit, die, wie ich meine, nützlicherweise in Europa nachgeahmt werden könnte. Anstatt zu seinem Geburtstag Geschenke zu erhalten, verteilte er welche, und es scheint, als liebte er seine Gewohnheit, denn er pflegte oft zu sagen, daß es ihm leid tue, nur an einem Tag geboren zu sein, und deshalb nur einen Geburtstag im Jahr zu haben. Aber so gelang es ihm, im Lauf der Zeit all seine Hochzeitsgeschenke und die Ergebenheitsgeschenke, die die Bürgermeister der siamesischen Städte ihm überreichten, mit all seinen Kronen, die aus der Mode gekommen waren, wegzuschenken. In einem Jahr schenkte er, weil er nichts anderes zur Hand hatte, jeder seiner Töchter einen wunderschönen grünen Papagei in einem wunderschönen goldenen Käfig zu seinem Geburtstag. Es waren neun, und auf jedem Käfig stand der Name des Monats geschrieben, der der Name der Prinzessin war, der er gehörte. Die neun Prinzessinnen waren sehr stolz auf ihre Papageien, und sie verbrachten jeden Tag eine Stunde (denn wie ihr Vater, hatten sie einen methodischen Geist) damit, sie sprechen zu lehren. Bald konnten alle Papageien Gott schütze den König sagen (auf Siamesisch, was sehr schwer ist), und einige konnten Pretty Polly in nicht weniger als sieben orientalischen Sprachen sagen. Aber eines Tages, als Prinzessin September ihrem Papagei guten Morgen sagen wollte, fand sie ihn tot auf dem Boden seines goldenen Käfigs. Sie brach in eine Flut von Tränen aus, und nichts, was ihre Ehrenjungfrauen sagen konnten, tröstete sie. Sie weinte so sehr, daß die Ehrenjungfrauen, ratlos, was zu tun sei, die Königin unterrichteten, und die Königin sagte, es sei dummes Zeug, und das Kind solle einfach ohne Abendbrot ins Bett gesteckt werden. Die Ehrenjungfrauen wollten auf eine Party, und deshalb brachten sie Prinzessin September so schnell wie möglich ins Bett und ließen sie allein. Und als sie, immer noch weinend, obwohl sie sich sehr hungrig fühlte, in ihrem Bett lag, sah sie einen kleinen Vogel in ihr Zimmer hüpfen. Sie nahm den Daumen aus dem Mund und setzte sich auf. Da begann der kleine Vogel zu singen, und er sang ein wunderschönes Lied über den See im Garten des Königs und die Weidenbäume, die sich in dem stillen Wasser betrachteten, und die Goldfische, die zwischen den Ästen, die sich im Wasser spiegelten, hin und her glitten. Als er geendet hatte, weinte die Prinzessin nicht mehr, und sie vergaß völlig, daß sie kein Abendbrot bekommen hatte.

»Das war ein schönes Lied«, sagte sie.

Der kleine Vogel verbeugte sich vor ihr, denn Künstler haben selbstverständlich gute Manieren, und sie lieben es, anerkannt zu werden.

»Würdest du gerne mich anstelle deines Papageis haben?« sagte der kleine Vogel. »Es stimmt, ich bin nicht so schön, aber andererseits habe ich eine viel bessere Stimme.«

Prinzessin September klatschte vor Freude in die Hände, und da hüpfte der kleine Vogel auf das Fußende ihres Bettes und sang sie in den Schlaf.

Als sie am nächsten Tag erwachte, saß der kleine Vogel immer noch da, und als sie die Augen öffnete, sagte er guten Morgen. Die Ehrenjungfrauen brachten ihr Frühstück herein, und er aß Reis aus ihrer Hand und badete in ihrer Untertasse. Er trank auch daraus. Die Ehrenjungfrauen sagten, sie meinten, es sei nicht sehr fein, das eigene Badewasser zu trinken, aber Prinzessin September sagte, das sei eben das künstlerische Temperament. Als er gefrühstückt hatte, begann er wieder so wunderschön zu singen, daß die Ehrenjungfrauen ganz überrascht waren, denn sie hatten so etwas noch nie gehört, und Prinzessin September war sehr stolz und glücklich.

»Nun möchte ich dich meinen acht Schwestern zeigen«, sagte die Prinzessin.

Sie streckte den Daumen ihrer rechten Hand aus, so daß er als Sitzstange diente, und der kleine Vogel flog herunter und setzte sich darauf. Dann ging sie, gefolgt von ihren Ehrenjungfrauen, durch den Palast und besuchte der Reihe nach alle Prinzessinnen, angefangen bei Januar, denn sie wahrte die Etikette, bis hinunter zu August. Und für jede Prinzessin sang der kleine Vogel ein anderes Lied. Aber die Papageien konnten nur Gott schütze den König und Pretty Polly sagen. Zuletzt zeigte sie den kleinen Vogel dem König und der Königin. Sie waren überrascht und entzückt.

»Ich wußte, es war richtig, dich ohne Abendbrot ins Bett zu schicken«, sagte die Königin.

»Dieser Vogel singt viel besser als die Papageien«, sagte der König.

»Ich hätte mir denken können, daß es dich langsam langweilt, die Leute Gott schütze den König sagen zu hören«, sagte die Königin. »Ich weiß nicht, warum die Mädchen es ihre Papageien auch noch lehren wollten.«

»Das Gefühl ist erhebend«, sagte der König, »und ich kann es nicht oft genug hören. Aber es langweilt mich wirklich, diese Papageien Pretty Polly sagen zu hören.«

»Sie sagen es in sieben verschiedenen Sprachen«, sagten die Prinzessinnen.

»Das muß ich zugeben«, sagte der König. »Aber es erinnert mich zu sehr an meine Ratgeber. Sie sagen die gleiche Sache auf sieben verschiedene Arten, und es bedeutet gar nichts, egal, wie sie es sagen.«

Die Prinzessinnen, deren Charaktere, wie ich bereits sagte, natürlich verbittert waren, waren darüber verärgert, und die Papageien sahen wirklich finster drein. Aber Prinzessin September lief durch alle Räume des Palastes und sang wie eine Lerche, während der kleine Vogel sie umkreiste und wie eine Nachtigall sang, was er auch war.

So ging es einige Tage weiter, und dann steckten die acht Prinzessinnen die Köpfe zusammen. Sie gingen zu September, setzten sich im Kreis um sie nieder und verbargen ihre Füße, wie sich das für siamesische Prinzessinnen gehört.

»Meine arme September«, sagten sie. »Wir sind traurig über den Tod deines wunderschönen Papageis. Es muß schrecklich für dich sein, keinen Vogel zu haben wie wir. Deshalb haben wir alle unser Taschengeld zusammengelegt und werden dir einen schönen grünen und gelben Papagei kaufen.«

»Nein danke«, sagte September. (Das war nicht sehr höflich von ihr, aber siamesische Prinzessinnen sind manchmal etwas kurz angebunden gegeneinander.) »Ich habe einen Vogel, der singt mir die lieblichsten Lieder, und ich weiß nicht, was ich um alles in der Welt mit einem grünen und gelben Papagei soll.«

Januar schniefte, Februar schniefte, dann schniefte März;

tatsächlich schnieften alle Prinzessinnen, jedoch in der richtigen Reihenfolge. Als sie damit fertig waren, fragte September:

»Warum schnieft ihr? Habt ihr alle einen Schnupfen?«

»Nein, meine Liebe«, sagten sie, »es ist absurd, von *deinem* Vogel zu reden, wenn der kleine Wicht rein- und rausfliegt, wie er will.«

Sie sahen sich im Zimmer um und zogen die Augenbrauen so hoch, daß ihre Stirnen ganz und gar verschwanden.

»Ihr werdet schreckliche Falten bekommen«, sagte September.

»Dürfen wir vielleicht fragen, wo dein Vogel jetzt ist?« sagten sie.

»Er besucht seinen Schwiegervater«, sagte September.

»Und wieso denkst du, daß er zurückkommt?« fragten die Prinzessinnen.

»Er kommt immer zurück«, sagte September.

»Nun, meine Liebe«, sagten die acht Prinzessinnen, »wenn du auf uns hören willst, dann geh lieber kein solches Risiko ein. Wenn er zurückkommt – und glaub uns, du hast wirklich Glück, wenn er's tut –, sperr ihn in den Käfig und laß ihn nicht mehr raus. Nur so kannst du seiner sicher sein.«

»Aber ich möchte, daß er im Zimmer herumfliegt«, sagte September.

»Sicher ist sicher«, sagten ihre Schwestern ominös.

Sie standen auf, gingen kopfschüttelnd hinaus und ließen September sehr unruhig zurück. Es schien ihr, daß ihr kleiner Vogel lange fortblieb, und sie wußte nicht, was er tat. Es könnte ihm etwas zugestoßen sein. Bei den Falken und den Vogelstellern wußte man nie, in welch schlimme Situationen er geraten konnte. Außerdem könnte er sie vergessen oder einen anderen liebgewinnen; das wäre schrecklich; oh, sie wünschte, er wäre gesund zurück und in dem goldenen Käfig, der leer und wartend dastand. Als die Ehrenjungfrauen den toten Papagei begraben hatten, hatten sie den Käfig an der alten Stelle stehenlassen.

Plötzlich hörte September ein twiet-twiet gerade hinter ihrem Ohr, und sie sah den kleinen Vogel auf ihrer Schulter sitzen. Er war so still hereingekommen und so leicht gelandet, daß sie ihn nicht gehört hatte.

»Ich habe mich gefragt, was um alles in der Welt mit dir geschehen sein könnte«, sagte die Prinzessin.

»Ich habe mir gedacht, daß du dich das fragen würdest«, sagte der kleine Vogel. »Tatsache ist, daß ich um ein Haar heute nacht überhaupt nicht zurückgekommen wäre. Mein Schwiegervater hat eine Party veranstaltet, und alle wollten, daß ich bliebe, aber ich dachte, du würdest dich ängstigen.«

So wie die Dinge lagen, machte der kleine Vogel da eine sehr unglückliche Bemerkung.

September fühlte ihr Herz wump, wump in ihrer Brust klopfen und entschloß sich, kein Risiko mehr einzugehen. Sie ergriff den Vogel mit der Hand. Das war er gewöhnt, denn sie fühlte gerne sein Herz in der Höhle ihrer Hand schlagen, pit-e-pet, so schnell, und ich glaube, er liebte die weiche Wärme ihrer kleinen Hand. Deshalb argwöhnte der Vogel nichts und war so überrascht, als sie ihn hinüber zum Käfig trug, ihn hineinstieß und die Tür hinter ihm schloß, daß er für einen Moment sprachlos war. Aber nach ein oder zwei Augenblicken hüpfte er auf die Elfenbeinstange und sagte:

»Soll das ein Witz sein?«

»Das ist kein Witz«, sagte September, »einige von Mamas Katzen streunen heute nacht herum, und ich denke, du bist da drin viel sicherer.«

»Ich verstehe nicht, warum die Königin all diese Katzen haben muß«, sagte der kleine Vogel ziemlich verdrossen.

»Nun ja, weißt du, es sind ganz besondere Katzen«, sagte die Prinzessin, »sie haben blaue Augen und eine Schleife im Schwanz, und sie sind eine Spezialität der königlichen Familie, wenn du verstehst, was ich meine.«

»Ganz genau«, sagte der kleine Vogel, »aber warum hast du mich in diesen Käfig gesperrt, ohne etwas davon zu sagen? Ich glaube nicht, daß ich mich hier wohl fühle.«

»Ich hätte die ganze Nacht kein Auge zugetan, wenn ich dich nicht in Sicherheit gewußt hätte.«

»Nun gut, nur für dieses eine Mal soll es mir recht sein«, sagte der kleine Vogel, »wenn du mich am Morgen wieder rausläßt.«

Er aß ein sehr gutes Abendbrot und begann dann zu singen. Aber mitten im Lied hörte er plötzlich auf.

»Ich weiß nicht, was mit mir los ist«, sagte er, »aber mir ist heute abend nicht nach Singen zumute.«

»Gut, gut«, sagte September, »schlaf lieber.«

Er steckte also seinen Kopf unter den Flügel und war nach einer Minute fest eingeschlafen. September ging auch schlafen. Aber als die Morgendämmerung hereinbrach, wurde sie von dem kleinen Vogel aufgeweckt, der sie rief, so laut er nur konnte.

»Wach auf, wach auf«, sagte er. »Mach diese Käfigtür auf und laß mich raus. Ich möchte ordentlich fliegen, solange der Tau noch auf dem Boden liegt.«

»Du bist viel besser aufgehoben, wo du bist«, sagte September. »Du hast einen wunderschönen goldenen Käfig. Der beste Handwerker im Königreich meines Papas hat ihn gebaut, und mein Papa hat sich so darüber gefreut, daß er ihm den Kopf abgeschnitten hat, damit er keinen anderen bauen kann.«

»Laß mich raus, laß mich raus«, sagte der kleine Vogel.

»Du bekommst von meinen Ehrenjungfrauen drei Mahlzeiten am Tag serviert; du brauchst dich von morgens bis abends um nichts zu kümmern und kannst nach Herzenslust singen.«

»Laß mich raus, laß mich raus«, sagte der kleine Vogel. Und er versuchte, durch das Käfiggitter zu schlüpfen, aber es gelang ihm natürlich nicht, und er schlug gegen die Tür, aber er konnte sie natürlich nicht öffnen. Da kamen die acht Prinzessinnen herein und betrachteten ihn. Sie sagten September, wie klug sie sei, ihrem Rat gefolgt zu sein. Sie sagten, er werde sich bald an den Käfig gewöhnt haben und in ein paar Tagen vergessen, daß er je frei gewesen war. Solange sie da waren, sagte der kleine Vogel überhaupt nichts, aber sobald sie gegangen waren, begann er wieder zu schreien: »Laß mich raus, laß mich raus.«

»Sei doch nicht so ein alter Dummkopf«, sagte September. »Ich habe dich nur in den Käfig gesperrt, weil ich dich so gern habe. *Ich* weiß viel besser, was gut für dich ist, als du selber. Sing ein kleines Lied für mich, und ich gebe dir ein Stück braunen Zucker.«

Aber der kleine Vogel stand in der Ecke seines Käfigs, sah zum blauen Himmel hinauf und sang keinen Ton. Er sang den ganzen Tag nicht.

»Was hat es für einen Sinn, zu schmollen?« sagte September. »Warum singst du nicht und vergißt deine Sorgen?«

»Wie kann ich singen«, antwortete der kleine Vogel. »Ich möchte die Bäume sehen und den See und den grünen Reis, der auf den Feldern wächst.«

»Wenn das alles ist, was du willst, werde ich dich auf einen Spaziergang mitnehmen«, sagte September.

Sie nahm den Käfig und ging hinaus und hinunter zum See, um den die Weidenbäume wuchsen, und sie stand am Rand der Reisfelder, die sich ausdehnten, so weit das Auge reichte.

»Ich werde dich jeden Tag ausführen«, sagte sie. »Ich liebe dich, und alles, was ich möchte, ist, dich glücklich zu machen.«

»Es ist nicht das gleiche«, sagte der kleine Vogel. »Die Reisfelder und der See und die Weidenbäume sehen sehr anders aus, wenn man sie durch das Gitter eines Käfigs sieht.«

Also brachte sie ihn wieder nach Hause und gab ihm sein Abendbrot. Aber er aß nichts. Die Prinzessin war darüber ein bißchen besorgt und fragte ihre Schwestern, was sie davon hielten.

»Du mußt fest bleiben«, sagten sie.

»Aber wenn er nicht ißt, wird er sterben«, antwortete sie.

»Das wäre sehr undankbar von ihm«, sagten sie. »Er muß doch wissen, daß du nur sein Bestes willst. Wenn er eigensinnig ist und stirbt, geschieht es ihm recht, und du kannst froh sein, wenn du ihn los bist.«

September konnte nicht einsehen, was *ihr* das viel nützen könnte, aber sie waren acht gegen eine und alle älter, also sagte sie nichts.

»Vielleicht wird er sich bis morgen an seinen Käfig gewöhnt haben«, sagte sie.

Und als sie am nächsten Tag aufwachte, rief sie mit fröhlicher Stimme guten Morgen. Sie bekam keine Antwort. Sie sprang aus dem Bett und rannte bis zum Käfig. Sie stieß einen entsetzten Schrei aus, denn der kleine Vogel lag da, auf dem Boden, auf der Seite, die Augen zu und sah aus, als sei er tot. Sie öffnete die Tür, steckte ihre Hand hinein und holte ihn heraus. Sie gab einen erleichterten Seufzer von sich, denn sie fühlte, daß sein kleines Herz noch schlug.

»Wach auf, wach auf, kleiner Vogel«, sagte sie.

Sie begann zu weinen, und ihre Tränen fielen auf den kleinen Vogel. Er öffnete die Augen und merkte, daß die Käfigstäbe ihn nicht mehr umgaben.

»Ich kann nicht singen, wenn ich nicht frei bin, und wenn ich nicht singen kann, sterbe ich«, sagte er.

Die Prinzessin seufzte tief.

»Dann sei frei«, sagte sie, »ich habe dich in einen goldenen Käfig gesperrt, weil ich dich geliebt habe und ganz für mich alleine haben wollte. Aber ich habe bestimmt nicht gewußt, daß es dich töten würde. Geh. Flieg durch die Bäume, die um den See stehen, und flieg über die grünen Reisfelder. Ich liebe dich genug, um dich auf deine Art glücklich sein zu lassen.«

Sie stieß das Fenster auf und setzte den kleinen Vogel sanft auf das Fensterbrett. Er schüttelte sich ein bißchen.

»Komm und geh, wie du willst, kleiner Vogel«, sagte sie. »Ich werde dich nie mehr in einen Käfig sperren.«

»Ich werde kommen, weil ich dich liebe, kleine Prinzessin«, sagte der Vogel. »Und ich werde dir die schönsten Lieder singen, die ich kenne. Ich werde weit fortfliegen, aber ich werde immer wieder zurückkommen, und ich werde dich niemals vergessen.« Er schüttelte sich noch einmal. »Du liebes bißchen, wie steif ich bin«, sagte er.

Dann öffnete er seine Flügel und flog geradewegs ins Blaue. Aber die kleine Prinzessin brach in Tränen aus, denn es ist sehr schwer, das Glück eines, den man liebt, vor das eigene zu setzen, und da ihr kleiner Vogel nun weit weg und nicht mehr zu sehen war, fühlte sie sich plötzlich sehr einsam. Als ihre Schwestern erfuhren, was geschehen war, verspotteten sie sie und sagten, der kleine Vogel werde nie mehr zurückkommen. Aber schließlich kam er doch zurück. Und er saß auf Septembers Schulter und aß aus ihrer Hand und sang ihr die schönsten Lieder vor, die er gelernt hatte, als er die schönen Gegenden der Welt besuchte. September ließ ihr Fenster Tag und Nacht offen, damit der kleine Vogel immer, wenn er wollte, in ihr Zimmer kommen konnte, und das war gut für sie; so wurde sie außergewöhnlich schön. Und als sie alt genug war, heiratete sie den König von Kambodscha und wurde den ganzen Weg bis zu der Stadt, in der er lebte, von einem weißen Elefanten getragen. Aber ihre Schwestern schliefen nie bei offenem Fenster, deshalb wurden sie außergewöhnlich häßlich und widerwärtig, und als die Zeit kam, sie zu verheiraten, wurden sie an die Ratgeber des Königs weggegeben mit einem Pfund Tee und einer Siamkatze.

Eine Vernunftehe

Ich verließ Bangkok auf einem schäbigen kleinen Schiff von vier- oder fünfhundert Tonnen. In dem schmutzigen Salon, der auch als Eßraum diente, standen der Länge nach zwei schmale Tische mit Drehstühlen auf beiden Seiten. Die Kabinen lagen im Schiffsinneren und waren extrem schmutzig. Kakerlaken spazierten über den Fußboden, und man mag noch so heiteren Gemütes sein, es ist schwierig, sich nicht zu ekeln, wenn man zum Händewaschen ans Waschbecken geht und eine riesige Kakerlake gemütlich herausstolziert.

Wir tuckerten den breiten und faulen und lächelnden Fluß hinunter, und seine grünen Ufer waren gesprenkelt mit kleinen Hütten auf Pfählen, die nahe am Wasser standen. Wir durchfuhren die Hafenbarre; und die offene See, blau und ruhig, dehnte sich vor uns aus. Ihr Anblick und ihr Geruch erregten mich.

Ich war am frühen Morgen an Bord gegangen und entdeckte bald, daß ich mitten unter die seltsamste Gruppe von Leuten geraten war, die ich je gesehen hatte. Es waren zwei französische Händler und ein belgischer Oberst, ein italienischer Tenor, der amerikanische Besitzer eines Zirkus mit seiner Frau und ein pensionierter französischer Beamter mit der seinen. Der Zirkusbesitzer war, was man einen geselligen Menschen nennt, ein Typ, den man je nach Stimmung begrüßt oder flieht, aber zufällig fühlte ich mich sehr zufrieden mit meinem Dasein, und ehe ich noch eine Stunde an Bord war, hatten wir um Drinks gewürfelt, und er hatte mir seine Tiere gezeigt. Er war ein sehr kleiner, dicker Mann, und sein Vorhemd, weiß, aber nicht allzu sauber, kehrte die stattlichen Proportionen seines Bauches hervor, aber der Kragen war so eng, daß man sich wundern mußte, warum er nicht erstickte. Er hatte ein rotes, glattrasiertes Gesicht, fröhliche, blaue Augen und kurze, unordentliche sandfarbene Haare. Er trug einen verbeulten Tropenhelm weit auf den Hinterkopf geschoben. Er hieß Wilkins und war in Portland, Oregon, geboren. Es scheint, daß der Orientale eine Leidenschaft für den Zirkus hat, und Mr. Wilkins war zwanzig Jahre mit seiner Menagerie und seinen Karussells kreuz und quer durch den Osten gefahren, von

Port Said nach Yokohama (Aden, Bombay, Madras, Kalkutta, Rangun, Singapur, Penang, Bangkok, Saigon, Huë, Hanoi, Hongkong, Schanghai, die Namen rollen schmackhaft auf der Zunge, bevölkern die Phantasie mit Sonnenschein und fremdartigen Klängen und vielfarbiger Aktivität). Er hatte ein seltsames Leben geführt, und, so sollte man meinen, eines, das alle Arten seltsamer Erlebnisse bot, aber das Verrückte bei ihm war, daß er ein vollkommen alltäglicher kleiner Mann war, und man hätte sich ihn als Garagenbesitzer oder Besitzer eines drittklassigen Hotels in einer zweitklassigen Stadt in Kalifornien vorstellen können. Tatsache ist, und das habe ich so oft bemerkt, daß ich nicht weiß, warum es mich immer wieder überrascht, daß die Außergewöhnlichkeit des Lebens eines Mannes ihn nicht außergewöhnlich macht, sondern im Gegenteil, wenn ein Mann außergewöhnlich ist, wird er Außergewöhnliches aus einem so alltäglichen Leben wie dem eines Landpfarrers machen. Ich wünschte, ich könnte es für richtig erachten, hier die Geschichte des Eremiten zu erzählen, den ich auf einer Insel in der Torres-Straße besuchte, eines schiffbrüchigen Matrosen, der dort dreißig Jahre lang alleine gelebt hatte, aber wenn man ein Buch schreibt, ist man durch die vier Wände seines Sujets eingeengt, und obwohl ich zu meiner eigenen Unterhaltung gerne abschweifen würde, unterlasse ich es lieber, denn wegen meiner Vorstellung von dem, was zwischen zwei Buchdeckel gehört und was nicht, wäre ich am Ende gezwungen, es wieder zu eliminieren. Jedenfalls, das Ergebnis war, daß trotz seiner langen und engen Verbindung mit der Natur und trotz dem Alleinesein mit seinen Gedanken der Mann am Ende dieses Experiments ein genauso dumpfer, uneinfühlsamer und vulgärer Dummkopf war, wie er es an dessen Anfang gewesen sein muß.

Der italienische Sänger ging an uns vorbei, und Mr. Wilkins erzählte mir, er sei Neapolitaner und auf dem Wege nach Hongkong, um sich wieder seiner Truppe anzuschließen, die er wegen eines Malariaanfalls in Bangkok verlassen mußte. Er war riesengroß und sehr dick, und als er sich auf einen Stuhl warf, knarrte der erschreckt. Er nahm seinen Tropenhelm ab, zeigte einen großen Kopf mit langen, lockigen, fettigen Haaren, durch die er mit kurzen, dicken, beringten Fingern fuhr.

»Er ist nicht gerade gesellig«, sagte Mr. Wilkins. »Er hat die

Zigarre genommen, die ich ihm gegeben habe, aber einen Drink wollte er nicht. Sollte mich nicht wundern, wenn mit dem was Komisches los wäre. Sieht übel aus, der Kerl, oder?«

Dann kam eine kleine, dicke Frau in Weiß an Deck, die einen Wa-Wa-Affen an der Hand hielt. Er ging würdevoll an ihrer Seite.

»Das ist Mrs. Wilkins«, sagte der Zirkusbesitzer, »und unser jüngster Sohn. Nimm dir einen Stuhl, Mrs. Wilkins, und sag diesem Herrn hier guten Tag. Ich weiß nicht, wie er heißt, aber er hat schon zwei Drinks für mich bezahlt, und wenn er nicht besser würfelt als bisher, wird er dir auch einen bezahlen.«

Mrs. Wilkins setzte sich mit zerstreutem, ernstem Blick, und, die Augen auf das blaue Meer gerichtet, meinte sie, sie sehe nicht ein, warum sie nicht eine Limonade trinken könne.

»Mein Gott, ist das heiß«, murmelte sie und befächelte sich mit dem Tropenhelm, den sie abgenommen hatte.

»Mrs. Wilkins leidet unter der Hitze«, sagte ihr Mann. »Sie hat jetzt zwanzig Jahre davon genossen.«

»Zweiundzwanzigeinhalb«, sagte Mrs. Wilkins, die immer noch auf das Meer blickte.

»Und sie hat sich immer noch nicht daran gewöhnt.«

»Und das werde ich auch nicht, und du weißt das«, sagte Mrs. Wilkins.

Sie war genauso groß wie ihr Mann und genauso dick, und sie hatte ein rundes rotes Gesicht wie er und das gleiche sandfarbene, unordentliche Haar. Ich fragte mich, ob sie geheiratet hatten, weil sie so gleich waren, oder ob sie im Lauf der Jahre diese erstaunliche Ähnlichkeit angenommen hatten. Sie drehte ihren Kopf nicht, sondern blickte weiterhin abwesend auf das Meer.

»Hast du ihm die Tiere gezeigt?« fragte sie.

»Darauf kannst du wetten.«

»Was hält er von Percy?«

»Prima.«

Ich fühlte mich ungebührlich von einer Unterhaltung ausgeschlossen, deren Gegenstand ich, wenigstens teilweise, war, deshalb fragte ich:

»Wer ist Percy?«

»Percy ist unser ältester Sohn. Da ist ein fliegender Fisch, Elmer. Der Orang-Utan. Hat er heute morgen gut gegessen?«

»Sehr gut. Er ist der größte Orang-Utan in Gefangenschaft. Ich würde ihn nicht für tausend Dollar hergeben.«

»Und in welcher Verwandtschaftsbeziehung steht der Elefant?« fragte ich.

Mrs. Wilkins sah mich nicht an, sondern blickte mit ihren blauen Augen immer noch gleichgültig auf das Meer.

»Er ist kein Verwandter«, antwortete sie. »Nur ein Freund.«

Der Boy brachte Limonade für Mrs. Wilkins, einen Whisky-Soda für ihren Mann und einen Gin-Tonic für mich. Wir würfelten, und ich unterschrieb den Zettel.

»Es muß teuer werden, wenn er beim Würfeln immer verliert«, murmelte Mrs. Wilkins zur Küste.

»Mir scheint, Egbert möchte einen Schluck von deiner Limonade, mein Liebes«, sagte Mr. Wilkins.

Mrs. Wilkins drehte etwas ihren Kopf und sah den Affen an, der auf ihrem Schoß saß.

»Möchtest du einen Schluck von Mutters Limonade, Egbert?«

Der Affe quietschte ein bißchen, und, den Arm um ihn legend, gab sie ihm einen Strohhalm. Der Affe sog ein wenig an der Limonade, und als er genug getrunken hatte, sank er an Mrs. Wilkins schweren Busen zurück.

»Mrs. Wilkins hält große Stücke auf Egbert«, sagte ihr Mann. »Kein Wunder, er ist unser Jüngster.«

Mrs. Wilkins nahm einen neuen Strohhalm und trank nachdenklich ihre Limonade.

»Egbert ist in Ordnung«, bemerkte sie, »an Egbert stimmt alles.«

Da stand der französische Beamte, der bis dahin gesessen hatte, auf und ging auf und ab. Er war von dem französischen Gesandten in Bangkok, einem oder zwei Sekretären und einem Prinzen der königlichen Familie an Bord begleitet worden. Es hatte viele Verbeugungen und Händeschütteln gegeben, und als das Schiff vom Kai ablegte, viel Schwenken von Hüten und Taschentüchern. Ganz offensichtlich war er ein bedeutender Mann. Ich hatte gehört, wie der Kapitän ihn mit Monsieur le Gouverneur anredete.

»Das ist das hohe Tier auf diesem Schiff«, sagte Mr. Wilkins. »Er war Gouverneur in einer französischen Kolonie und macht jetzt eine Weltreise. Er hat meinen Zirkus in Bangkok besucht. Ich glaube, ich frage ihn, was er haben will. Wie soll ich ihn anreden, Liebling?«

Mrs. Wilkins drehte langsam den Kopf und betrachtete den Franzosen mit der Rosette der Ehrenlegion im Knopfloch, der auf und ab schlenderte.

»Red ihn überhaupt nicht an«, sagte sie. »Halt ihm einen Reifen hin, und er wird durchspringen.«

Ich mußte lachen. Monsieur le Gouverneur war ein kleiner Mann, weit unter Normalgröße, fein gebaut, mit einem sehr häßlichen, kleinen Gesicht und dicken, fast negroiden Zügen; und er hatte einen buschigen grauen Kopf, buschige graue Augenbrauen und einen buschigen grauen Schnurrbart. Er sah ein wenig wie ein Pudel aus und hatte die sanften, intelligenten und leuchtenden Augen eines Pudels. Als er wieder an uns vorbeikam, rief Mr. Wilkins:

»Monsoo. Qu'est-ce vous prenez?« Ich kann seinen exzentrischen Akzent nicht wiedergeben. *»Une petite verre de porto.«* Er drehte sich zu mir um. »Ausländer, die trinken alle Porto. Da kann man sicher sein.«

»Nicht die Holländer«, sagte Mrs. Wilkins mit einem Blick auf das Meer. »Die rühren nichts an als Schnaps.«

Der distinguierte Franzose blieb stehen und betrachtete Mr. Wilkins einigermaßen verwirrt. Woraufhin Mr. Wilkins sich an die Brust tippte und sagte:

»Moa, proprietarre Cirque. Vous avez visité.«

Dann machte Mr. Wilkins, aus einem Grund, der mir entging, aus seinen Armen einen Reifen und beschrieb mit Gesten einen Pudel, der hindurchsprang. Dann deutete er auf den Wa-Wa, den Mrs. Wilkins immer noch auf dem Schoß hielt.

»La petit fils de mon femme«, sagte er.

Das Gesicht des Gouverneurs erhellte sich, und er brach in ein besonders musikalisches und ansteckendes Lachen aus. Mr. Wilkins begann auch zu lachen.

»Oui, oui«, schrie er, *»Moa, Zirkusdirektor. Une petite verre de porto. Oui. Oui. N'est-ce pas?«*

»Mr. Wilkins redet Französisch wie ein Franzose«, informierte Mrs. Wilkins das vorüberziehende Meer.

»Mais très volontiers«, sagte der Gouverneur, immer noch lächelnd. Ich zog ihm einen Stuhl heran, und er setzte sich mit einer Verbeugung gegen Mrs. Wilkins.

»Sag dem Pudelgesicht, er heißt Egbert«, sagte sie, auf das Meer blickend.

Ich rief nach dem Boy und bestellte eine Runde.

»Du unterschreibst den Zettel, Elmer«, sagte sie. »Würfeln taugt für den Mr. Soundso nichts, wenn er nicht mehr als ein Paar Dreien würfeln kann.«

»Vous comprenez le français, madame?« fragte der Gouverneur höflich.

»Er möchte wissen, ob du Französisch sprichst, Liebling.«

»Was denkt der, wo ich aufgewachsen bin? Neapel?«

Da brach der Gouverneur überschwenglich gestikulierend in einen so phantastischen englischen Redeschwall aus, daß es all meiner Französischkenntnisse bedurfte, um zu verstehen, wovon er redete.

Dann nahm Mr. Wilkins ihn mit hinunter, um die Tiere anzusehen, und etwas später versammelten wir uns zum Mittagessen in dem stickigen Salon. Die Frau des Gouverneurs erschien und bekam den Platz rechts neben dem Kapitän. Der Gouverneur erklärte ihr, wer wir alle seien, und sie nickte uns freundlich zu. Sie war eine breite Frau, groß und robust gebaut, vielleicht fünfundfünfzig, und etwas streng in schwarze Seide gekleidet. Auf dem Kopf trug sie einen riesigen runden Tropenhelm. Ihre Gesichtszüge waren so breit und regelmäßig, ihr Körper so statuesk, daß man an die massiven Frauen erinnert wurde, die an Prozessionen teilnehmen. Bei einer patriotischen Demonstration würde sie wunderbar in die Rolle einer Columbia oder Britannia gepaßt haben. Sie überragte ihren winzigen Mann wie ein Wolkenkratzer eine Bretterbude. Er redete unaufhörlich, mit Lebhaftigkeit und Witz, und wenn er etwas Amüsantes sagte, entspannten sich ihre schweren Gesichtszüge zu einem breiten, liebevollen Lächeln.

»Que tu es bête, mon ami«, sagte sie. Sie wandte sich an den Kapitän. »Sie müssen nicht auf ihn achten. Er ist immer so.«

Die Mahlzeit verlief wirklich amüsant, und als sie zu Ende war, trennten wir uns und verschliefen die Hitze des Nachmittags in unseren verschiedenen Kabinen. Nachdem ich meine Mitreisenden kennengelernt hatte, wäre es auf einem so kleinen Schiff unmöglich gewesen, sie zu jeder Tageszeit, die ich nicht in meiner Kabine verbrachte, nicht zu treffen, selbst wenn ich es gewollt hätte. Der einzige, der sich abseits hielt, war der italienische Tenor. Er sprach mit niemandem, sondern saß alleine so weit vorne wie möglich und zupfte so leise auf seiner Gitarre, daß man die Ohren spitzen mußte, um die Töne zu hören. Wir blieben in Sichtweite des Landes, und die See war ruhig wie ein Eimer Milch. Wir redeten über dies und das, wir sahen den Tag zur Neige gehen, wir aßen zu Abend, und dann saßen wir wieder auf Deck unter den Sternen. Die beiden Händler spielten im heißen Salon Piquet, aber der belgische Oberst gesellte sich zu unserer kleinen Gruppe. Er war schüchtern und dick und öffnete den Mund nur, um eine Höflichkeitsfloskel zu äußern. Bald begann der italienische Tenor, vielleicht durch die Nacht beeinflußt und von der Dunkelheit ermutigt, die ihm dort vorne im Bug das Gefühl gab, allein mit der See zu sein, sich selbst auf der Gitarre begleitend zu singen, zuerst leise, dann ein wenig lauter, bis er schließlich, von seiner eigenen Musik bezaubert, in voller Lautstärke sang. Er hatte die echt italienische Stimme, ganz Makkaroni, Olivenöl und Sonnenschein, und er sang die neapolitanischen Lieder, die ich in meiner Jugend auf der Piazza San Ferdinando gehört hatte, und Teile aus ›La Bohème‹ und ›Traviata‹ und ›Rigoletto‹. Er sang mit Gefühl und Schwung, und sein Tremolo erinnerte einen an jeden drittklassigen italienischen Tenor, den man je gehört hatte, aber hier, in der Weite dieser lieblichen Nacht, ließ sein übertriebener Schmelz einen nur lächeln, und man konnte nicht umhin, im Herzen eine träge, sinnliche Freude zu empfinden. Er sang vielleicht eine Stunde lang, und wir schwiegen alle; dann war er still, aber er bewegte sich nicht, und wir sahen seinen riesigen Körper sich dunkel gegen den klaren Himmel abzeichnen.

Ich sah, daß der kleine französische Gouverneur die Hand seiner großen Frau gehalten hatte, und der Anblick war absurd und rührend.

»Wissen Sie, daß heute der Jahrestag der ersten Begegnung mit meiner Frau ist?« sagte er, plötzlich die Stille durchbrechend, die sicherlich auf ihm gelastet hatte, denn niemals hatte ich einen redseligeren Menschen gesehen. »Außerdem ist es der Jahrestag ihres Versprechens, meine Frau zu werden. Und, das wird Sie überraschen, es war ein und derselbe Tag.«

»Voyons, mon ami«, sagte die Dame, »du wirst unsere Freunde nicht mit dieser alten Geschichte langweilen. Du bist wirklich ganz unausstehlich.«

Aber sie sprach mit einem Lächeln auf ihrem breiten, ruhigen Gesicht und in einem Ton, der darauf hindeutete, daß sie durchaus nichts dagegen hatte, es noch einmal zu hören.

»Aber es wird sie interessieren, *mon petit chou.*« So redete er seine Frau immer an, und es war komisch, diese imposante, ja majestätische Dame so von ihrem Mann genannt zu hören. »Oder nicht, *monsieur*?« fragte er mich. »Es ist eine Romanze, und wer liebt nicht eine Romanze, besonders in einer solchen Nacht?«

Ich versicherte dem Gouverneur, daß wir alle begierig seien, es zu hören, und der belgische Oberst nutzte die Gelegenheit, eine weitere Höflichkeit anzubringen.

»Sehen Sie, wir sind eine Vernunftehe eingegangen, klar und einfach.«

»C'est vrai«, sagte die Dame. »Es wäre albern, das abzustreiten. Aber manchmal kommt die Liebe nach der Hochzeit und nicht davor, und dann ist sie besser; sie währt länger.«

Ich konnte nicht übersehen, daß der Gouverneur ihre Hand leicht und liebevoll drückte.

»Sehen Sie, ich war bei der Marine gewesen, und als ich pensioniert wurde, war ich neunundvierzig. Ich war stark und aktiv und wollte sehr gerne eine andere Beschäftigung finden. Ich sah mich um; ich zog alle möglichen Fäden. Zum Glück hatte ich einen Vetter, der einigen politischen Einfluß besaß. Es ist einer der Vorteile des demokratischen Systems, daß ein Verdienst, der sonst unerkannt dahinschwindet, normalerweise entsprechend gewürdigt wird, wenn man genügend Einfluß hat.«

»Du bist die Bescheidenheit in Person, *mon pauvre ami*«, sagte sie.

»Und prompt ließ mich der Minister für die Kolonien holen und bot mir den Posten des Gouverneurs einer bestimmten Kolonie an. Es war ein entlegenes Fleckchen Erde, wo sie mich hinstecken wollten, und sehr einsam, aber ich hatte mein Leben von Hafen zu Hafen wandernd zugebracht, und das störte mich nicht. Ich nahm mit Freuden an. Der Minister sagte mir, ich müsse in einem Monat startklar sein. Ich sagte, das sei einfach für einen alten Junggesellen, der nicht viel mehr als ein paar Kleider und ein paar Bücher auf der Welt habe.

›*Comment, mon lieutenant*‹, rief er. ›Sie sind Junggeselle?‹

›Sicher‹, antwortete ich, ›und ich habe die feste Absicht, es zu bleiben.‹

›In dem Fall muß ich mein Angebot mit Bedauern zurücknehmen. Für diesen Posten ist es erforderlich, daß Sie verheiratet sind.‹

Die Geschichte ist zu lang, um sie Ihnen zu erzählen, aber das Wesentliche war, daß wegen des Skandals, den mein Vorgänger, ein Junggeselle, dadurch hervorgerufen hatte, daß er eingeborene Mädchen in der Residenz wohnen ließ und daß daraufhin die Weißen, Pflanzer und Beamtenfrauen, sich beschwerten, entschieden worden war, daß der nächste Gouverneur ein Vorbild an Achtbarkeit sein müsse. Ich machte Vorhaltungen. Ich argumentierte. Ich erinnerte an meine Verdienste für das Vaterland und die Dienste, die mein Vetter bei der nächsten Wahl leisten könnte. Nichts half. Der Minister blieb hart wie Stein.

›Aber was soll ich machen‹, rief ich bestürzt.

›Sie können heiraten‹, sagte der Minister.

›*Mais voyons, monsieur le ministre*, ich kenne keine einzige Frau. Ich bin nicht der Typ für Frauen, und ich bin neunundvierzig. Was glauben Sie, wie ich eine Frau finden soll?‹

›Nichts ist einfacher. Annoncieren Sie in der Zeitung.‹

Ich war verwirrt. Ich wußte nicht, was ich sagen sollte.

›Nun, überlegen Sie es sich‹, sagte der Minister. ›Wenn Sie innerhalb eines Monats eine Frau finden, können Sie gehen, aber keine Frau – kein Posten. Das ist mein letztes Wort.‹

Er lächelte ein wenig, für ihn war die Situation nicht ohne Komik. ›Und wenn Sie an Annoncieren denken, empfehle ich den *Figaro*.‹

Ich verließ tödlich getroffen das Ministerium. Ich kannte die Gegend, für die sie mich bestimmen wollten, und ich wußte, es würde angenehm für mich sein, dort zu leben; das Klima war erträglich, und die Residenz war großzügig und komfortabel. Die Vorstellung, ein Gouverneur zu sein, war weit entfernt davon, mir zu mißfallen, und da ich nicht viel mehr als meine Pension als Marineoffizier besaß, war die Bezahlung auch nicht zu verachten. Plötzlich entschloß ich mich. Ich ging zum Büro des *Figaro*, verfaßte ein Inserat und gab es zum Annoncieren ab. Aber ich kann Ihnen sagen, als ich hinterher die Champs-Élysées hinaufging, klopfte mein Herz wilder als jemals, wenn mein Schiff klar zum Gefecht gemacht wurde.«

Der Gouverneur beugte sich nach vorne und legte seine Hand nachdrücklich auf mein Knie.

»*Mon cher monsieur*, Sie werden es niemals glauben, aber ich bekam viertausenddreihundertzweiundsiebzig Antworten. Es war eine Lawine. Ich hatte ein halbes Dutzend erwartet; ich mußte ein Taxi nehmen, um die Briefe in mein Hotel zu bringen. Mein Zimmer wurde von ihnen überschwemmt. Es gab da viertausenddreihundertzweiundsiebzig Frauen, die gewillt waren, meine Einsamkeit zu teilen und die Frau eines Gouverneurs zu sein. Es war verblüffend. Jedes Alter war vertreten von siebzehn bis siebzig. Da waren Jungfrauen von untadeliger Abstammung und höchster Kultur; da waren unverheiratete Damen, die in ihrer Karriere einmal einen Ausrutscher gemacht hatten und ihre Lage nun wieder einrenken wollten; da waren Witwen, deren Männer unter höchst schrecklichen Umständen gestorben waren, und da waren Witwen, deren Kinder der Trost meiner alten Tage sein würden. Sie waren blond und dunkel, groß und klein, dick und dünn; einige konnten fünf Sprachen sprechen, und andere konnten Klavier spielen. Einige boten mir Liebe, andere flehten darum; einige konnten mir nur eine solide Freundschaft bieten, aber mit Achtung verbrämt; einige besaßen ein Vermögen, und andere goldene Aussichten. Ich war überwältigt. Ich war verwirrt. Zuletzt verlor ich die Geduld, denn ich bin ein leidenschaftlicher Mann, und ich stand auf, trampelte auf all den Briefen und all den Photographien herum, und ich schrie, ich werde keine von denen heiraten. Es war hoffnungslos, ich hatte jetzt kaum noch einen Monat und konnte in der Zeit nicht über viertausend Bewerberinnen um meine Hand überprüfen. Ich meinte, wenn ich sie nicht alle sehen könnte, würde ich für den Rest meines Lebens von dem Gedanken gequält werden, die eine Frau verpaßt zu haben, die das Schicksal ausgesucht hatte, mich glücklich zu machen. Ich gab es auf – es war hoffnungslos.

Ich verließ mein Zimmer, das mit all den Photographien und zerknüllten Papieren schrecklich aussah, ging auf den Boulevard und setzte mich in das Café de la Paix, um meine Sorgen zu vergessen. Nach einer Weile sah ich einen Freund vorübergehen, und er nickte mir zu und lächelte. Ich versuchte zu lächeln, aber mein Herz war schwer. Es wurde mir klar, daß ich die Jahre, die mir noch blieben, in einer billigen *pension* in

Toulon oder Brest als *officier de marine en retraite* verbringen mußte. *Zut!* Mein Freund blieb stehen, kam zu mir und setzte sich.

›Warum siehst du so düster aus, *mon cher*?‹ fragte er mich. ›Du, der fröhlichste aller Sterblichen.‹

Ich war froh, jemanden zu haben, dem ich mein Herz ausschütten konnte, und erzählte ihm die ganze Geschichte. Er lachte ungeheuer. Inzwischen weiß ich, daß die Sache ihre komische Seite hat, aber damals, das versichere ich Ihnen, konnte ich nichts Lächerliches daran finden. Das sagte ich meinem Freund auch schroff, und dann sagte er zu mir, indem er seine Heiterkeit unterdrückte, so gut es ging: ›Aber mein lieber Freund, willst du wirklich heiraten?‹ Daraufhin verlor ich völlig die Fassung.

›Du bist ein kompletter Idiot‹, sagte ich, ›wenn ich nicht heiraten will, und mehr noch, sofort, innerhalb der nächsten vierzehn Tage, was glaubst du denn, warum ich drei Tage damit zugebracht habe, Liebesbriefe von Frauen zu lesen, die ich nie im Leben gesehen habe?‹

›Beruhige dich und hör mir zu‹, erwiderte er. ›Ich habe eine Cousine, die in Genf lebt. Sie ist Schweizerin, *du reste*, und sie gehört zu einer der bestangesehenen Familien der Republik. Ihre Moral ist makellos, sie ist im passenden Alter, eine alte Jungfer, denn sie hat die letzten fünfzehn Jahre ihre kranke Mutter gepflegt, die vor kurzem gestorben ist, sie ist gut erzogen und, *pardessus le marché*, sie ist nicht häßlich.‹

›Das klingt, als sei sie ein Muster an Tugend‹, sagte ich.

›Das will ich nicht sagen, aber sie ist gut erzogen und paßt in die Position, die du ihr zu bieten hast.‹

›Etwas vergißt du. Welchen Grund sollte sie haben, ihre Freunde und ihr gewohntes Leben aufzugeben, um einem Mann von neunundvierzig ins Exil zu folgen, der keineswegs eine Schönheit ist?‹«

Monsieur le Gouverneur unterbrach seine Erzählung, hob die Schultern so weit, daß sein Kopf fast zwischen ihnen verschwand, und wandte sich uns zu.

»Ich bin häßlich. Ich gebe es zu. Ich bin von einer Häßlichkeit, die nicht Angst oder Respekt einflößt, nur Lächerlichkeit, und das ist die schlimmste Häßlichkeit. Wenn Leute mich zum erstenmal sehen, zucken sie nicht vor Angst zusammen, darin läge offensichtlich etwas Schmeichelhaftes, sie prusten vor Lachen. Hören Sie, als der vortreffliche Mr. Wilkins mir heute morgen seine Tiere zeigte, streckte Percy, der Orang-Utan, die Arme aus, und wären die Käfigstäbe nicht gewesen, hätte er mich als einen lange vermißten Bruder an die Brust gedrückt. Einmal, wirklich, als ich im Jardin des Plantes in Paris war und man mir erzählte, daß einer der Menschenaffen ausgebrochen sei, ging ich so schnell wie möglich raus, in der Angst, daß sie mich in Verwechslung mit dem Flüchtling packen und trotz meiner Vorhaltungen ins Affenhaus sperren würden.«

»*Voyons, mon ami*«, sagte Madame, seine Frau, mit ihrer tiefen, langsamen Stimme, »du redest noch mehr Unsinn als sonst. Ich sage nicht, daß du ein Apoll bist, und das ist in deiner Position auch nicht nötig, aber du hast Würde, du hast Haltung, du bist ein Mann, wie man sich ihn nur wünschen kann.«

»Ich will meine Geschichte weitererzählen. Als ich diese Bemerkung zu meinem Freund machte, erwiderte er: ›Bei Frauen weiß man nie Bescheid. Es gibt etwas am Heiraten, das sie auf wunderbare Art und Weise anzieht. Es kann nicht schaden, sie zu fragen. Schließlich wird es von einer Frau als Kompliment aufgefaßt, wenn man sie um die Ehe bittet. Mehr als ablehnen kann sie nicht.‹

›Aber ich kenne deine Cousine nicht und weiß nicht, wie ich ihre Bekanntschaft machen soll. Ich kann nicht in ihr Haus gehen, sie sprechen wollen, und wenn ich in den Salon geführt werde, sagen: ‚*Voilà*, ich bitte Sie, meine Frau zu werden.' Sie würde denken, ich sei ein Verrückter, und um Hilfe rufen. Nebenbei, ich bin ein extrem furchtsamer Mann und würde niemals einen solchen Schritt wagen.‹

›Ich werde dir sagen, was du tun mußt‹, sagte mein Freund. ›Fahr nach Genf und bring ihr eine Schachtel Schokolade von mir. Sie wird froh sein, von mir zu hören, und dich mit Freuden empfangen. Ihr könnt euch ein bißchen unterhalten, und wenn sie dir nicht gefällt, gehst du, und nichts Schlimmes ist passiert. Andererseits, wenn du sie magst, können wir die Sache weiterverfolgen, und du kannst förmlich um ihre Hand anhalten.‹

Ich war verzweifelt. Es schien die einzige Möglichkeit zu sein. Wir gingen sofort in einen Laden und kauften eine riesige Schachtel Schokolade, und in der Nacht nahm ich den Zug nach Genf. Kaum war ich angekommen, schickte ich ihr einen Brief, um ihr zu sagen, daß ich der Überbringer eines Geschenkes von ihrem Cousin sei und daß ich mich sehr freuen würde, wenn ich es ihr persönlich überreichen dürfe. Innerhalb einer Stunde erhielt ich ihre Antwort, die besagte, daß es ihr eine Freude sei, mich um vier Uhr nachmittags empfangen zu können. Die Zwischenzeit verbrachte ich vor dem Spiegel und band siebzehnmal meinen Schlips auf und zu. Als die Uhr vier schlug, präsentierte ich mich vor ihrer Haustür und wurde sofort in den Salon geführt. Sie erwartete mich. Ihr Cousin hatte gesagt, sie sei nicht häßlich. Stellen Sie sich meine Überraschung vor, eine junge Frau zu sehen, *enfin* eine noch junge Frau, von vornehmer Haltung, mit der Würde einer Juno, den Formen einer Venus und in ihrem Ausdruck der Intelligenz einer Minerva.«

»Du bist zu absurd«, sagte Madame. »Aber inzwischen wissen diese Herren, daß man nicht alles glauben kann, was du sagst.«

»Ich schwöre Ihnen, daß ich nicht übertreibe. Ich war so verblüfft, daß ich fast die Schokoladenschachtel fallen gelassen hätte. Aber ich sagte mir: *›La garde meurt mais ne se rend pas.‹* Ich überreichte die Schokoladenschachtel. Ich erzählte ihr Neues von ihrem Cousin. Ich fand sie liebenswürdig. Wir sprachen eine Viertelstunde miteinander, und ich sagte mir: *›Allons-y.‹* Und zu ihr sagte ich:

›Mademoiselle, ich muß Ihnen sagen, daß ich nicht nur gekommen bin, um Ihnen eine Schachtel Schokolade zu bringen.‹

Sie lächelte und bemerkte, daß ich offensichtlich wichtigere Gründe als das gehabt haben müsse, um nach Genf zu kommen.

›Ich bin gekommen, Sie um die Ehre zu bitten, meine Frau zu werden.‹ Sie fuhr zurück.

›Aber *monsieur*, Sie sind verrückt‹, sagte sie.

›Ich flehe Sie an, nicht zu antworten, bevor Sie die Tatsachen gehört haben‹, unterbrach ich sie, und ehe sie etwas sagen konnte, erzählte ich ihr die ganze Geschichte. Ich erzählte ihr von der Annonce im *Figaro*, und sie lachte, bis ihr die Tränen über das Gesicht liefen. Dann wiederholte ich meinen Antrag.

›Sie meinen das ernst?‹ fragte sie.

›Ich habe nie in meinem Leben etwas ernster gemeint.‹

›Ich will nicht leugnen, daß Ihr Antrag eine Überraschung war. Ich habe nicht mehr an Heirat gedacht, ich bin über das Alter hinaus; aber anscheinend ist Ihr Antrag nicht so, daß eine Frau ihn ohne zu überlegen ablehnen sollte. Ich bin geschmeichelt. Wollen Sie mir ein paar Tage Zeit zum Überlegen lassen?‹

›*Mademoiselle,* ich bin zutiefst betrübt‹, antwortete ich, ›aber ich habe nicht soviel Zeit. Wenn Sie mich nicht heiraten wollen, muß ich nach Paris zurück, um die Durchsicht der fünfzehn- oder achtzehnhundert Briefe zu beenden, die noch auf mich warten.‹

›Es liegt auf der Hand, daß ich Ihnen nicht sofort antworten kann. Bis vor einer Viertelstunde habe ich Sie noch nie gesehen. Ich muß meine Freunde und meine Familie um Rat fragen.‹

›Was haben die damit zu tun? Sie sind volljährig. Die Angelegenheit drängt. Ich kann nicht warten. Ich habe Ihnen alles erklärt. Sie sind eine intelligente Frau. Folgen Sie Ihrer ersten Regung. Was könnte durch weiteres Nachdenken gewonnen werden?‹

›Sie wollen doch wohl nicht, daß ich jetzt sofort ja oder nein sage? Das ist ungeheuerlich.‹

›Genau das will ich. In zwei Stunden geht mein Zug zurück nach Paris.‹

Sie sah mich nachdenklich an.

›Sie sind ganz offensichtlich ein Verrückter. Sie sollten eingesperrt werden, sowohl zu Ihrer eigenen als auch zur Sicherheit der Öffentlichkeit.‹

›Nun, wie lautet die Antwort?‹ sagte ich. ›Ja oder nein?‹

Sie zuckte die Achseln.

›*Mon Dieu.*‹ Sie wartete eine Minute, und ich saß wie auf Kohlen. ›Ja.‹«

Der Gouverneur deutete mit der Hand auf seine Frau.

»Und da ist sie. Wir heirateten nach vierzehn Tagen, und ich wurde Gouverneur einer Kolonie. Ich heiratete ein Juwel, meine verehrten Herren, eine Frau mit dem zauberhaftesten Charakter, eine unter tausend, eine Frau mit maskuliner Intelligenz und femininer Sensibilität, eine bewundernswerte Frau.«

»Nun halt aber den Mund, *mon ami*«, sagte seine Frau. »Du machst mich genauso lächerlich wie dich.«

Er wandte sich an den belgischen Oberst.

»Sind Sie Junggeselle, *mon colonel*? Wenn ja, empfehle ich Ihnen dringend, nach Genf zu fahren. Es ist ein Nest (*une pepinière* war das Wort, das er gebrauchte) voll der anbetungswürdigsten jungen Frauen. Dort finden Sie eine Frau wie sonst nirgends. Außerdem ist Genf eine zauberhafte Stadt. Verlieren Sie keine Minute, sondern fahren Sie hin, und ich werde Ihnen einen Brief an die Nichten meiner Frau mitgeben.«

Madame faßte schließlich zusammen:

»Tatsache ist, daß man in einer Vernunftehe weniger erwartet und daher weniger wahrscheinlich enttäuscht wird. Da man sich gegenseitig keine unvernünftigen Besitzansprüche stellt, gibt es keinen Grund zur Verbitterung. Man erwartet keine Vollkommenheit und ist deshalb den gegenseitigen Fehlern gegenüber tolerant. Leidenschaft ist schön und gut, aber nicht die richtige Grundlage für eine Ehe. *Voyez-vous*, damit zwei Menschen in der Ehe glücklich sein können, müssen sie in der Lage sein, sich gegenseitig zu respektieren, sie müssen die gleiche Qualität haben, und ihre Interessen müssen ähnlich sein; wenn sie dann noch anständige Leute und gewillt sind, zu geben und zu nehmen, zu leben und leben zu lassen, gibt es keinen Grund, warum ihre Verbindung nicht so glücklich sein sollte wie unsere.« Sie hielt inne. »Aber, natürlich, mein Mann ist besonders bemerkenswert.«

Hinweis

Der Verlag dankt den ›Executors of the Estate of the Late W. Somerset Maugham‹, der Literary Agency Mohrbooks, Zürich, und folgenden Verlagen für die Erteilung der Rechte:

- dem Diana Verlag, Zürich, für *Eine Frau von fünfzig Jahren*, *Winter-Kreuzfahrt* (aus dem Band *Schein und Wirklichkeit*);
- dem Rainer Wunderlich Verlag Hermann Leins, Tübingen, für *Der Lotosesser*, *Ein gut Gewissen*, *Im Staatsdienst* (aus dem Band *Die Unvergleichliche*).

Alle deutschen Rechte an den übrigen Erzählungen liegen beim Diogenes Verlag, Zürich.

W. Somerset Maugham Werkausgabe in Diogenes Taschenbüchern

Die besten Geschichten von W. Somerset Maugham
Ausgewählt von Gerd Haffmans
Diogenes Evergreens

Gesammelte Erzählungen in zehn Bänden
Aus dem Englischen von Felix Gasbarra, Marta Hackel, Ilse Krämer, Claudia und Wolfgang Mertz, Wulf Teichmann, Friedrich Torberg, Kurt Wagenseil, Mimi Zoff u.a.

Honolulu
detebe 21372

Das glückliche Paar
detebe 20332

Vor der Party
detebe 20333

Die Macht der Umstände
detebe 20334

Lord Mountdrago
detebe 20335

Das ewig Menschliche
detebe 21365

Ashenden oder Der britische Geheimagent
detebe 20337

Entlegene Welten
detebe 20338

Winter-Kreuzfahrt
detebe 20339

Fata Morgana
detebe 20340

Das gesammelte Romanwerk in bisher elf Bänden

Rosie und die Künstler
Roman. Deutsch von Hans Kauders und Claudia Schmölders. detebe 20086

Silbermond und Kupfermünze
Roman. Deutsch von Susanne Feigl
detebe 20087

Auf Messers Schneide
Roman. Deutsch von N. O. Scarpi
detebe 20088

Theater
Ein Schauspielerroman. Deutsch von Renate Seiller und Ute Haffmans. detebe 20163

Damals und heute
Ein Macchiavelli-Roman. Deutsch von Hans Flesch und Ann Mottier. detebe 20164

Der Magier
Ein parapsychologischer Roman. Deutsch von Melanie Steinmetz und Ute Haffmans
detebe 20165

Oben in der Villa
Ein kriminalistischer Liebesroman. Deutsch von William G. Frank und Ann Mottier
detebe 20166

Mrs. Craddock
Ein Liebesroman. Deutsch von Elisabeth Schnack. detebe 20167

Der Menschen Hörigkeit
Roman. Deutsch von Mimi Zoff und Susanne Feigl. detebe 20298

Südsee-Romanze
Roman. Deutsch von Mimi Zoff
detebe 21003

Liza von Lambeth
Ein Liebesroman. Deutsch von Irene Muehlon
detebe 21307

Der bunte Schleier
Roman. Deutsch von Anna Kellner und Irmgard Andrae. detebe 21461

Englische Literatur im Diogenes Verlag

● Joan Aiken

Das Mädchen aus Paris. Roman. Deutsch von Nikolaus Stingl. Leinen
Die Kristallkrähe. Roman. Deutsch von Helmut Degner. detebe 20138
Der eingerahmte Sonnenuntergang. Roman Deutsch von Karin Polz. detebe 21413
Tote reden nicht vom Wetter. Roman. Deutsch von Nikolaus Stingl. detebe 21477

● Margery Allingham

Die Handschuhe des Franzosen. Kriminalgeschichten. Deutsch von Peter Naujack Zeichnungen von Georges Eckert detebe 20929

● Eric Ambler

Ambler by Ambler. Eine Autobiographie Deutsch von Matthias Fienbork. Leinen
Die Maske des Dimitrios. Roman. Deutsch von Mary Brand und Walter Hertenstein detebe 20137
Der Fall Deltschev. Roman. Deutsch von Mary Brand und Walter Hertenstein detebe 20178
Eine Art von Zorn. Roman. Deutsch von Susanne Feigl und Walter Hertenstein detebe 20179
Schirmers Erbschaft. Roman. Deutsch von Harry Reuß-Löwenstein, Th. A. Knust und Rudolf Barmettler. detebe 20180
Die Angst reist mit. Roman. Deutsch von Walter Hertenstein. detebe 20181
Der Levantiner. Roman. Deutsch von Tom Knoth. detebe 20223
Waffenschmuggel. Roman. Deutsch von Tom Knoth. detebe 20364
Topkapi. Roman. Deutsch von Elsbeth Herlin. detebe 20536
Schmutzige Geschichte. Roman. Deutsch von Günter Eichel. detebe 20537
Das Intercom-Komplott. Roman. Deutsch von Dietrich Stössel. detebe 20538
Besuch bei Nacht. Roman. Deutsch von Wulf Teichmann. detebe 20539
Der dunkle Grenzbezirk. Roman. Deutsch von Walter Hertenstein und Ute Haffmans detebe 20602
Ungewöhnliche Gefahr. Roman. Deutsch von Walter Hertenstein und Werner Morlang. detebe 20603
Anlaß zur Unruhe. Roman. Deutsch von Franz Cavigelli. detebe 20604
Nachruf auf einen Spion. Roman. Deutsch von Peter Fischer. detebe 20605
Doktor Frigo. Roman. Deutsch von Tom Knoth. detebe 20606
Bitte keine Rosen mehr. Roman. Deutsch von Tom Knoth. detebe 20887
Mit der Zeit. Roman. Deutsch von Hans Hermann. detebe 21054
Als Ergänzungsband liegt vor:
Über Eric Ambler. Zeugnisse von Alfred Hitchcock bis Helmut Heißenbüttel. Chronik und Bibliographie. Herausgegeben von Gerd Haffmans. detebe 20607

● James Boswell

Dr. Samuel Johnson. Leben und Meinungen. Mit dem Tagebuch einer Reise nach den Hebriden. Herausgegeben und übersetzt von Fritz Güttinger. detebe 20786

● John Buchan

Die neununddreißig Stufen. Roman. Deutsch von Marta Hackel. Mit Zeichnungen von Edward Gorey. detebe 20210
Grünmantel. Roman. Deutsch von Marta Hackel. Mit Zeichnungen von Topor detebe 20771
Mr. Standfast oder Im Westen was Neues. Roman. Deutsch von Marta Hackel. Mit Zeichnungen von Topor. detebe 20772
Die drei Geiseln. Roman. Deutsch von Marta Hackel. Mit Zeichnungen von Tatjana Hauptmann. detebe 20773
Basilissa. Roman. Deutsch von Otto Bayer detebe 21249

● G. K. Chesterton

Pater Brown und Das blaue Kreuz. Erzählungen. detebe 20731
Pater Brown und Der Fehler in der Maschine Erzählungen. detebe 20732
Pater Brown und Das schlimmste Verbrechen der Welt. Erzählungen. detebe 20733
Eine Trilogie der besten Pater-Brown-Geschichten. Deutsch von Heinrich Fischer, Dora Sophie Kellner, Alfred P. Zeller u.a.

● Erskine Childers

Das Rätsel der Sandbank. Ein Bericht des Geheimdienstes. Roman. Deutsch von Hubert Deymann. Mit vier Karten Diogenes Evergreens. Auch als detebe 20211

● Agatha Christie

Die besten Geschichten von Agatha Christie Deutsch von Maria Meinert, Marfa Berger und Ingrid Jacob. Diogenes Evergreens

Villa Nachtigall. Geschichten. Deutsch von Peter Naujack und Günter Eichel
detebe 20825
Der Fall der enttäuschten Hausfrau
Geschichten. Deutsch von Günter Eichel
detebe 20826

● **Wilkie Collins**
Ein schauerliches fremdes Bett. Gruselgeschichten. Deutsch von Elizabeth Gilbert und Peter Naujack. Zeichnungen von Bob van den Born. detebe 20589

● **Joseph Conrad**
Lord Jim. Deutsch von Fritz Lorch
detebe 20128
Der Geheimagent. Roman. Deutsch von G. Danehl. detebe 20212
Herz der Finsternis. Erzählung. Deutsch von Fritz Lorch. detebe 20363

● **Freeman Wills Crofts**
Die Frau im Faß. Roman. Deutsch von Dietlind Bindheim. detebe 21476

● **Guy Cullingford**
Post mortem. Roman. Deutsch von Helmut Degner und Peter Naujack. detebe 20369

● **Daniel Defoe**
Robinson Crusoe. Roman. detebe 21364

● **Walter de la Mare**
Sankt Valentinstag. Erzählungen. Deutsch von Elizabeth Gilbert. detebe 21197
Die Orgie – eine Idylle. Erzählungen
Deutsch von Elizabeth Gilbert. detebe 21236

● **Charles Dickens**
Ein Weihnachtslied in Prosa. Erzählung. Deutsch von Richard Zoozmann. Mit 16 Zeichnungen von Tatjana Hauptmann
Diogenes Evergreens
Ausgewählte Romane und Geschichten in 7 Bänden. In der deutschen Übertragung von Gustav Meyrink
David Copperfield. Roman. Mit einem Nachwort von W. Somerset Maugham
detebe 21034
Oliver Twist. Roman. detebe 21035
Nikolas Nickleby. Roman. detebe 20998
Bleakhaus. Roman. detebe 21166
Drei Weihnachtsgeschichten. detebe 21241
Die Pickwickier. Roman. Mit einem Nachwort von Walter Kluge. detebe 21405
Martin Chuzzlewit. Roman. Mit einem Nachwort von Jerôme von Gebsattel
detebe 21406

Charles Dickens. Ein Essay von George Orwell. Deutsch von Manfred Papst
detebe 21398

● **Arthur Conan Doyle**
Sherlock Holmes Geschichten. Deutsch von Margarete Nedem. detebe 21211

● **Lord Dunsany**
Smetters erzählt Mordgeschichten. Fünf Kriminalgrotesken. Deutsch von Elisabeth Schnack. Mit Zeichnungen von Paul Flora
detebe 20597
Jorkens borgt sich einen Whisky. Zehn Clubgeschichten. Deutsch von Elisabeth Schnack. Mit Zeichnungen von Paul Flora
detebe 20598

● **Ford Madox Ford**
Die allertraurigste Geschichte. Roman
Deutsch von Fritz Lorch und Helene Henze
detebe 20532

● **Celia Fremlin**
Klimax. Roman. Deutsch von Dietrich Stössel. detebe 20916
Wer hat Angst vorm schwarzen Mann?
Roman. Deutsch von Otto Bayer
detebe 21302

● **Rider Haggard**
Sie. Roman. Deutsch von Helmut Degner
detebe 20236
König Salomons Schatzkammern. Roman. Deutsch von V. H. Schmied. detebe 20920

● **Cyril Hare**
Mörderglück. Geschichten. Auswahl und Einleitung von Michael Gilbert. Deutsch von Elizabeth Gilbert. detebe 20196

● **W. F. Harvey**
Die Bestie mit den fünf Fingern. Gruselgeschichten. Deutsch von Günter Eichel und Peter Naujack. Mit Zeichnungen von Peter Neugebauer. detebe 20599

● **James Joyce**
Das James Joyce Lesebuch. Auswahl aus ›Dubliner‹, ›Porträt des Künstlers‹ und ›Ulysses‹. Deutsch von Dieter E. Zimmer, Klaus Reichert und Hans Wollschläger; dazu Aufzeichnungen von Georges Borach über Joyce und ein Nachwort von Fritz Senn
detebe 20486

● **Gerald Kersh**
Mann ohne Gesicht. Phantastische Geschichten. Deutsch von Peter Naujack
detebe 20366

● D. H. Lawrence

Mr. Noon. Roman. Deutsch von Nikolaus Stingl. Leinen
Die besten Geschichten von D.H. Lawrence Ausgewählt, ins Deutsche übertragen und mit einem Nachwort von Elisabeth Schnack Diogenes Evergreens
Der preußische Offizier. Sämtliche Erzählungen I. detebe 20184
England, mein England. Sämtliche Erzählungen II. detebe 20185
Die Frau, die davonritt. Sämtliche Erzählungen III. detebe 20186
Der Mann, der Inseln liebte. Sämtliche Erzählungen IV. detebe 20187
Der Fremdenlegionär. Autobiographisches und frühe Erzählungen. Fragmente. Sämtliche Erzählungen V. detebe 20188
Der Fuchs. Sämtliche Kurzromane I. detebe 20189
Der Hengst St. Mawr. Sämtliche Kurzromane II. detebe 20190
Liebe im Heu. Sämtliche Kurzromane III detebe 20191
Übersetzungen von Martin Beheim-Schwarzbach, Georg Goyert, Marta Hackel, Karl Lerbs, Elisabeth Schnack und Gerda von Uslar. Im Anhang des letzten Bandes Nachweis der Erstdrucke, Anmerkungen und Literaturhinweise
Liebe, Sex und Emanzipation. Essays. Deutsch von Elisabeth Schnack. detebe 20955
John Thomas & Lady Jane. Roman. Deutsch von Susanna Rademacher. detebe 20299
Briefe. Auswahl von Richard Aldington. Vorwort von Aldous Huxley. Übersetzung und Nachwort von Elisabeth Schnack detebe 20954
Mexikanischer Morgen. Reisetagebücher Deutsch von Alfred Kuoni. detebe 21311
Das Meer und Sardinien. Reisetagebücher Deutsch von Georg Goyert. detebe 21312
Etruskische Stätten. Reisetagebücher Deutsch von Oswald von Nostitz detebe 21313
Italienische Dämmerung. Reisetagebücher Deutsch von Georg Goyert. detebe 21314
Die gefiederte Schlange. Roman. Deutsch von Georg Goyert. detebe 21464

Außerdem liegt vor:

Robert Lucas
Frieda von Richthofen. Ihr Leben mit D.H. Lawrence, dem Dichter der ›Lady Chatterley‹. detebe 21356

● Sheridan Le Fanu

Carmilla, der weibliche Vampir. Eine Vampirgeschichte. Deutsch von Helmut Degner. Mit Zeichnungen von Edward Ardizzone detebe 20596
Der ehrenwerte Herr Richter Harbottle. Unheimliche Geschichten. Deutsch von Helmut Degner und Elisabeth Schnack. Illustrationen von Edward Ardizzone. detebe 20619

● Doris Lessing

Hunger. Erzählung. Deutsch von Lore Krüger. detebe 20255
Der Zauber ist nicht verkäuflich. Afrikanische Geschichten. Deutsch von Marta Hackel, Lore Krüger und Elisabeth Schnack detebe 20886

● Marie Belloc Lowndes

Jack the Ripper oder Der Untermieter Roman. Deutsch von Wulf Teichmann detebe 20130

● Ian McEwan

Der Zementgarten. Roman. Deutsch von Christian Enzensberger. detebe 20648
Erste Liebe – letzte Riten. Acht Geschichten. Deutsch von Harry Rowohlt. detebe 20964
Zwischen den Laken. Erzählungen. Deutsch von Michael Walter, Wulf Teichmann und Christian Enzensberger. detebe 21084
Oder müssen wir sterben? Ein Oratorium Deutsch von Christian Enzensberger detebe 21212
Der Trost von Fremden. Roman. Deutsch von Michael Walter. detebe 21266

● Bernard Mac Laverty

Lamb – der Ausgeflogene. Roman. Deutsch von Hanna Neves. detebe 21296
Cal. Roman. Deutsch von Nikolaus Stingl detebe 21387

● W. Somerset Maugham

Die besten Geschichten. Ausgewählt von Gerd Haffmans. Diogenes Evergreens
Regen. Gesammelte Erzählungen I detebe 21372
Das glückliche Paar. Gesammelte Erzählungen II. detebe 20332
Vor der Party. Gesammelte Erzählungen III detebe 20333
Die Macht der Umstände. Gesammelte Erzählungen IV. detebe 20334
Lord Mountdrago. Gesammelte Erzählungen V. detebe 20335
Das ewig Menschliche. Gesammelte Erzählungen VI. detebe 21365
Ashenden oder Der britische Geheimagent. Gesammelte Erzählungen VII detebe 20337

Entlegene Welten. Gesammelte Erzählungen VIII. detebe 20338
Winter-Kreuzfahrt. Gesammelte Erzählungen IX. detebe 20339
Fata Morgana. Gesammelte Erzählungen X detebe 20340
Übersetzungen von Felix Gasbarra, Marta Hackel, Ilse Krämer, Helene Meyer, Claudia und Wolfgang Mertz, Eva Schönfeld, Wulf Teichmann, Friedrich Torberg, Kurt Wagenseil, Mimi Zoff u.a.
Rosie und die Künstler. Roman. Deutsch von Hans Kauders und Claudia Schmölders detebe 20086
Silbermond und Kupfermünze. Roman Deutsch von Susanne Feigl. detebe 20087
Auf Messers Schneide. Roman. Deutsch von N. O. Scarpi. detebe 20088
Theater. Ein Schauspielerroman. Deutsch von Renate Seiller und Ute Haffmans detebe 20163
Damals und heute. Ein Macchiavelli-Roman. Deutsch von Hans Flesch und Ann Mottier detebe 20164
Der Magier. Ein parapsychologischer Roman. Deutsch von Melanie Steinmetz und Ute Haffmans. detebe 20165
Oben in der Villa. Ein kriminalistischer Liebesroman. Deutsch von William G. Frank und Ann Mottier. detebe 20166
Mrs. Craddock. Ein Liebesroman. Deutsch von Elisabeth Schnack. detebe 20167
Der Menschen Hörigkeit. Roman. Deutsch von Mimi Zoff und Susanne Feigl detebe 20298
Südsee-Romanze. Roman. Deutsch von Mimi Zoff. detebe 21003
Liza von Lambeth. Ein Liebesroman Deutsch von Irene Muehlon. detebe 21307
Der bunte Schleier. Roman. Deutsch von Anna Kellner und Irmgard Andrae detebe 21461

● Brian Moore

Die große viktorianische Sammlung. Roman. Deutsch von Alexander Schmitz. Leinen
Katholiken. Roman. Deutsch von Elisabeth Schnack. detebe 20546

● Thomas Morus

Utopia. Aus dem Lateinischen von Alfred Hartmann. detebe 20420

● Edna O'Brien

Das Liebesobjekt. Erzählungen. Deutsch von Elisabeth Schnack. Leinen
Das Mädchen mit den grünen Augen. Roman. Deutsch von Margaret Carroux detebe 20879
Plötzlich im schönsten Frieden. Roman Deutsch von Margaret Carroux detebe 21017

● Sean O'Casey

Purpurstaub. Eine abwegige Komödie. Deutsch von Helmut Baierl und Georg Simmgen. detebe 20002
Dubliner Trilogie: Der Schatten eines Rebellen / Juno und der Pfau / Der Pflug und die Sterne. Deutsch von Volker Canaris, Dieter Hildebrandt, Adolf Dresen und Maik Hamburger. detebe 20034
Ich klopfe an. Autobiographie I. Deutsch von Georg Goyert. Mit einem Vorwort von Kaspar Spinner. detebe 20394
Bilder in der Vorhalle. Autobiographie II. Deutsch von Georg Goyert. detebe 20761
Trommeln unter den Fenstern. Autobiographie III. Deutsch von Werner Beyer detebe 20762
Irland, leb wohl! Autobiographie IV. Deutsch von Werner Beyer. detebe 20763
Rose und Krone. Autobiographie V. Deutsch von Werner Beyer. detebe 20764
Dämmerung und Abendstern. Autobiographie VI. Deutsch von Werner Beyer detebe 20765
Das Sean O'Casey Lesebuch. Eine Auswahl aus den Stücken, der Autobiographie und den Essays. Mit einem Vorwort von Heinrich Böll und einem Nachwort von Klaus Völker. Herausgegeben mit Anmerkungen, einer Chronik und Daten zur irischen Geschichte von Urs Widmer. detebe 21126

● Frank O'Connor

Werkausgabe der Erzählungen, alle deutsch von Elisabeth Schnack
Und freitags Fisch. Erzählungen I detebe 20170
Mein Ödipus-Komplex. Erzählungen II detebe 20352
Don Juans Versuchung. Erzählungen III detebe 20353
Eine unmögliche Ehe. Erzählungen IV detebe 20354
Eine selbständige Frau. Erzählungen V detebe 20355
Brautnacht. Erzählungen VI. detebe 20356
Einziges Kind. Biographie I. Deutsch von Elisabeth Schnack. detebe 21021
Meines Vaters Sohn. Biographie II. Deutsch von Elisabeth Schnack. detebe 21022

● Sean O'Faolain

Sünder und Sänger. Ausgewählte Erzählungen I. Deutsch von Elisabeth Schnack detebe 20231

Trinker und Träumer. Ausgewählte Erzählungen II. Deutsch von Elisabeth Schnack detebe 20741
Lügner und Liebhaber. Ausgewählte Erzählungen III. Übersetzt und mit einem Lebensbild von Elisabeth Schnack detebe 20742

● Liam O'Flaherty

Zornige grüne Insel. Roman. Deutsch von Hubert Roch. Diogenes Evergreens
Ich ging nach Rußland. Ein politischer Reisebericht. Deutsch von Heinrich Hauser detebe 20016
Armut und Reichtum. Ausgewählte Erzählungen. Deutsch von Elisabeth Schnack detebe 20232
Der Denunziant. Roman. Deutsch von Heinrich Hauser. detebe 21191
Tiergeschichten. Gesammelt und übersetzt von Elisabeth Schnack. detebe 21253

● Alfred Ollivant

Old Bob. Der graue Hund von Kenmuir. Ein Roman von Menschen und Hunden. Deutsch von Curt Thesing. detebe 21468

● George Orwell

Erledigt in Paris und London. Sozialreportage. Deutsch von Alexander Schmitz detebe 20533
Tage in Burma. Roman. Deutsch von Susanna Rademacher. detebe 20308
Eine Pfarrerstochter. Roman. Deutsch von Hanna Neves. detebe 21088
Die Wonnen der Aspidistra. Roman. Deutsch von Nikolaus Stingl. detebe 21086
Der Weg nach Wigan Pier. Sozialreportage. Deutsch von Manfred Papst. detebe 21000
Mein Katalonien. Bericht über den Spanischen Bürgerkrieg. Deutsch von Wolfgang Rieger. detebe 20214
Auftauchen, um Luft zu holen. Roman Deutsch von Helmut M. Braem detebe 20804
Farm der Tiere. Ein Märchen. Neu übersetzt von Michael Walter. Mit einem neuentdeckten Nachwort des Autors ›Die Pressefreiheit‹. Diogenes Evergreens. Auch als detebe 20118
1984. Roman. Deutsch von Kurt Wagenseil. detebe 21087
Im Innern des Wals. Ausgewählte Essays I. Deutsch von Felix Gasbarra und Peter Naujack. detebe 20213
Rache ist sauer. Ausgewählte Essays II. Deutsch von Felix Gasbarra und Claudia Schmölders. detebe 20250
Charles Dickens. Ein Essay. Deutsch von Manfred Papst. detebe 21398
Das George Orwell Lesebuch. Herausgegeben und mit einem Nachwort von Fritz Senn. Deutsch von Tina Richter. detebe 20788
Denken mit Orwell. Sätze für Zeitgenossen, zusammengestellt von Fritz Senn. Deutsch von Felix Gasbarra und Tina Richter. Mit 8 Zeichnungen von Tomi Ungerer Kleine Diogenes Evergreens
Über George Orwell. Herausgegeben von Manfred Papst. Deutsch von Matthias Fienbork. detebe 21225

Außerdem liegt vor:
George Woodcock
Der Hellseher. George Orwell's Werk und Wirken. Deutsch von Matthias Fienbork Leinen

● William Plomer

Turbott Wolfe. Roman. Deutsch von Peter Naujack. detebe 20254

● Saki

Die offene Tür. Ausgewählte Erzählungen. Auswahl und Nachwort von Thomas Bodmer. Deutsch von Günter Eichel. Zeichnungen von Edward Gorey. detebe 20115

● Olive Schreiner

Geschichte einer afrikanischen Farm. Roman. Deutsch von Elisabeth Schnack detebe 20885

● Walter Scott

Ivanhoe. Roman. Aus dem Englischen von Benno Tschischwitz. Mit einem Nachwort von Hermann Meier. detebe 21321

● William Shakespeare

Sonette. Deutsch und englisch. Nachdichtung und Nachwort von Karl Kraus detebe 20381
Dramatische Werke in 10 Bänden in der Übersetzung von Schlegel/Tieck. Illustrationen von Heinrich Füßli:
Romeo und Julia / Hamlet / Othello detebe 20631
König Lear / Macbeth / Timon von Athen detebe 20632
Julius Cäsar / Antonius und Cleopatra Coriolanus. detebe 20633
Verlorne Liebesmüh / Die Komödie der Irrungen / Die beiden Veroneser / Der Widerspenstigen Zähmung. detebe 20634
Ein Sommernachtstraum / Der Kaufmann von Venedig / Viel Lärm um nichts / Wie es euch gefällt / Die lustigen Weiber von Windsor. detebe 20635

Ende gut, alles gut / Was ihr wollt / Troilus und Cressida / Maß für Maß
detebe 20636
Cymbeline / Das Wintermärchen / Der Sturm. detebe 20637
Heinrich der Sechste / Richard der Dritte
detebe 20638
Richard der Zweite / König Johann / Heinrich der Vierte. detebe 20639
Heinrich der Fünfte / Heinrich der Achte / Titus Andronicus. detebe 20640

● Alan Sillitoe

Die Flamme des Lebens. Roman. Deutsch von Hanna Neves. Leinen
Der Tod des William Posters. Roman
Deutsch von Peter Naujack. detebe 20952
Der brennende Baum. Roman. Deutsch von Peter Naujack. detebe 20953
Der Sohn des Witwers. Roman. Deutsch von Peter Naujack
Samstagnacht und Sonntagmorgen. Roman. Deutsch von Gerda von Uslar. detebe 20230
Ein Start ins Leben. Roman. Deutsch von Günter Eichel und Anna von Cramer-Klett
detebe 20545
Die Einsamkeit des Langstreckenläufers. Erzählungen I. Deutsch von Günther Klotz
detebe 20413
Fußball. Erzählungen II. Deutsch von Hedwig Jolenberg und Günther Klotz
detebe 20414
Die Lumpensammlerstochter. Erzählungen III. Deutsch von Wulf Teichmann
detebe 20415
Mimikry. Erzählungen IV. Deutsch von Wulf Teichmann und Anna von Cramer-Klett
detebe 20416
Männer, Frauen und Kinder. Erzählungen V. Deutsch von Wulf Teichmann. detebe 20417
Der Mann der Geschichten erzählte . Roman. Deutsch von Hanna Neves. detebe 21473

● Muriel Spark

Das einzige Problem. Roman. Deutsch von Otto Bayer. Leinen
Memento Mori. Roman. Deutsch von Peter Naujack. detebe 20892
Junggesellen. Roman. Deutsch von Elisabeth Schnack. detebe 20893
Portobello Road. Erzählungen. Deutsch von Peter Naujack und Elisabeth Schnack
detebe 20894
Die Blütezeit der Miss Jean Brodie. Roman
Deutsch von Peter Naujack. detebe 21055
Die Ballade von Peckham Rye. Roman
Deutsch von Elisabeth Schnack. detebe 20119
Robinson. Roman. Deutsch von Elizabeth Gilbert. detebe 21090
Die Töster. Roman. Deutsch von Peter Naujack. detebe 21089
Vorsätzlich Herumlungern. Roman. Deutsch von Hanna Neves. detebe 21195
Mädchen mit begrenzten Möglichkeiten
Roman. Deutsch von Kyra Stromberg
detebe 21399
Das Mandelbaumtor. Roman. Deutsch von Hans Wollschläger. detebe 21466

● Laurence Sterne

Tristram Shandy. Roman. Deutsch von Rudolf Kassner. Anmerkungen von Walther Martin. detebe 20950

● Robert L. Stevenson

Werke in 12 Bänden in der Edition und Übersetzung von Curt und Marguerite Thesing:
Die Schatzinsel. Roman. detebe 20701
Der Junker von Ballantrae. Roman
detebe 20703
Die Entführung. Roman. detebe 20704
Catriona. Roman. detebe 20705
Die Herren von Hermiston. Roman
detebe 20702
Der Pavillon auf den Dünen / Der seltsame Fall von Dr. Jekyll und Mr. Hyde. Zwei Novellen. detebe 20706
Der Selbstmörderklub / Der Diamant des Rajahs. Zwei Geschichtensammlungen
detebe 20707
Die tollen Männer und andere Geschichten
detebe 20708
Der Flaschenteufel und andere Geschichten
detebe 20709
Der Leichenräuber und andere Geschichten
detebe 20710
Der gefährliche Archipel. In der Südsee I. Deutsch von Marguerite Thesing
detebe 21449
Der Palast der vielen Frauen. In der Südsee II. Roman. Deutsch von Marguerite Thesing
detebe 21450

● Bram Stoker

Draculas Gast. Gruselgeschichten. Deutsch von Erich Fivian und H. Haas. Zeichnungen von Peter Neugebauer. detebe 20135

● Julian Symons

Auf den Zahn gefühlt. Fünfzehn Detektivgeschichten. Deutsch von Thomas Schlück
detebe 20601
Ein Pekinese aus Gips. Kriminalgeschichten. Deutsch von Günter Eichel. Zeichnungen von Josef Weihard. detebe 20740

Evelyn Waugh

Auf der schiefen Ebene. Roman. Deutsch von Ulrike Simon. detebe 21173
Der Knüller. Roman. Deutsch von Elisabeth Schnack. detebe 21176
Lust und Laster. Roman. Deutsch von Ulrike Simon. detebe 21174
Tod in Hollywood. Roman. Deutsch von Peter Gan. detebe 21175
Charles Ryders Tage vor Brideshead Erzählungen. Deutsch von Otto Bayer detebe 21276
Wer zuerst kommt, mahlt zuerst. Erzählungen. Deutsch von Otto Bayer. detebe 21277
Eine Handvoll Staub. Roman. Deutsch von Matthias Fienbork. detebe 21348
Schwarzes Unheil. Roman. Deutsch von Irmgard Andrae. detebe 21402
Mit Glanz und Gloria. Roman. Deutsch von Matthias Fienbork. detebe 21465

H. G. Wells

Der Krieg der Welten. Roman. Deutsch von G. A. Crüwell und Claudia Schmölders detebe 20171
Die Zeitmaschine. Roman. Deutsch von Peter Naujack. detebe 20172

Oscar Wilde

Der Sozialismus und die Seele des Menschen. Ein Essay. Deutsch von Gustav Landauer und Hedwig Lachmann. Frontispiz von Walter Crane. detebe 20003
Sämtliche Erzählungen. Mit Zeichnungen von Aubrey Beardsley. Herausgegeben und mit einem Nachwort von Gerd Haffmans. detebe 20985
Das Bildnis des Dorian Gray. Roman Deutsch von W. Fred. detebe 21411

P. G. Wodehouse

Promenadenmischung. Lustige Geschichten I Deutsch von Günter Eichel. detebe 21056
Der Pennymillionär. Lustige Geschichten II Deutsch von Günter Eichel. detebe 21226

Gespenster

Englische Gespenstergeschichten von Daniel Defoe bis Elizabeth Bowen. Herausgegeben von Mary Hottinger. Mit 13 Zeichnungen von Paul Flora. detebe 20497

Mehr Gespenster

Die besten Gespenstergeschichten aus England, Schottland und Irland. Herausgegeben von Mary Hottinger. detebe 21027

Wahre Morde

Die berühmtesten Kriminalfälle und -prozesse aus England. Herausgegeben von Mary Hottinger. Deutsch von Peter Naujack detebe 20587

Liebesgeschichten aus England

von Joseph Conrad bis Muriel Spark Herausgegeben von William Matheson detebe 21204

Liebesgeschichten aus Irland

Von G. B. Shaw bis Frank O'Connor. Herausgegeben und übersetzt von Elisabeth Schnack. detebe 20629

Das Diogenes Lesebuch englischer Erzähler

Geschichten von Stevenson bis Sillitoe. Mit einem einleitenden Essay von Somerset Maugham, Zeittafel, bio-bibliographischen Notizen und Literaturhinweisen. Herausgegeben von Gerd Haffmans detebe 20272

Das Diogenes Lesebuch irischer Erzähler

Geschichten von Oscar Wilde bis Edna O'Brien. Mit einleitenden Essays von Frank O'Connor und James Joyce, Zeittafel, biobibliographischen Notizen und Literaturhinweisen. Herausgegeben von Gerd Haffmans detebe 20273